教育部《义务教育语文课程标准》推荐书目

·最新·

语文新课标必读丛书

外国童话精选

孙建江 选编

浙江出版联合集团
浙江文艺出版社

出版说明

语文是最重要的交际工具，是人类文化的重要组成部分。语文教育不仅要培养学生的技能，更在于造就人，让学生“精神成人”。文学作品特别是中外文学经典的影响力是无可估量的，一本书能够让一个人受益终身，甚至能激励一代人的成长。

教育部《全日制义务教育语文课程标准》和《普通高中语文课程标准》(简称“新课标”)的基本精神，是要培养新一代公民具备良好的人文素养和科学素养，具备创新精神、合作意识和开放的视野。“新课标”将中小学生的阅读和鉴赏放到重要的位置，并明确规定了不同阶段的学生的阅读总量。依循“新课标”的精神和要求，2003年和2004年，我社分别推出了“语文新课标必读丛书”第一辑、第二辑，共计92种，受到广大中小学师生的欢迎。

丛书出版以来，读者朋友给我们提出了许多建设性的意见，在此我们深表谢忱！为了更好地打造这个丛书品牌，我们多次邀请教育界、学术界、出版界的专家把脉会诊。在听取各界反馈意见后，我们根据中小学语文教学的最新动态，对“语文新课标必读丛书”作了书目的整合和内容的补充修订。

新推出的这套丛书有以下特色：

一、选目精当，强调人文精神。我们在收录教育部“新课标”建议课外阅读的相关书目的基础上，又增加主流教材要求阅读的名篇佳作以及中外优秀文学作品选本，从中总括出最能代表中华民族文化、世界文化精髓内涵的人文资源，让学生在审美欣赏中得到情操的陶冶、情感的升华。

二、版本精良，体现浙文社优势。这套丛书荟萃了浙文社的“外国文学名著精品丛书”、“中国现代经典作家诗文全编系列”、“世纪文存”、“学者散文系列”等在出版界颇具影响力的丛书的精华，得到了国内一流的作家、翻译家、学者的悉心襄助，保证了图书的上乘品质。

三、增加导读和附录，加强实用功能。为了便于学生阅读理解，更好地掌握作品的思想内涵、文学特点，增强阅读与欣赏的自学能力，提高学习与测试的实用程度，我们在新版中增加了导读和附录的内容。导读部分主要涵盖了作家个人生平介绍、作品文本解读、主要人物形象分析、相关知识链接、文学常识背景、同类作品比较阅读、学业测试提示等相关内容。

总的来说，新版丛书扩大了读者的视野，增强了实用性，紧密了教与学的联系。同时，我们将继续秉承以低定价来减轻学生负担的宗旨，内容增加了，书价依然保持不变。

在创建学习型社会、提倡全民阅读的背景下，我们推出这套丛书，希望能够让中小学生朋友喜欢。让我们携手进入阅读的精神家园，领略这片丰美而自由的天地！

浙江文艺出版社

目　　录

阿里巴巴与四十大盗

〔阿拉伯〕《一千零一夜》

相传，很久很久以前，在古代波斯的某城镇里，住着兄弟二人，哥哥名叫卡西姆，弟弟名叫阿里巴巴。他们的父亲很穷，死后没给儿子留下什么财产。兄弟二人分家后，哥哥卡西姆与一富家的女儿结了婚，走上经商之路，生意兴隆，时隔不久，就成了当地的一个大富商。弟弟阿里巴巴，跟一个穷苦人家的姑娘结了婚，家境依旧贫困，住房窄小，缺吃少穿，收入不足以维持生活。

阿里巴巴每日都到林中打柴，依靠三头瘦毛驴把柴运到城中，沿街叫卖，用卖柴所得的钱买回必需的食用之物。

“芝麻，开门！”

一天，阿里巴巴正在林中砍柴时，无意中抬头远望，忽见远处有一股烟尘腾空而起，渐渐向着自己所在的地方移动。他留神凝视片刻，见烟尘下出现一队人马，不禁一惊，心想：“这些人可能是一帮强盗，说不定会抢走我的毛驴和柴火……”想到这里，阿里巴巴离开驴子，爬上一块巨石旁的一棵大树，藏在浓密的树叶中，暗暗观察那队人马。

阿里巴巴细细一数，见他们总共有四十条大汉，各骑着一匹大马。他们骑着马来到那块巨石旁，首领高声喊道：

“站住！我们要来的地方就是这块山坡。”

大队人马停了下来，大汉们纷纷离鞍下马，每个人都从马背上取下一个沉甸甸的鞍袋，紧紧跟在他们的首领后面，登上山坡，来到巨石下。

首领走到那块巨大岩石前，大声喊道：

“芝麻，开门！”

话音刚落，巨石上有一座石门开启了。大汉们一个接一个地走进去，他们的首领走在最后。首领刚刚进去，石门便关了起来。

那四十个大汉在石洞里呆了好长时间，藏在大树上的阿里巴巴未敢做声。

那四十个大汉终于出来了。首先走出石洞的是他们的首领。首领看见三十九个同伴都出了石洞，方才大声喊道：

“芝麻，关门！”

话音刚落，石门关闭。

随后，四十个大汉纵身上马，首领一声呼喊，相继纵马奔驰下山而去，转眼不见踪影。

大汉们远去之后，阿里巴巴这才从树上下来，拨开灌木丛，走到那块巨大岩石的前面，好奇地学着那个首领的语调，喊了一声：

“芝麻，开门！”

话音刚落，只见那扇石门开启了。

阿里巴巴本以为那门里是一个山洞，想必是又黑暗而又潮湿，但进门一看，却发现石洞高大、宽敞且明亮，伸手摸不着洞顶。他仔细观察，发现石洞上方有一道石缝，阳光从那里射进来，照得整个石洞亮堂堂。

阿里巴巴刚一进石洞，洞门便自动关上了。不过，他并不害怕，因为他自信掌握了开门的暗语。

阿里巴巴朝洞中打量了一眼，只见那里堆放着许多粮食，还有成匹成匹的丝绸、锦缎，另有许多华丽地毯及大袋大袋的金币、珠宝，琳琅满目，光芒四射。眼见这么多的金银财宝堆放在那里，阿里巴巴猜想那四十条大汉定是一帮盗贼，而眼前这些财宝，则是数代盗贼抢劫、聚积起来的不义之财。

面对这些财宝，阿里巴巴想到自己只需要钱，于是从山洞中搬出几袋金币，装在箩筐里，上面盖了些木柴。他把箩筐放在驴背上后，喊了一声：

“芝麻，关门!”

石门应声关上。原来这座石门是一座识暗语的门：人进入石洞时，要说暗语，它方才开启；人进入石洞后，它会自动关上；人出石洞时，要说暗语，它才开启；人走出石洞后，只有说过暗语，它才会关闭；如若不然，它就总是开着。

阿里巴巴赶着毛驴，回到家中，随即把门关上，高高兴兴地喊来妻子，把三筐金币摆在妻子的面前。金币光芒四射，照得人难以睁开眼睛。妻子看见这么多金币，又惊又喜，心想：“这么多的钱，我压根儿都没见过……该不是他偷来或抢来的吧?”

阿里巴巴看出妻子的惊喜、惶恐神色，于是把自己看到的情况一五一十地讲给妻子。他讲完，再三叮嘱妻子，千万不要把事情说出去。

妻子听丈夫这样一说，方才心定神安，高兴地数起金币来。

阿里巴巴说：

“这么多金币，你怎么能数得过来呢？我们还是赶快想个办法，把钱藏起来吧！我这就去挖个坑，把金币埋起来，免得让人们看见。”

妻子说：

“你说得对，是要赶快把金币藏起来，免得让人家看见。不过，我们总要知道一下有多少才好哇！我这就去借一个量器，量一量再藏吧！”

“好吧！”

说罢，妻子来到卡西姆家。当时，卡西姆不在家，只有他的妻子在家。阿里巴巴的妻子说：

“大嫂，我借你们一件东西用一用啊！”

卡西姆的妻子说：

“他婶子，你就挑有的借吧！”

“嫂子，我想借你们的一口箱子和一个量杯。因为我买了一些面，没有地方盛，又想量量有多少。”

卡西姆的妻子一听，心想：“阿里巴巴，穷光蛋一个，没有多少钱，能买多少面？我一定要知道他们究竟要量什么，然后就知道我该怎么办了。”

想到这里，卡西姆的妻子在量杯的底部抹了一点儿蜂蜡，而且认定不易被人发现。

片刻后，卡西姆的妻子把一口箱子和一个量杯递给阿里巴巴的妻子，并且说：

“他婶子，你用完就还给我。”

阿里巴巴的妻子接过箱子和量杯，笑着说：

“大嫂，我用完就来还你。”

阿里巴巴的妻子拿着箱子和量杯，迅速回到家中，两个人忙了起来。夫妻俩把金币量好，记清了数目，然后挖了一个坑，埋了起来。

埋好金币，阿里巴巴的妻子赶忙拿起箱子和量杯，向卡西姆家走去，把箱子和量杯还给了那位富婆，但她没有想到，量杯底下还黏着一枚金币。

阿里巴巴的妻子递过箱子和量杯，说：

“大嫂，还你箱子和量杯，谢谢大嫂啦！”

阿里巴巴的妻子刚刚离去，卡西姆的妻子马上去抓量杯，往底上一看，发现蜂蜡上黏着一枚金币，不禁大吃一惊，心中嫉妒之火顿时燃烧起来。她心想：“这是怎么回事？阿里巴巴这个穷光蛋一下子富了起来，金币多得数不过来，要用杯子量啦？”

卡西姆回到家中，妻子马上迎上去，说：

“喂，当家的，你不要以为自己的钱太多！你错啦！阿里巴巴家里的钱比你不知多多少倍！人家的钱数都数不过来，要用量杯来量了。”

听妻子突然冒出这么一句话，卡西姆一时不知道发生了什么事。于是问道：

“究竟出什么事啦？这话从何讲起呢？”

妻子拿着量杯，指着杯底上黏着的那枚金币，说：

“你瞧瞧呀！”

接着，她把阿里巴巴妻子借箱子和量杯的事从头到尾向丈夫讲了一遍。

卡西姆拿过那枚金币，翻过来调过去看了又看，发现那是一枚古金币，认不出是哪朝哪年铸造的。

卡西姆听说刚才发生的事情，瞧着那枚金币，断定弟弟果然有了钱，但他并不为弟弟感到高兴，而是和他妻子的心态一样，嫉妒之火在心中燃烧。

卡西姆一夜没能合眼。第二天天刚亮，他便来到阿里巴巴家。他一进门便喊：

“喂，阿里巴巴，你平时赶驴上山打柴，赶集卖柴，装出一副穷样子，其实你并不穷，你家里有的是金币。你妻子昨天去我家借量杯和箱子干什么用？怎么量杯底下黏了这样一枚古金币？”

阿里巴巴听哥哥这样一说，知道事情掩盖不住了，内心里只怪妻子太笨，那么粗心大意，竟然把秘密泄露出去了。事情已经到了这个地步，埋怨又有什么用呢？阿里巴巴自想无计可施，只有老老实实把昨天在山里看到的情况以及得到金币的经过，一五一十向卡西姆讲了一遍，当面表示，愿把金币分给哥哥一部分，并且要他严加保密，千万不要对外人讲。

卡西姆听后，得意地说：

“你瞧瞧，果然不出我之所料。阿里巴巴，你要告诉我，那些金银财宝究竟藏在什么地方，你还要领我去看看那个地方；如若不然，我定到官府去告你，到那时候，你不仅再弄不到金币，就是已经到手的东西，也是保不住的。我嘛，官府会因为告发有功，还可能要赏给我一大笔钱呢。”

阿里巴巴生性忠厚善良，未必是怕哥哥告到官府，倒是愿意让哥哥也得到些钱财，不仅把那山洞的地点说了个一清二楚，还把开门的暗语也告诉了他。

第二天，天还没亮，卡西姆便起床了。一切准备妥当，他赶着十头毛驴，驮着十口箱子，向山林进发了。他走了不多久，就来到了那块坡地，看到了弟弟提到的那棵大树和那块巨大岩石。卡西姆行至巨石前，大声喊道：

“芝麻，开门！”

石门应声开启。卡西姆见石门开了，立即走了进去，刚一跨进门，石门立即关上了。

卡西姆走进石洞一看，不禁惊喜万分，只见那里堆满了布匹、丝绸、锦缎和地毯，金币、银币、珠宝等更是不计其数，金光闪闪，耀人眼目，只觉得比弟弟阿里巴巴说的还要多得多。卡西姆本是个贪财的人，眼见这么多金银、珠宝，不忍离去，真想住在这石洞之中，整天陪伴着这些钱财。他终于想起了自己的来意，想到洞外还有自己带来的十口大箱子和十头毛驴，于是立即动手，把大袋大袋的金币搬到洞门旁。因为他太兴奋了，眼看的是金币，手搬的是金币，心想的还是金币，竟然把开门的暗语忘了个干干净净。他心慌意乱地大声喊道：

“大麦，开门！”

石门纹丝不动。他又大声喊道：

“高粱，开门！”

石门依旧毫无动静。他接着大声喊道：

“豌豆，开门！”

石门还是不开。他再喊：

“萝卜，开门！”

……

卡西姆几乎把庄稼名都喊遍了，惟独想不起“芝麻”，石门始终一动不动。

卡西姆慌了神，放下沉甸甸的钱袋，挖空心思回想开门的暗语，无论如何也想不起“芝麻”来。他走去用力地推搡石门，石门一动不动；此时此刻，他已心乱如麻，不知所措，时而望望满石洞的金银财宝，时而望望紧闭的石门……

卡西姆丧命

时近正午，盗匪们纵马向石洞方向开来。他们老远便发现石洞门前有数头毛驴，每头毛驴驮着一口箱子，断定有什么情况发生，于是快马加鞭急赶而来。

身在石洞中的卡西姆听到马蹄声，知道有人来，心里更加慌乱。

盗匪的首领离鞍下马，站在石门前，高声喊道：

“芝麻，开门！”

石门应声开启。卡西姆见石门打开，急忙向外冲去，与盗匪首领撞了个满怀，顿时跌倒在地。一个盗匪一个箭步冲上去，手起剑落，卡西姆顿时倒在血泊之中。

盗匪们进洞一看，发现有几袋金币在门口堆着，立即将之搬回到原地。他们发现洞中的金币确实少了一些，但并不在意，只是觉得奇怪的是：此石洞周围地势险要，常人很难来到这个地方，谁又能得知开门的暗语，竟能闯进洞中来呢？

盗匪们思来想去，不知道开门的秘密是怎样泄露出去的，一气之下，将卡西姆的尸首截为四块，石门的两侧各挂上两块，凭此警告来洞中盗财宝之人。

盗匪们一阵忙碌之后，走出石洞，盗首喊了一声：“芝麻，关门！”石门应声关上。他们获悉一支商队将打附近经过，一个个翻身上马，扬鞭策马拦截商队去了。

当天夜里，卡西姆的妻子左等右等不见丈夫回来，心中甚是不安。她跑到阿里巴巴家，对阿里巴巴说：

“兄弟，你哥哥到现在还没回来，我真有些担心哪！你哥哥去哪儿了，你是知道的。我真怕他会出什么事……”

阿里巴巴猜想卡西姆肯定遇到了什么麻烦，如若不然，他不会这么老晚还不回来。但阿里巴巴显得很镇静，安慰嫂子说：

“嫂嫂，或许哥哥怕别人看见他，有意绕道回城，会迟些时候才到家的。你耐心等一会儿吧！”

卡西姆的妻子回到家中，心急火燎地等着丈夫回来。可是，时已深更，仍不见人回，禁不住低声抽噎起来，暗暗自责道：“都是我不好……我为什么把阿里巴巴的秘密泄露给他，致使他财迷心窍，自找罪受！”

卡西姆的妻子忐忑不安，如坐针毡，一夜没有合眼。

第二天一大早，卡西姆的妻子来到阿里巴巴家，求弟弟去找卡西姆。

阿里巴巴安慰嫂子一番，随后赶着三头毛驴，向山中走去。

阿里巴巴来到巨石前，见那里有血迹，立即意识到凶多吉少。他走近石门，高声喊道：

“芝麻，开门！”

石门应声开启。他走进石洞，眼见哥哥卡西姆的尸首被分割成四块，石门两旁各挂着两块，不禁惊恐万分。他急忙收起卡西姆的碎尸，又搬了几袋金币，绑成两个驮子，用柴火掩饰好，念了暗语，关上石洞门，赶着毛驴下山了。

阿里巴巴把驮着金币的毛驴赶回自己家中，吩咐妻子把金币藏起来，只字未提卡西姆的情况。接着，他又把驮着哥哥卡西姆碎尸的毛驴赶到嫂子家。

走来开门的是卡西姆家的女奴，名叫麦尔加娜。

麦尔加娜聪明伶俐，颇会办事。阿里巴巴把箩筐卸下来之后，把麦尔加娜拉到一边，小声对她说：

“我有事要对你说，你千万不要对外人讲。”

麦尔加娜说：

“我会照你的话做的。”

“你家老爷的尸首就在这箩筐里，我们一定要按他寿终正寝来安葬他；我想，你一定知道该怎么办。”

“你放心就是了。”

随后，阿里巴巴走去见嫂子。嫂子一见他便问：

“他叔叔，你哥哥情况怎样？”

阿里巴巴把情况一五一十给嫂子讲了一遍，并叮嘱她说：

“嫂子，千万不要把事情的真相泄露出去！”

阿里巴巴又说：

“该发生的事情，是一定要发生的。事情已成这样，我们只有好好保密，才能保守住我们的财产。”

卡西姆的妻子听说丈夫已死，泪流满面地对阿里巴巴说：

“生死由命，富贵在天，我记住了，一定好好保密。”

“安拉安排定的事，人是无法改变的。赞美安拉，给了我一笔财产，够我们用的了。待你守丧期满，我便娶你为妻，会使你得到幸福的。我的妻子善良贤惠，不会嫉妒你，也不会和你过不去的。我们要好好安葬我的哥哥，让外人认为他是得病而死。这件事，我已交给麦尔加娜去办；当然，我也会为此事而尽力。”

卡西姆的妻子听阿里巴巴这样一说，心想阿里巴巴有了钱，说不定比自己的钱还多；再说，他发现了宝库，日后不愁钱花。于是说道：

“既然你觉得这样好，就照你的意思办吧！”

说罢，阿里巴巴离开那里，去找麦尔加娜商量了安葬哥哥卡西姆的事情，然后才牵着毛驴回自己的家去。

阿里巴巴走后，女奴麦尔加娜来到一家药铺，说她要给一个神志不清的人买一剂药，药铺老板问：

“你家谁病了？”

麦尔加娜说：

“我家主人卡西姆老爷病了。几天以来，他吃不下饭，喝不下水，看上去很危险呀！”

老板给了她药，她拿着药回家去了。

次日早上，麦尔加娜又来到药铺买了一剂药。老板问她：

“你家老爷的病情如何？”

麦尔加娜叹了口气，说：

“不大好啊！恐怕这剂药还没吃下去，人就不在了。”

那天，邻居们看见阿里巴巴和他的妻子不住地出入卡西姆的家门，满面愁容，忙了整整一天。麦尔加娜买药回来时，卡西姆家传出一阵悲痛的哭泣声。麦尔加娜对人们说：

“想不到，我家老爷连这剂药都没来得及服，他就归真了。”

第三天清早，麦尔加娜戴上面纱，来到一家修鞋铺，找到老皮匠穆斯塔法，给了他一枚金币，然后说：

“老人家，跟着我到我家去一趟吧！但要蒙上你的眼睛。”

老皮匠说：

“我可不能去干那种见不得人的事情啊！”

麦尔加娜说：

“我怎会让你去干那种事呢？那是安拉不允许的。”

说罢，又往老皮匠手里塞了一枚金币，并说：

“你只管放心，跟我去就是了。”

麦尔加娜掏出手帕，把老皮匠的双眼蒙上，领着他来到了主人家。她把老皮匠带到停尸房，那里黑洞洞的。她给老皮匠解下手帕，说道：

“皮匠师傅，你把这具碎尸缝合起来吧！做完活，我再给你一枚金币。”

老皮匠穆斯塔法按照麦尔加娜的叮嘱，把碎尸缝合好，麦尔加娜给了他一枚金币，然后用手帕把他的双眼蒙上，把他送回修鞋铺去。麦尔加娜叮嘱老皮匠不要把此事告诉别人，然后离开那里；怕人盯梢，她走了一段弯路之后，方才放心回家。

回到主人家中，她与阿里巴巴一起，用热水洗过卡西姆的尸首，再为他裹上殓衣，放在干净的地方，做好埋葬前的一切准备，才去清真寺向伊玛目报丧，请求他为死者诵经、祈祷。

伊玛目随麦尔加娜来到家中，为死者祈祷、诵经之后，由四个人抬着棺木，向坟茔走去。

麦尔加娜走在送葬队伍的前面，只见她披头散发，捶胸顿足，痛哭失声。走在最后面的是阿里巴巴，由一些邻居陪伴着。

他们一直把死者送到坟茔，埋葬完毕，方才各自回家。

卡西姆的妻子一直呆在家中，吊丧的人络绎不绝，要她节哀。由于阿里巴巴和麦尔加娜的巧妙安排，关于卡西姆丧命的真实情况，外人都不了解。

四十天丧期过去了，阿里巴巴拿出四分之一的家产作为聘礼，娶嫂子为妻；因为这在当时当地是件普通、平常之事，没有引起人们的任何议论。

阿里巴巴有一个儿子，跟一个大商人学做生意，颇得门道。卡西姆原来经营的那个店铺，由阿里巴巴的儿子重新开业经营。阿里巴巴向儿子许诺，如果他能把店铺经营好，日后一定给他娶个好媳妇。

盗匪三次进城

一天，盗匪们来到石洞，发现碎尸不翼而飞，而且金币也少了几袋。盗匪首领说：

“看来我们的秘密被人发现了；若不查出发现我们秘密的那个人，我们这些金银财宝总有一天会丢光的。”

盗匪们听首领这么一说，都表示一定要把那个得知开门暗语的人抓来杀掉。

首领又说：

“要想查出那个人，最好的办法是派一个人进城去探听消息；弄明情况后，我们再派人去抓他。不过，我有话说在前头：谁能完成这项任务，定有重赏；若完不成，那就只有提着自己的脑袋来见我。”

话音未落，一个盗匪站起来，说：

“我去完成这项任务！若完不成任务，甘愿听候首领发落，就是为此豁出一条命，我也认为是给自己增光添彩。”

首领说：

“好样的！”

那盗匪经过一番精心化装，于当天夜里潜入了城中。

第二天天刚蒙蒙亮，盗匪便来到了大街上。他发现只有一家修鞋铺子开着门。盗匪走进铺子，说：

“老人家，你好哇！天这么黑，你就开始做活，能看得见吗?”

皮匠穆斯塔法说：

“你是外乡人吧！别看我这么大年纪，眼神好着呢！前些天，我还在一间黑洞洞的屋子里，给人家缝合了一具碎尸呢！”

盗匪一听，觉得自己的任务完成有望，故意不相信地说：

“老人家，你真会开玩笑。你该是在黑屋子里为死人缝制了一身殓衣吧？”

“不是殓衣，而是碎尸。这件事与你无关，我用不着细说了。”

“老人家，我不想打听什么秘密。不过，我有些不大相信，天下竟有这样的新鲜事。这样的事儿出在哪家呀？”

说着，盗匪掏出一枚金币，塞在了老皮匠的手里。然后问道：

“你前些天给谁家做了那样一件新鲜活儿？”

老皮匠把情况向盗匪讲了一遍，盗匪说：

“你能带我到那里去一趟，或者能把那个地方告诉我吗？”

老皮匠说：

“不过，当时我的眼睛被蒙着，有人领着我去的。”

盗匪说：

“就是蒙着眼睛，想必走了多少路，你还会记得的。这样吧，我把你的眼睛蒙上，我跟着你一道走，说不定会走到那家门前。”

说着，盗匪又往老皮匠手里塞了一枚金币。

两枚金币拿在手里，老皮匠真动心了。他说：

“走了多少路，我倒记得。既然你来求我，我就试一试吧！”

穆斯塔法把两枚金币装在口袋里，随后离开铺子，带着盗匪来到麦尔加娜给他蒙眼睛的地方，让盗匪用手帕把他的眼睛蒙住。老皮匠边走边数着步子，不多时停了下来，对盗匪说：

“那个女仆带我来的地方就在这里。”

这时，老皮匠和盗匪站的地方就是卡西姆的宅门前；而如今换了主人，住在里面的是卡西姆的弟弟阿里巴巴。

盗匪知道那是老皮匠缝碎尸的地方，断定晓得开启石门秘密的人就住在这里，于是掏出白粉笔在门上画了个记号。之后，盗匪解下蒙在老皮匠眼睛上的手帕，说道：

“老人家，你帮了我的大忙，伟大安拉会嘉奖你的好意的。请告诉我，谁住在这里呀？”

老皮匠说：

“说实话，我不知道。因为我很少到这里来，不熟悉这里的情况。”

盗匪为自己完成了任务而感到高兴，再三谢过老皮匠，打发老皮匠回去，自己急匆匆赶回山洞去了。

盗匪和老皮匠离去不久，麦尔加娜有事外出，刚跨出大门，无意中看见门上有白粉笔画的记号，立即想到有人盯上了主人的家门，不禁暗自一惊。她思考片刻，走去拿来白粉笔，在好几家邻居的门上全都画上了同样的记号，却没有在男女主人面前提这件事。

盗匪回到山洞中，向首领报告了情况。首领听后，决定立即带人下山去抓那个偷碎尸和金币的人。

盗匪数人化装赶至那个探匪作过记号的地方，发现家家门上都有用白粉笔画的记号，而且一模一样，连那个探匪也认不出哪个记号是自己画的。首领问：

“家家门上都有记号，究竟哪家是呀？”

那个探匪说：

“我只在一家门上画了记号呀，怎么现在家家门上都有呢？我实在认不出哪个记号是我画的。”

众盗匪只有原路返回，不敢贸然闯入任何一家。

盗匪们回到山洞，首领说：

“我们白白跑了一趟，险些暴露了我们的身份。我已有言在先，完不成任务者，只能提着脑袋来见我！”

说罢，首领示意手下人将那个进城探听情况的盗匪拉出洞外杀掉了。

首领接着对众盗匪说：

“为了保住我们的金银财宝，我们必须把那个知道开门暗语的人抓到。谁愿意去完成这个任务？”

一个盗匪站起来，对首领说道：

“我愿意去！我相信我一定能完成这个任务！”

首领立即表示同意派他去，且强调说完成任务有重奖；不然，只有提着脑袋来见他。

第二个盗匪满怀立功受赏的希望，当夜进到城中。他采用同样的办法，买通了老皮匠，轻易地找到了卡西姆的住宅，在常人不大留意的门柱上，用红粉笔画了个记号，之后迅速返回山洞，得意扬扬地向首领报告说：

“我已准确地找到了那家人的住宅，在人不留意的地方画上了红记号，一眼就能认出来。”

那个盗匪刚离去不久，麦尔加娜出门时，仔细观察自家大门，发现门柱上有红粉笔画的记号，立即悟到事态严重，遂走去拿了一枝红粉笔，在好几家邻居的门柱子上画了同样的记号，与上次一样，没有对主人讲此事。

第二个探匪回山洞报告了情况，首领决定马上进城。

盗匪们进到城中，来到第二个探匪侦察到的地方，却发现家家户户的门柱上都画着同样的红粉笔记号，无法下手，只有回返山洞。

盗匪首领回到山洞，怒不可遏，大发雷霆，下令处死了第二个探匪。

两次打探活动失败，盗匪首领心想："两个探子，连续失败，先后丧命，看来没有人敢去了。我必须亲自下山，方才能探听清楚。"

盗匪首领决心下定，随即策马进城。

盗匪首领找到那个老皮匠，塞给他许多枚金币，老皮匠领盗匪首领找到了缝碎尸的那家门口。盗匪首领知道画记号是没有用的，只是仔细观察了那家住宅周围的环境，牢记在心中，然后快马返回山林。

女奴油炸众盗匪

盗匪首领赶回山洞，对众盗匪说：

"我已把地点侦察清楚，这一下就可以抓到盗我们宝库的那个人了。"

接着，首领把下山的计划和安排向盗匪们讲了一遍，众盗匪立即分头开始行动。他们从周围的村庄里买来十九头毛驴和三十八口大坛子，其中一口坛子里装满油，另外的三十七口坛子，每口坛子里藏一个盗匪，每头驴子驮两口坛子。一切准备就绪，盗匪首领化装成商人模样，带着驴队下山了。

盗匪首领带着驴队进到城里，天色正好暗下来。

盗匪首领的驴队穿小巷过大街，来到了阿里巴巴的住宅门前。

当时，阿里巴巴刚刚吃过晚饭，正在门外散步。盗匪首领走过去，问好之后，说：

"我是做贩油生意的商人。我打外地贩来这么几坛子油，准备明天去市场上卖。今天天色已晚，想在你府上借宿一夜，喂一喂牲口，明天一早好上市场，老乡能给个方便吗？"

阿里巴巴不久前藏在大树上看见的那个喊“芝麻，开门”的盗匪首领就是眼前要求借宿的这个人，但他已完全认不出来了。他听说来人想借宿一夜，没有多加考虑，马上说：

“没有什么不方便的，欢迎，欢迎！”

说完，阿里巴巴领着“商人”及其驴队进了自己的宅院，并且吩咐家仆：

“喂，麦尔加娜，来客人啦！赶快给客人准备饭菜，安排客房！”

盗匪首领卸下驮子，摆放整齐，给驴子喂上草料，然后吃饭去了。

盗匪首领吃罢饭，阿里巴巴又叮嘱麦尔加娜：

“好好招待客人，不要怠慢他们！明天一早，我要去澡堂沐浴，给我准备一套干净衣服，让家仆阿卜杜拉给我送来。此外，还要熬锅肉汤，以备我回来后吃。”

麦尔加娜说：

“老爷，我都记住啦！”

阿里巴巴随即回卧房休息去了。

匪首吃过饭，又去看了看他的牲口和“油”坛子。

匪首见主人已睡，便走到那些坛子跟前，悄声对藏在坛子里的盗匪们说：

“夜半时分，我以掷石子为号，你们立即出来，听我指挥！”

匪首离开牲口圈，在麦尔加娜引领下，穿过厨房，走到为他安排好的客房。麦尔加娜说：

“还需要什么东西吗？”

匪首说：

“谢谢！不需要什么啦！”

麦尔加娜离去，匪首便上床休息。

麦尔加娜为主人取出一套干净衣服，交给男仆阿卜杜拉，然后开始给主人熬肉汤。

过了一个时辰，麦尔加娜发现油灯不亮了，一看才知灯里的油点尽了。她正发愁没有灯油之时，阿卜杜拉走进来，说：

“后面不是放着几十坛子油吗？”

麦尔加娜手里拿着罐子，来到油坛子前，忽听坛子里传出人的低声问话：

“到时候了吗？”

麦尔加娜一惊，慌忙后退了一步，急中生智，随机应变，悄声说：

“还不到时候。”

麦尔加娜心想：“原来这坛子里装的不是油，藏的是人……肯定不是什么好人，那商人也不是什么好商人，一定有什么阴谋。”她急忙走到每个坛子跟前，小声说了“还不到时候”。她联想到几天以来门口上出现的白、红两色粉笔记号，心想：“我们主人的秘密定是被匪徒们发现了，他们要来进行报复……”

麦尔加娜走到最后一个坛子前，发现里面装的是油，于是弄了一满罐子油，回到厨房，给灯添上油，然后取来油锅，将罐子里的油倒进锅里，架在火上将油烧开。之后，她把滚烫的油装在罐子里，走去给每个坛子里浇进一瓢沸油，藏在坛子里的盗匪们一一被烫死在坛子里，无一能够幸免。

麦尔加娜悄悄用滚开的油浇死了众盗匪，然后不声不响地回到厨房，拨小灯头，继续为主人熬肉汤。

一个时辰未过，盗匪首领推开窗子，向油坛子投了一个石子儿，却不见动静。片刻后，他又投了一个石子儿，仍不见有反应。接着，他投出第三颗石子儿，依旧静寂无声。他心想："也许他们睡着了……"于是急忙走去。

匪首走到坛子跟前，一股油腥味扑鼻而来。他朝坛子里摸去，发现伙伴们都已被热油烫死。他再去看那装油的坛子，发现里面的油没有了。他立即意识到自己的阴谋已经败露，如果不马上逃离，恐怕自身难保，于是急匆匆冲入花园，翻墙而过，狼狈逃命去了。

麦尔加娜听到了投石子儿的声音，而且看见盗匪首领走出了房间，却久久不见他回来，断定他跳墙逃跑了。这时，她的心方才安静下来，走去上床休息了。

次日一大早，阿里巴巴在男仆阿卜杜拉的陪伴下前往澡堂沐浴，对昨晚发生的事情一无所知。

阿里巴巴洗澡回来，太阳已经升起。他看见驴子和油坛子都在原处，觉得很奇怪，心想："商人为什么不赶早收拾东西到市场上去呢？"

于是他走去问女奴麦尔加娜：

"喂，麦尔加娜？客人为什么还不带着自己的货物到集市上去呢？"

麦尔加娜说：

"老爷，愿安拉为你延年添寿，让你活一百三十岁！老爷，你到后面去看看那个商人带的货吧！"

麦尔加娜领着主人来到一个坛子旁，说：

"老爷，你看看这坛子里装的是什么东西吧！"

阿里巴巴走近仔细一看，见里面藏的是一个男子，吓得转身就跑。

麦尔加娜说：

"老爷，不要害怕！那里面的人都是死人。"

“我们的大祸刚刚过去，怎么又有人来暗算我们呢?”

“老爷，过一会儿，容我给您慢慢讲来。老爷先看看这些大坛子里装的都是些什么东西吧!”

阿里巴巴走去一看，发现每个坛子里都有一个全副武装的家伙，但都已被沸油烫得面目皆非。阿里巴巴看过，不禁目瞪口呆。过了一会儿，他才问：

“那个油商哪里去了?”

麦尔加娜把阿里巴巴领进屋子，让他坐下来，然后说：

“老爷，看来那个人并不是什么贩油的商人，而是一个坏蛋。”

阿里巴巴说：

“何以见得呢?”

“老爷，过一会儿，我再给您细细讲。肉汤已经炖好，我这就去端来，请老爷先用一点儿吧!”

麦尔加娜端来肉汤，阿里巴巴喝了一碗，然后说：

“麦尔加娜，究竟发生了什么事情，给我从头到尾仔细讲一遍吧!”

“老爷，昨天晚上，您吩咐我炖肉汤并令我准备干净衣服之后，就去休息了。我准备好衣服，交给阿卜杜拉，接着便进厨房点火炖肉汤。时隔不久，我发现油灯灯头渐小，一看才知道灯里没油了。我正发愁之时，阿卜杜拉走来，知道我在因灯里没油而发愁，他就说：‘后面的油坛子里不全是油吗?’他这一提醒，我才想起那些坛子。我走到坛子旁，忽听坛子里有人说：‘到时候了吗?’我听后一惊，慌忙后退了一步，心想那油商不是什么好人，定有什么预谋。于是，我走过去，小声说：‘还不到时候。’我走过一个个大坛子旁，向藏在坛子里的人都说了一遍。这时，我相信他们是一帮坏人，是来谋害老爷的。

当我走到最后一个坛子跟前时，发现那里面装的是油，我便从里面弄出一大罐子油，回到厨房，弄来油锅，将油烧开，然后把滚烫的油浇进坛子里，就这样，把那些坏家伙全烫死了。之后，我回到厨房，把灯头拨小，静静地注视着那个自称商人的家伙的举动。大约半夜时分，那个商人往坛子群里投了三次石头子儿，都没有听见藏在坛子里的人有什么动静，他这才走去看。我想他知道他的人都已被沸油烫死，也就不敢行动了……”

“他现在在哪里？”阿里巴巴急切地问。

“我没有听见开门的响声，猜想他跳墙逃走了。”

“是这样……”阿里巴巴惊魂仍未安定下来。

麦尔加娜又说：

“前些日子，还发生过一件事，我当时未敢惊动老爷。”

“什么事呢？”阿里巴巴问。

“我连续两天发现门上有用白、红粉笔画的记号；当时，我就想八成我们的家门被坏人盯上了，他们用画记号的办法认我们的家门。所以，我也效仿他们的办法，把邻居家的门上也都画上了记号，而且一模一样，他们也就认不出来了。老爷说看见了四十个盗匪，恐怕这帮家伙就是那些坏蛋。他们已死了三十七个，还有三个人活着，定会来进行报复的，老爷务必提防才是。”

阿里巴巴听麦尔加娜这样一说，觉得她的猜想很有道理，打内心里感激不尽。他说：

“麦尔加娜，好机警、聪明的姑娘！我该怎样感谢你呢！”

“我是您的女奴，理当为老爷效力。依奴之见，快把那些死尸埋掉去吧，免得秘密泄露出去。”

阿里巴巴唤来男仆阿卜杜拉，令他在花园的树旁挖了个大坑，把尸体全都埋了起来。之后，又让阿卜杜拉把驴子牵到集市上，分批卖掉。

阿里巴巴相信麦尔加娜的猜测，认为尚有三个盗匪活着，因此时刻保持警惕，以防不测。

盗匪首领丧命

盗匪首领只身一人逃回山林，想到四十个人就只剩下自己，自觉好不凄凉。他简直再不敢进石洞去看他们抢劫的那些金银财宝。

那匪首终于冷静下来，心想："我一定要报这个仇；如若不然，这石洞中的宝物也保不住，总有一天会让那个阿里巴巴拿光。"于是，他又想出了一个计谋。

几天之后，他更名改姓，化名盖赫沃吉·哈桑，在城里开了一家绸布店，与阿里巴巴的儿子经营的那家店铺正好相对。

盖赫沃吉·哈桑运来大批绸缎，铺面显得颇为像样，与邻店诸家老板来往甚多，待人接物亦很慷慨大方，很快和大家混得很熟。他得知对面那家店铺的小老板是阿里巴巴的儿子，便对他格外热情起来，不时请他来店里坐上一坐，常常送点儿小礼物，一块儿吃饭交谈。

阿里巴巴的儿子觉得绸布店老板盖赫沃吉·哈桑对自己甚好，便对父亲说了，并求父亲置备酒席，请绸布店老板来家里做客。阿里巴巴一口答应。

第二天，阿里巴巴的儿子来请盖赫沃吉·哈桑去他家吃饭。

说来也怪，当盖赫沃吉·哈桑跟着阿里巴巴的儿子来到阿里巴巴的家门口时，心想报仇的时候终于来临了，但却身不由己，不想进门。

这时，阿里巴巴走了出来，向盖赫沃吉·哈桑问好，并且说：

“尊贵的客人，你对我儿子那么好，使我感激不尽。既然来到家门口，怎么不进来坐一坐，容我们款待贵客一番呢！”

盖赫沃吉·哈桑见不好推辞，只好说：

“你的儿子很懂事，言谈举止非同一般人，而且很会做生意，前途无量，我很喜欢他。不过，我今天不便久坐，日后再来拜访吧！”

阿里巴巴说：

“尊贵的客人，我有意招待你，您怎好不赏光呢？”

“主人先生，您有所不知，我因身体欠适，不能吃放盐的饭菜，故不便在贵府做客。”

“不吃盐，这事好办。现在厨娘正在准备饭菜，我告诉她不加盐也就是了。”

这个佯装为绸缎商的盗匪首领见报仇的时机已来到，也就同意进门做客了。

宾主坐下，阿里巴巴走去吩咐正在准备饭菜的麦尔加娜，说道：

“喂，麦尔加娜，今天来的客人不吃盐，菜里千万不要放盐。”

麦尔加娜一听，便知道了不吃盐的意思，心中一惊，忙问：

“不吃盐？这位客人是谁？”

“管他是谁？你听我的吩咐就是了。”

“遵命！我一定照办。”

麦尔加娜备好饭菜，男仆阿卜杜拉走去摆好桌椅。

麦尔加娜端菜上饭时，一眼认出今天那位不吃盐的“客人”并不是什么绸缎商，而是那个寻机报复的盗匪头子，不禁心中一惊。她稍稍留心一看，发现他外袍里藏着一把短刀，心想：“好一个不吃盐的家伙，来者不善啊！……我今天决不能放过他！”

阿里巴巴陪盖赫沃吉·哈桑吃罢饭，洗过手，麦尔加娜和阿卜杜拉收拾好碗碟，又端上酒杯、酒壶和水果、甜点。一切摆置停当，麦尔加娜和阿卜杜拉一起退下。

盗匪头子盖赫沃吉·哈桑眼见面前只剩下阿里巴巴和他的儿子，心想：“机会来了……杀死这两个人，我就可以像上次那样跳墙逃走……不过，要等到那两个仆人都去休息后再动手为妙……”他不时地摸摸袍下的那把短刀。

麦尔加娜暗中盯着那匪首的举止，心想：“这一次绝不能让这个强盗头子逃掉！”想到这里，她脱去外衣，换上一件舞裙，头上缠起一块色彩鲜艳的头巾，戴上面纱，腰间束上一条绸带，别上一把手柄上镶嵌着珍珠宝石的匕首。之后，她让阿卜杜拉拿着铃鼓，二人来到客厅，说：

“老爷，尊贵的客人，让我为你们跳个舞，为你们开怀畅饮助兴吧！”

阿里巴巴说：

“尊贵的客人，这是我家的女奴和男仆，想图个热闹，请勿见笑。”

麦尔加娜得到主人的同意，阿卜杜拉打起铃鼓，麦尔加娜且歌且舞。

盖赫沃吉·哈桑眼见这个舞女在自己的面前转来转去，不停地舞蹈，不住地歌唱，心想：“这岂不白白送掉了我动手报仇的良机……”

麦尔加娜的舞兴特别浓，舞姿显得格外优美，动作潇洒自如，时而拔出腰间的匕首显示出自卫的姿态，时而又像要把匕首插向自己的胸膛，使人看后，觉得眼花缭乱，猜测不出舞姿的含意。

一阵急促的铃鼓声过后，麦尔加娜的舞蹈结束了。她气喘吁吁地从阿卜杜拉手里接过铃鼓，一手拿着匕首，一手端着铃鼓，就像卖艺人向观众讨钱那样，一一走过宾主面前。阿里巴巴首先向铃鼓中投了一枚金币；继之，他的儿子也向铃鼓里扔了一枚金币。当麦尔加娜来到客人面前时，盖赫沃吉从怀中掏出一枚金币，正要往铃鼓里搁时，麦尔加娜手疾眼快，举起匕首一下刺入了他的胸膛，只见鲜血直流，这位客人登时一命呜呼。

阿里巴巴及其儿子眼见客人死去，不禁大惊失色。过了好大一会儿，阿里巴巴才说：

“麦尔加娜，你这个该死的丫头！你闯下了大祸啦！你毁了我，也毁了我一家呀！”

麦尔加娜说：

“老爷，不是的，我救了您，也救了您一家。您掀开他的袍子看一看，他身上带的是什么！”

阿里巴巴走去一掀客人的袍子，见他怀里揣着一把短刀，这才恍然大悟。

麦尔加娜说：

“老爷，您今天招待的不是什么贵客，也不是绸缎商，而是前两天来过的那个油贩子，就是那四十个盗匪的头子。他说不吃盐，意思是说不到您家做客，要到贵府寻机报仇。”

阿里巴巴终于想起自己在山中第一次看见盗匪的情景，又想到卡西姆的碎尸，不禁出了一身冷汗。他说：

“麦尔加娜，好姑娘，你两次从盗匪头子的手下救出了我的生命，我应该报答你的救命之恩哪！”

阿里巴巴思考片刻，然后说：

“麦尔加娜，我的好姑娘，我现在宣布释你为自由人，不再是我的女奴了。你忠诚、老实、机智、勇敢，我要把你许配给我的儿子，愿你俩成为恩爱夫妻。”

阿里巴巴转过脸去，对儿子说：

“孩子，麦尔加娜是个聪明、善良、勇敢的姑娘。她胆大心细，两次救了我的性命，功劳非同寻常。我今天才认清了这个假绸缎商、真盗匪头领的面目。正是麦尔加娜姑娘救了我们一家人。你就与她结为百年之好吧！”

儿子欣然同意父亲的安排。

之后，他们一起动手，把盗匪头领的尸体埋在花园的树下。他们对此事一直严格保密，没有向外人透露任何消息。

过了几天，阿里巴巴请来法官和证人，为儿子和麦尔加娜写了婚书。一切准备就绪，便择定吉日良辰，为儿子举行隆重的结婚典礼，摆筵席，请宾客，张灯结彩，鼓乐齐鸣，热闹非常。

四十名盗匪，只死去三十八个，还有两个下落不明。因此，阿里巴巴整整一年时间，没有到山里去，惟恐出现不测。

一年过去了，那两名盗匪从不曾露面，故阿里巴巴认定他俩也已死去，这才来到石洞前，大声喊道：

“芝麻，开门！”

话音刚落，石门大开。阿里巴巴走进山洞，见那里的东西不曾有人动过，甚感放心。这时，阿里巴巴才相信自己是世上惟一掌握宝库秘密的人，庆幸自己运气好，由一个卖柴为生的穷苦人，一下子变成了富翁。阿里巴巴带着几袋子金币，回家去了。

后来，阿里巴巴把开石门的秘密告诉了儿子，儿子又告诉了孙子，子子孙孙都过着富裕的生活。

阿里巴巴的子孙都很珍惜他们的好运气，从不骄奢淫逸，所以代代兴旺，久为后世之人传颂。

（丁隆　译）

睡美人与王子

[法] 佩罗

很久很久以前，有一个国王，他要权力有权力，要威望有威望，要财富有财富，但有一件事总让他愁眉不展。什么事呢？他跟王后没有孩子。为这，他们费尽了脑筋，该想的办法都想到了，像向天神许愿啦，去圣庙祈祷啦，喝传说中可治百病的泉水啦，等等，可一切努力都正如俗话说的那样：拿盐粒引麻雀——白搭工夫。

也许是精诚所至，金石为开吧，后来王后竟怀孕了，生下了一个既健康又美丽的女儿。国王高兴极了，马上决定为孩子举行隆重的洗礼，邀请最著名的七位仙女当小公主的教母，因为这七位仙女只要每位赋予小公主一样品德或才能，小公主长大以后就会成为天底下最完美的人。

洗礼结束以后，所有的仙女都被邀请到一座豪华的宫殿里，那里已经备好了丰盛的宴席。仙女们各自就坐，每位的面前都摆着一只光彩夺目的金盒子，里面放着一把金餐叉和一把金餐刀，还有一把金汤匙，每把餐具上都镶嵌着精致的钻石与红宝石。

京城附近有一座古塔，塔里面住着一位老仙女，由于她打从国王降生那天起就没有走出过古塔，所以国王没有邀请她当公主的教母。得知国王邀请其他七位仙女参加公主的洗礼仪式的消息以后，老仙女气坏了，发誓要报复。正当众仙女准备为小公主祝福的时候，她突然出现了。国王手忙脚乱，马上命侍从给她摆餐具。可由于只定做了七套金餐具，只好把一套普通的餐具摆在了她的面前。这样一来，老仙女就更生气了，她以为这是国王瞧不起她，于是恶狠狠地从牙缝里挤出几句咒语。咒语非常恶毒，但声音很轻，只有离她最近的一个年轻仙女听到了。年轻的仙女心里说，这么小的公主，她有什么错啊，为什么要对她发这么恶毒的咒语呢？不行，我得助她一臂之力。于是，年轻的仙女故意躲在帷幔的后面，打算最后一个祝福，想办法把老仙女的毒咒化解掉。

众仙女向小公主祝福送礼的活动开始了。第一位仙女送给小公主的是美丽，她希望小公主长大以后成为世界上最漂亮的姑娘。第二位仙女送给小公主的是智慧，她希望小公主聪颖过人，任何困难都有办法克服。第三位仙女送给小公主的是优雅，她希望小公主无论在什么场合都举止优雅、风姿绰约、谈吐不凡。第四位仙女祝愿小公主将来身材苗条、舞姿优美。第五位仙女祝愿小公主具有夜莺一般的歌喉。第六位仙女祝愿小公主能娴熟地演奏各种乐器。

轮到老仙女祝福了。只见她脸色阴沉、摇头晃脑、咬牙切齿地说："公主将被一枚纺锤刺破手指，并立即丧命。"

听了这么恶毒的预言，众人无不大惊失色、感叹痛惜。

这时，那位年轻的仙女从帷幔后面心情平静地说：

"国王，王后，那位老大姐的预言我虽然没有能力完全推翻，但我可以减弱它的威力。我保证，公主被纺锤刺破手指以后，只不过是昏死过去，一下子沉睡一百年。一百年以后，会有一位王子来把她唤醒的。"

她说话的声音很响，每个在场的人都听得清清楚楚。老仙女的眼睛里射出了凶狠但又无奈的光。

众仙女走了以后，国王马上下了一道诏书：

全国百姓，
一体周知：
从今以后，
不许用纺锤纺纱，
也禁止家藏纺锤。
违者定严惩不贷！

老百姓见了，无不莫名其妙，但没有一个不遵照执行的。这样，公主平安地长到了十五岁。

一天，国王和王后带公主去一处行宫小住。行宫里有一幢楼，由于年久失修，已经很久没有人进去过。公主到底年轻顽皮，她趁父王与母后不注意，怀着一股好奇的心情，一个人偷偷地进了那幢楼，然后又一个台阶一个台阶地往上走。走到最高一层，她发现了一间小屋，推开门一看，见一个老态龙钟但又面容慈祥的老妈妈正在用纺锤纺纱。至于她是从哪里来的，为什么敢违抗国王的禁令，谁也说不清楚。由于公主从小一直生活在王宫里，所以不知道老妈妈在干什么。

"您在忙什么呀，老妈妈？"她有礼貌地问。

"好孩子，"老妈妈抬起头和蔼地回答，"我在纺纱呀。"

"啊，真好玩！"公主惊喜地说，"这样就能纺出纱来呀！您说，我也可以纺纱吗？"

"当然可以，瞧你这么聪明伶俐，我保证你一学就会。"

"那让我试试！"

老妈妈点头答应，并把纺纱的要领说了一遍。

由于公主第一次学纺纱，动作不熟练，当然喽，主要还是那个老仙女在捣鬼，结果公主的手一碰到纺锤，就被刺了一下。只听“哎哟”一声，一股鲜血流了出来，与此同时，美丽的公主眼睛一闭，便倒在地上人事不省了。

老妈妈没有料到会发生这样的事，吓得大声喊叫起来：

“救命啊！救命啊！”

人们听到喊声，从四面八方赶来。一看是国王的女儿昏倒了，又是用醒脑水揉按她的太阳穴，又是把冷水洒在她的脸上，又是拍打她的背脊，又是呼唤她的名字，但都无济于事，美丽的公主依旧一动也不动。

国王听到这个不幸的消息，三步并作两步地登上楼顶。但面对昏死的女儿，他显得很平静，因为他想起了那位老仙女的预言。“命运啊！不可抗拒的命运啊！”他无可奈何地说。说完，他眼含热泪，吩咐侍从们马上把公主抬回京城，安放到最豪华的一座城堡里。

公主被安放好了。她的睡床上盖着一块用金丝银丝绣制的罩单。她安静地躺在床上，就跟平时睡觉一样，仍旧美艳无比：脸蛋还是那么滑润细嫩，像是刚刚绽放的花朵；嘴唇还是那么鲜红可爱，像是刚刚长成的珊瑚。她虽然紧闭着美丽的双眼，但轻柔的呼吸声一直没有停。这一切都说明：公主并没有死，她只不过是暂时睡着了。这是给国王的最大安慰。

“大家听着！”国王对王宫里所有的人下命令说，“任何人不许打扰公主，直到她有一天自己苏醒过来。”

那位让公主沉睡一百年的好心的年轻仙女，这时正住在马塔坎王国。尽管那儿远在万里之外，但一步能跨七里远的小矮人还是及时把消息告诉了她。她立刻启程，乘上一辆由群龙驾驶的金光闪射的四轮车，只用一个小时便赶到了王宫。

国王听说善良的年轻仙女来了，喜出望外地迎上前去，亲自搀扶仙女下了车，并把事情的经过讲了一遍。对他的安排，仙女赞许地点了点头。但仙女的心并没有放下来。“光是这样还不行。一百年以后，当公主醒来时，发觉整座宫殿里只有她孤零零的一个人时，一定会惶恐不安的，”她说，“好吧，让我再助她一臂之力！”

说完，只见年轻的仙女用仙杖一指，宫殿里所有的人，除了国王和王后，像女官啦，宫娥啦，使女啦，总管啦，御厨啦，帮办啦，小厮啦，马夫啦，随从啦，以及哨兵与卫士，连同御马、看门狗、小玩赏狗，都通通跟公主一样睡着了，一百年以后，他们将同公主一起醒来，好随时服侍公主。仙女还用仙杖点了炉火、烤着的山鸡串与鹧鸪串，它们也睡着了。

“仙女真是法力无边呀！”国王与王后连声称赞。

仙女见该做的事都做好了，便乘上龙车走了。国王与王后亲吻了一下美丽的爱女，也离开了城堡。国王又发布了一条禁令，不许任何人走近城堡。但其实这一禁令是多余的，因为仙女临走时，又施魔法，让城堡的四周长满了大大小小的树木和一丛挨一丛的荆棘，这些树木和荆棘纵横交错、相互缠绕，形成了一圈密不透风的围墙，别说人了，连小动物也无法通过。因此，远远望去，人们只能看到城堡的塔楼的塔尖。

仙女的这一做法既保障了沉睡中的公主的安全，使其免受坏人的侵害，也保护了公主安静地度过漫长的岁月，免受外界的干扰。

转眼一百年过去了。老国王与王后早已死去。由于他们没有继承人，王冠便戴到了另一个家族的头上。

当朝的国王有一个英俊的儿子，这一天，王子出门打猎，转来转去，转到了一片密林的旁边。他看到密林深处那高耸的城堡的塔楼，觉得奇怪，向路人打听那是什么地方。路人所知道的因为都是道听途说的，所以五花八门，千奇百怪。有的说那是一座幽灵经常出没的古堡；有的说那儿是巫师们聚会的地方；还有的说那儿住着一个吃人的巨妖，经常把小孩子掠到住处，随意吞食。不管是幽灵也好，巫师也好，巨妖也好，只有他们能够穿过树木与荆棘构筑的屏障，凡人只能仰望塔楼的塔尖。

正当王子无所适从的时候，一个老农走了过来，一本正经地解释道：

“我小时候听父亲说起过，在城堡里，有一个世界上最美丽的公主。她被仙女施了魔法，要沉睡一百年才能被一个王子唤醒。现在算来，已经整整一百年了，那个美丽的公主正等着心上人去唤醒她呢！”

年轻的王子听了，心里既激动又好奇。“这个故事太美妙了，我无论如何也要到城堡里去看个究竟！”他自言自语道。

说来奇怪，王子一走近树林，林中那些参天大树和密匝匝的荆棘便自动往两边分开，让出了一条道。他沿着这条林阴道，兴冲冲地直朝城堡走去。更令他感到奇怪的是，他的那些随从竟没有一个跟上来，因为他走到哪儿，他背后树木和荆棘便又重新聚拢来，形成了一道根本无法通过的屏障。

王子先走进了一处院子。当他看到地上直挺挺地躺着的一具具人和动物的躯体时，有些恐慌。但他很快发现那些长着酒糟鼻子、脸色红润的瑞士人，只不过是喝醉了酒酣睡而已，因为他们手上的酒杯里还有香喷喷的残酒，他们的呼吸声也均匀而又清晰。

然后，他又穿过一个大理石铺砌的庭院，走进一座宫殿，登上了楼梯，看到许多持枪的卫兵，列队站在那儿，但个个都发出了呼噜呼噜的鼾声。

他一路走上去，不管他走到哪儿，都有不少人或站或坐，全都在梦乡里。这些人中有侍从，有宫女，还有绅士与贵夫人。

最后，王子来到了一间富丽堂皇的卧室。他一眼便发现了那张罩着帷幔的床，床上睡着一个十五六岁的姑娘，好似一块晶莹神奇的宝玉闪耀出明媚圣洁而又迷人的光华。他从未见过这么美丽的少女，激动得浑身好像在发抖，连心跳的声音也依稀可辨。他鼓起勇气，怀着强烈的爱慕之情，一步一步地朝前挪。来到公主的床边，他扑通一声跪了下去。

“世界上最美丽的公主，醒来吧！”

奇迹出现了，王子只呼唤了一声，公主便醒来了。公主含情脉脉地望着英俊的王子，眼睛里闪现出感激、喜悦而又激动的光。

“您就是王子吧，”公主柔声细语地说，“您进来很久了吧！”

王子点点头。公主讲的话以及那讲话的神态，都使他心荡神迷如痴如醉。他真想马上向公主袒露心扉，说他非常非常爱她。但由于太激动，他的嘴好像不听话似的，竟连一个字也没有吐出来。公主倒比他平静得多，也许她的话是早就想好了的，也许是在她漫长的睡眠中，那位好心的年轻仙女让她一次又一次地做过美梦。

不过很快王子就恢复了正常，他与公主谈呀谈呀，一口气谈了大半天，要说的话似乎还刚开头。

整座城堡的人、动物与各种摆设，也随同公主一起醒来了。但公主身边的宫女并没有陶醉在百年沉睡一朝醒来的欢乐中，因为她们各有各的职责，必须尽心尽力地去完成。她们首先感到饥饿难耐，心想公主肯定也需要马上进餐了，于是通知御厨准备好了一桌酒席，高声招呼公主说：

“请公主用晚餐！”

公主在王子的搀扶下来到了宴会厅。公主的穿戴高贵典雅、华丽无比。只是有一条宽宽的绉领，王子觉得在哪儿见过。“噢，想起来了。”王子心里说，“我祖母就有一件带这种绉领的衣服，只不过穿在她老人家身上，看上去平平常常，而穿在公主身上却更显出了她的美丽端庄。”

他们的餐桌摆在一面很大很大的壁镜前。他们可以一面进餐，一面借镜子欣赏对方的容颜与神态。杂役小厮在一旁殷勤地侍候，乐师们则用小提琴与双簧管演奏着乐曲。这些乐曲公主已经一百年没听到了，现在听起来感到格外动听优美。

晚餐后，城堡里的神父稍做准备，便在教堂里为公主与王子主持了婚礼。公主的伴娘为一对新人撩起了锦绣的床幔，说了声“新婚愉快”，便走开了。

俗话说：“夫妻共枕眠，新婚不夜天。”公主睡了一百年，毫无困意，王子也兴奋异常，这样一对新婚夫妇又乐谈了几乎一夜。

第二天早上，王子因为担心父王会为他彻夜不归而惦念他，便向公主告别，回到了王宫。

“孩子，你昨晚到哪儿去了？”国王问。

“我打猎迷了路，在一个烧炭人家里过了一夜。”王子随口编了个谎。

“你吃的什么？”

“黑面包和奶酪，还别有风味呢。”

国王是个老实人，相信了王子的话。但王子的后母就不一样了。这个女人的娘家是妖精。王后去世以后，国王之所以会娶她为妻，只不过是贪图她家的财产。过门以后，这个女人仍没有改掉她们家族的恶习。宫廷里的人不止一次上告国王，说他们看见新王后如何残忍地抓住某人某人的孩子，当点心吃下肚去。但老实的国王在她的花言巧语面前总是束手无策。这个心狠手辣的女人，早就视王子为眼中钉肉中刺，挖空心思想坏点子把王子除掉。对王子彻夜不归的举动，她当然不会放过。“我怀疑王子在外面有了艳遇。作为一个王子，王位的继承人，心这么野，实在不像话！”她在国王面前大讲王子的坏话。但国王总是袒护自己的儿子：“你有真凭实据吗？如果没有，仅凭疑心猜测，那是不能说服人的。”王后气得不得了，但毫无办法。

以后，王子一有空就以打猎作借口，去古城堡与公主会面，而且常常一连数夜不归。因为父王对他的解释深信不疑，所以王后只能干着急。但她的心并没有死，她经常咬牙切齿地自言自语：“哼！我就不相信没有下手的机会！”

就这样，英俊的王子与漂亮的公主秘密生活了两年多。他们生了两个孩子，刚好一男一女。女的是姐姐，名叫晨曦，意思是她像早晨的霞云一样漂亮；男的是弟弟，名叫阳光，意思是他既漂亮又威风。

不久，国王死了。关于他的死因，说法不一，有的讲他是年老病死的，有的讲他是被王后害死的。孰是孰非就不去管它了。老国王死了，王位当然由王子继承。王子借机会将自己的婚事晓谕全国，并举行了隆重的仪式，去古城堡把妻子和两个孩子接回王宫。这天，京城万人空巷，人们一起拥到王宫前面的广场上，那儿临时搭起了一座华丽雄伟的凯旋门。当人们看到美丽无比的王后与小王子、小公主时，异口同声地欢呼起来："伯拉沃！伯拉沃！"①

又过了没多久，新国王带兵去跟相邻的一个国家的军队打仗了。这个邻国的皇帝康塔拉比特是个很难对付的家伙。国王估计战争不会短时间结束，整个夏季他可能要在战场上度过，依照法律，他只得将摄政权授予太后，并且把妻子及儿女也托付给她照顾。

这当然是太后求之不得的。"哈哈！机会终于来了！"新国王一走，太后就得意地笑了起来。但为了遮人耳目，第一步她将儿媳和两个孩子迁居到森林中的一幢别墅里。几天后，她自己也住进了别墅。

"明天，我的晚餐用不着准备了，你去把小晨曦杀掉，我好久没吃到小孩肉了。"一到别墅，她就给总管下命令。

"啊，天哪！这……夫人，恐怕……"总管吃惊地说。

"怕什么？现在我说了算，我想吃谁就吃谁。"太后淌着口水说。那讲话的神态，活脱脱一个想吃人肉的妖精，"我不但一定要吃这个小孩，还想蘸着什锦沙司吃个痛快哩。"

俗话说："胳膊扭不过大腿。"总管心里尽管一百个不愿意，但还是拿把砍刀来到了小晨曦的房间。四岁的小晨曦正在屋里玩耍，看到总管进屋，天真地扑到他的怀里，要糖果吃。总管对聪明活泼的小晨曦欢喜得不得了，怎么会对她下毒手呢。他一边逗小晨曦玩儿，一边思考应付太后的办法。过了一会儿，总管悄悄来到饲养场，把一只小羊羔宰掉，洗弄干净，涂上厚厚的一层果酱送给太后，谎称是小晨曦的肉。太后吃得心满意足，称赞这是她从未尝过的美味。

为了保护小晨曦免受太后伤害，总管又将孩子交给自己的

① 法语"BRAVO"（叫好声）的音译。

妻子，让她把孩子藏在饲养场的一座矮房子里。

过了一个星期，妖精本性一点儿未改的太后又对总管下命令说：“上回你干得不错。这次我要拿小阳光当晚饭吃，你快去把他杀了！他是弟弟，肉肯定比他姐姐更嫩更香。”

总管已打定主意，再像上次一样蒙骗太后，所以他拿着刀装模作样地在小阳光房里转了一圈，便又悄悄来到饲养场，杀了一只更嫩的小羊羔，洗弄好涂上果酱，送给了太后。太后吃后，又夸赞了他。

当然，小阳光同样也被总管的妻子藏到了饲养场的那座矮房子里。

可总管还没有来得及庆贺保护小王子与小公主的成功，凶狠的太后在一天晚上又给他下了一道命令：

“王后的肉虽说不如两个小孩嫩，但她那么白净漂亮，味道肯定也错不了。快！快去把她杀了，我好美美地享受一顿晚餐！”

这下善良的总管心里可急了。为啥呢？一来，任何事情再一再二不能再三，他担心再用同样的偷梁换柱法会被太后识破，二来很难在别墅里找到跟王后差不多大小又肉质那么细嫩的动物。总管被逼得实在没有办法，暗暗地自语了一句：“国王，下臣对不住您了，但看到我已经保住了您的两个孩子的分上，请饶恕我吧。”便提起刀来到了王后的房间。看到王后，他不忍心马上动手，而是把太后的命令说了一遍，意思是让她死个明白。

没想到王后却显得异常平静。她不躲闪，更不求饶，而是把脖子伸了过去说：“你就照她的命令快执行吧！这样我就可以早点儿见到我的两个孩子了。”原来总管保护两个孩子的办法没对任何人讲过，王后还以为她的两个心肝宝贝已经不在人世了呢。

“不！不！”这时总管已经豁出去了，“您不能死，您不能丢下您的两个孩子！”接着，他把怎样保护小王子与小公主的经过简单讲述了一遍，并决定再杀头母鹿试试看能否瞒过太后。

总管悄悄地把王后带到了饲养场的那间矮房子里。见到两个孩子，王后既惊喜又激动，热泪止不住哗哗地朝外流。

总管赶紧找来一头母鹿杀了，更细心地洗弄好，涂上更厚的果酱送给了太后。太后不但没有疑心，反而吃得津津有味，大大地夸奖了总管一番以后，得意地说：“国王回来后问起来，我也不怕，就说是她们娘仨被恶狼叼走吃了。”

几天后的一个晚上，太后在别墅的院子里散步，忽然听到了小阳光因淘气而被打的哭声以及小晨曦的求饶声，从一间低矮的小屋里传出，她立刻辨认出那是王后跟她的两个孩子的声音，知道自己受了骗，气得火冒三丈。

回到屋里，她挖空心思寻找惩罚王后娘仨及总管夫妇的毒计，折腾了整整一夜。第二天一大早，她就在别墅里到处大声吆喝，叫大家都到庭院的正中去看热闹。原来，她叫人在那儿放了一只大空酒桶，桶里满是毒蛇、蜈蚣、癞蛤蟆之类有毒的动物。她要把王后、小王子、小公主、总管和他老婆，一起扔进桶里。

五个可怜的人已被捆住双手，带到了酒桶跟前。但正当他们要被扔进桶里的时刻，国王带兵凯旋归来了。见到这一可怖的场景，国王大吃一惊，问是怎么回事，众人怕得罪了太后会惹火烧身，都不敢吱声。但俗语说得好：“做贼心虚。”太后见国王回来了，知道自己所做的坏事迟早会被揭穿的，绝望地大叫一声，一头扎进了大空酒桶里，只一眨眼的工夫，便被桶里的毒蛇咬死了。

人们无不拍手称快。只有国王似乎还有点儿伤心，因为他毕竟跟太后一块生活了好多年。但当他想到心爱的妻子和两个天真活泼的孩子差点儿被后母害死时，又觉得这是上帝的安排，太后是罪有应得。

这个故事告诉人们这样的道理：

为了得到一个中意的伴侣，
可以等上一段很长很长的日子，
但沉沉长眠一百年，
世界上恐怕找不出第二个女子。
婚姻是男人与女人间的紧密结合，
尽管情状不同，结果也不是一个。
但有一点却是永恒不变的：
越是幸福的婚姻，其磨难越多。

（董天琦　译）

蓝胡子妖怪

［法］佩罗

从前有一个人，他自称是经商的，但人们却从未见他贩卖过什么。他在城里、镇上、乡村都有住宅，每座住宅都布置得富丽堂皇、豪华气派。住宅里的家具都是用乌木精雕细刻的，餐饮用的器皿都是金银巧打妙镶的。另外，每所住宅还配有多辆金光闪闪的四轮马车。照理说，这么富有的人应该是妻妾成群的，但人们却从未见过什么年轻的女人进出这些住宅。这是为什么呢？因为这个自称商人的人脸上有一撮蓝色的胡子，再加上他的相貌格外丑陋，看上去简直像传说中的妖怪。这样，你想想，姑娘们怎么肯接近他呢。就连男人一见了他也像躲瘟疫似的赶快躲开。人们背后还给他起了个外号，叫他“蓝胡子”。

蓝胡子最喜欢住在镇上的一套住宅里。为啥呢？那里的邻居中有一位高贵的夫人，她有两个如花似玉的女儿。蓝胡子早就看上了这姊妹俩，曾不止一次去向女邻居请求，随便嫁一个女儿给她。自然，两个姑娘没一个愿意的，她们不仅嫌蓝胡子长得难看，还听说他曾娶过好几个妻子，婚后都马上失踪了。

可蓝胡子并不死心，他横想竖想，想出了这样一条妙计：把高贵的夫人及她的两个女儿，还有她们要好的女友，以及附近的几个年轻小伙子，一起请到乡下的那所住宅里，让大家自由自在地尽情嬉戏，或散步、跳舞、会餐，或打猎、钓鱼、做游戏，无拘无束，玩个痛快，吃个痛快，闹个痛快，笑个痛快。这样过了一周，人们便慢慢觉得蓝胡子不那么令人讨厌了。尤其是贵夫人的二女儿，她甚至觉得主人挺有风度与教养，主人的那一撮蓝胡子也不怎么蓝了。结果，一回到镇上，她便答应蓝胡子，马上举行了婚礼。

新婚蜜月刚过完，蓝胡子丈夫便对妻子说，因为他有一笔大买卖马上要做，需要出一趟远门，估计得一个半月才能回来。丈夫还说，在他不在家的时候，她高兴怎么玩就怎么玩，不必计较礼节，也不要管花多少钱，比如经常举办盛宴款待她的女友们，邀请女友们来家玩或到乡下的住宅去。临动身以前，蓝胡子拿出一串钥匙又嘱咐妻子说：

“我们家的所有钥匙都在这儿。这一把是开金银餐具柜的钥匙，这一把是开放满金银币的保险柜的钥匙，这一把是开首饰箱的钥匙，还有一把是什么锁都能开的万能钥匙。这几把钥匙，随便你怎么用都行，箱柜里的宝物也任你观赏、任你拿取。但钥匙串上这把最小的钥匙，是专门用来开走廊尽头那个小房间的，我禁止你使用它，你也无论如何不能进入那个小房间。这一点你一定要牢记在心，如果你敢违抗，我决不会饶恕你！”

妻子点头应允。夫妻俩热烈地拥抱亲吻了一阵，蓝胡子便登上马车，立即启程出发了。

当天，妻子便发出邀请，叫女邻居们和女友们来她家欢聚。这些女人早就盼望着这一天了，因为蓝胡子家的豪华摆设是远近闻名的，据说与王宫不相上下，但平时她们害怕见到蓝胡子，所以都不敢来。现在，这些女人一进屋，个个把眼睛睁得圆圆的，跟着女主人东转转，西兜兜，瞧瞧这，摸摸那。她们叫女主人打开所有的房间，就连卧室与衣帽间也不放过。她们只觉得房间里的摆设，一个比一个华丽精致，一个比一个高雅阔绰。最令她们称赏的是家具贮藏室，里面有极其精美的地毯，无比精巧的床和沙发，以及式样奇特的用名贵木材制作的装饰橱、餐桌与独脚茶几。贮藏室里还有好几面大穿衣镜，每一面都镶着华贵的镜框，镜框的质地各不相同，有金的、有银的，也有水晶的。穿衣镜大极了，人往前面一站，从头到脚，身体的各个部位都能照到。

女邻居和女友们看得眼花缭乱、心满意足、赞不绝口。但女主人却对这一切兴味索然，是因为她平时看得多了吗？不是，是走廊尽头的那间小屋引起了她的好奇心，她打定主意，要看个究竟。于是，她借故支开众人，独自蹑手蹑脚地从一个暗梯下到走廊的尽头，由于心情紧张，再加上不敢开灯，走起来跌跌撞撞的，就跟瞎子下山似的。

到了小房间的门口，她从钥匙串上摘下那把小钥匙，就往钥匙孔里插。可这时，她的手好像不听话似的，抖颤个不停，因为丈夫的禁令在她耳边响了起来，她怕为满足自己的好奇心而招来不幸。然而稍微停了一下，强烈的好奇心使她再也无法控制自己，最后还是把那间神秘的小房间打开了。

女主人万万没有想到，窗子紧闭、密不透风而又黑咕隆咚的房子里任何家具摆设也没有，只是在墙角处似乎有几样东西。她走过去一看，吓得魂都快没了，原来那是几具年轻女人的尸体。“难道这就是人们传说中的蓝胡子的几个前妻？太可怕了！”她这样想着，浑身不由得哆嗦起来，就听“当”的一声，手中那把小钥匙掉在了地板上。她弯下腰捡钥匙，发现地板上满是血迹，一股呛人的血腥气直冲鼻腔。她赶紧屏住气，捡起钥匙，踉踉跄跄地跑出屋，重新把门锁上，然后悄悄地回到自己的卧室，一头扎在床上。由于紧张害怕，她的心“咚咚咚咚”跳得像敲鼓一样。

过了好大一阵子，她才镇静下来。她想擦掉小钥匙上的血迹，先用布条使劲擦，擦了好多遍也没擦干净；她又用水冲洗，冲了好几次还是白费力气；后来她又用砂子搓、用陶瓷片磨，结果仍是老样子。她这时才明白，丈夫蓝胡子交给她的是一把魔钥匙，上面的血迹是根本没办法弄干净的，好不容易擦去了一面的血迹，另一面又会出现新的血迹。“咳！这下怎么办呢?”女主人犯了愁。过了一会儿，她又自欺欺人地幻想：反正丈夫还要很久才回来呢，也许到时钥匙上的血迹会干了自己掉下来。

可她做梦也不会想到，丈夫蓝胡子当天晚上就回来了。妻子做出非常高兴的样子迎上前去：

“你怎么这么早就回来了？啊！太好了！事情办妥了吗?”

“办妥了。我离家不远遇到了一个经纪人，他已经代我把那笔生意做成了。”

第二天，丈夫向妻子要回所有的钥匙。妻子哆哆嗦嗦地只把那一串钥匙递到丈夫手里。蓝胡子一下子便明白家里发生了什么事，他直截了当地问：

“那把小钥匙呢?怎么没串在钥匙串上?”

“可能我把它弄丢了。”妻子随口编了个谎。

“马上去找！一定得找回来!”蓝胡子开始生气了。

妻子假装着这里瞧瞧那里看看，磨蹭了好大一会儿，才交出了那把小钥匙。蓝胡子朝钥匙看了一眼，脸马上变了，严厉地质问妻子：

“钥匙上的血迹是怎么回事?”

“我也不清楚。”妻子知道事情已被戳穿，吓得脸如死灰，战战兢兢地回答。

“什么？你不清楚？难道血迹自己会跑到钥匙上去吗！”蓝胡子大声吼叫起来，“既然你喜欢进那个小房间，那好吧，我满足你，那几个女人旁边正好空有你的位子！”

妻子吓得扑通一声跪倒在丈夫脚下，哭着乞求宽恕，说她因为好奇而一时做错了事，并没有别的想法。见丈夫仍无动于衷，她又搔首弄姿地向丈夫撒娇，企图让丈夫中她的美人计。

“别痴心妄想了！你必须去死，而且是马上去死！”蓝胡子心冷似铁，丝毫不肯让步。

妻子急中生智，想出了一个拖延之计。她说：“好吧，我认命了。不过，请您满足我的最后一个要求，看在咱们夫妻一场的分上。”

“什么要求？”

“给我一点时间向上帝祈祷。”

“可以！不过只有七分钟的时间，多一分也不行。”蓝胡子咬了咬牙说。

妻子赶紧跑到顶楼，把头伸到窗外喊她的姐姐安娜。因为她家跟娘家的楼房紧挨着，她不用大声叫，姐姐就能听得一清二楚。

“姐姐，求求你赶快到楼顶上去，看看哥哥们来了没有，他们原讲定今天一早来看我的。如果他们来了，你就打信号叫他们立刻到我家来！”

安娜登上了楼顶。她的妹妹焦急地问：“姐姐，你看到他们了吗？”

安娜回答：“没有，我只看到灿烂的阳光和碧绿的草地。”

这时已经过了五六分钟了，蓝胡子手提一把大刀在底楼声嘶力竭地吼叫："快点下来！时间到了，不然我就上楼了！"

"再等一小会儿，我就祷告完了，求求你！"妻子央求道。

见楼下没有动静，她又朝娘家喊："姐姐，你看到哥哥们了吗？"

安娜姐姐还是回答："没有，我只看到在风中飘舞的树叶和在天空飞翔的小鸟。"

这时，妻子又听到丈夫的吼声："快下来！不然我真的上楼了！"

妻子一面回答"我这就下去了"，一面又朝娘家喊："姐姐，现在你该看见哥哥们的影子了吧？"

安娜姐姐说："我看见有一团尘土朝这儿扬过来……"

"是哥哥们来了吗？你可看仔细啊！"

"唉！对不起，不是哥哥们，是一群羊。"

蓝胡子的吼声更响了："快下来，再不下来我叫你死得更惨！"

"我已经在下楼了，"妻子回答了一句，又怀着最后一线希望朝姐姐安娜喊："哥哥们来了吗？再不来我就没命了。"

"我看见两个骑士跑来了，谢天谢地。"姐姐说。稍停了停，她惊喜地大声叫了起来："我看清楚了，是咱们的两个哥哥，我这就给他们打信号，叫他们直接去你家救你。"

蓝胡子听到了，像一头野兽似的怒吼了一句："气死我了！"

可怜的妻子这时下了楼。她跪倒在蓝胡子的面前，心里不停地说着同一句话：但愿两个哥哥及时赶到，但愿两个哥哥及时赶到……

"跪也好，磕头也好，我都不会饶你的！"蓝胡子恶狠狠地说。说罢，一手揪住妻子的头发，一手举起了大刀。

妻子披头散发，泪如雨下。她用乞求的目光盯着丈夫，想再拖延一些时光："请您再让我祈祷片刻好吗?"

"不行！你还是直接去见上帝吧！"蓝胡子说着，手中的刀就要往下落。

就在这千钧一发之际，"哐！哐！哐！"外面响起了猛烈的撞门声。蓝胡子愣了一下，还没作出反应，两个手持长剑的骑士便闯了进来。

蓝胡子一下子便认出了他们俩。他们一个是龙骑兵，一个是火枪手，都是妻子的哥哥。他吓出了一身冷汗，丢下刀没命地朝外逃，但还没来得及下完门外的台阶，就被两个勇猛的骑士抓住了，只听"扑""扑"两声，两把锋利的长剑同时刺入了他的胸膛。

蓝胡子死了，刚才被吓昏的妻子这时也醒了。她想站起来拥抱两个哥哥，感谢他们的救命之恩，但两条腿还是软软的，没有一点儿力气。哥哥们抚慰了好长时间，她才缓过气来。

由于蓝胡子没有其他继承人，这样，他的妻子便成了他所有财产的拥有者。这位死里逃生的女人，为了报恩，拿出相当一部分钱财为姐姐举办了隆重的婚礼，姐夫是一位与姐姐相恋了很久的绅士；又拿出很可观的一笔钱为两个哥哥各捐了一个高级别的军官。余下的财产，她全部用来操办自己的婚事，她改嫁给了一个家境贫寒但为人诚实的男子。婚后的生活幸福而美满，使她完全忘却了与蓝胡子在一起的那段怪异而又可怕的日子。

这个故事给人的启发是这样的：

无论好奇心被什么诱惑唤起，

灾祸都会随之而至，
尤其是一些贪图享乐的女人，
不付出代价不会把教训记在心里。
妻子对丈夫最喜欢的是富有，
丈夫对妻子最喜欢的是温柔，
假如这样组织起一个家庭，
人们将很难断定谁把谁左右。

（董天琦　译）

天下第一猫

［法］佩罗

古时候有个磨坊主，辛辛苦苦地干了一辈子的活儿，也没积攒下什么像样的家产。临死的时候，他把三个儿子叫到跟前说："孩子们，你们的爹实在窝囊，给你们留下的遗产只有一盘磨、一头驴子和一只猫。怎么分你们自己商量吧，我是无能为力了。"说完，老人便咽了气。

三个儿子埋葬了父亲，开始分遗产。因为只有三样，他们没有叫亲友帮忙，也没有请证人，而是依年龄大小来决定挑选顺序。老大先挑走了石磨，老二接着又挑走了驴子，轮到老三，就只剩下那只猫了。老三当然不高兴，心里说：两个哥哥分得的遗产虽说也很平常，但总还可以派上用场，大哥可以用石磨为人磨面粉挣几个钱花，二哥可以用驴子给人驮东西捞点儿好处，我呢，只是一只猫，有什么用呢！他想了想，决定把猫杀了，先美美地吃一顿肉，然后再用猫皮做一个取暖的手袋。

其实，他们家的这只猫不是一般的猫。它不仅聪明无比，还通人性。它听了主人的话，"得"的一声跳到主人面前，一本正经地说："主人，您不必难过，分到我是你的福分。你只要给我一块布，让我自己做一双靴子，我就能什么地方都到得了，什么事情都可以做了。另外，你还要给我一只口袋和一些细绳子。”

“你要口袋和细绳子干什么？”老三不解地问。

“到时你就知道了。”猫神秘地回答。

起初，老三还不大相信猫的话，但想想这只猫平时捉老鼠的种种表现，就不再怀疑了。这只猫捉老鼠的本领是远近闻名的，它不仅机敏迅捷，还经常要弄一些小花招叫狡猾的老鼠上当。比如有时它会用两条后腿倒悬在某个地方，当老鼠经过时，好出其不意地一下子抓住老鼠；又比如当它知道老鼠有去面缸里偷面粉吃的习惯时，就躺在面缸里装死，将小偷逮个正着。所以老三满足了猫的要求。

猫麻利地用布做了一双靴子穿在后脚上，又把口袋挂在脖子上，再用两只前爪拿着细绳子，就到村外的野兔林去了。

野兔林真是名副其实，那儿到处是兔子的窝与脚印。穿靴子的猫在一只兔子的必经之路上放下口袋，往口袋里撒了些兔子爱吃的麸皮和莴苣叶，便躺在地上装死，等兔子上钩。

猫还没闭上眼睛，一只小兔子便跑了过来，见口袋里有好吃的东西，不管三七二十一，一头钻了进去。猫猛地跳上前，抓紧袋口，逮住兔子，当场杀死了它。

随后，穿靴子的猫带着猎物来到京城，说有好东西敬献给国王，卫兵把它领到王宫里。一见到国王，猫马上行了个屈膝大礼，恭恭敬敬地对国王说：

“陛下，这只肉味鲜美的兔子是在野兔林里逮到的，我的主人卡拉巴侯爵① 要我把它敬献给您。”

---

① 这是穿靴子的猫随意给老三安的一个头衔，目的是引起国王的重视。

国王高兴地说："请你转告你的主人，我谢谢他。"

回去以后，猫又钻进麦地里，把口袋口张得大大的，挂在麦秆上，自己藏在远处。但它手中扯着一根长绳子，绳子的另一头系在袋口上。不一会儿，两只鹌鹑钻进了口袋，猫猛地一拽绳子，袋口便抽紧了。猫轻而易举地又逮到了两只野鹌鹑。像上次一样，它又跑到京城，把两只鸟以卡拉巴侯爵的名义敬献给了国王。国王高兴地收下礼物，并赏给它一些跑腿钱。

从此，穿靴子的猫每隔几天就如法炮制，逮住一两样野味去献给国王，当然它也说是卡拉巴侯爵尽的忠心。

国王有个女儿，长得比仙女还要美。公主要出宫去散散心，国王决定陪女儿一起沿着一条风景如画的河流游览一番。穿靴子的猫得到这个消息后对主人说：

"机会来了，你要交好运了。你马上到那条河里去洗澡，至于为什么，你先别问，只要照我的建议去做就行了，其余的事我自己会处理的。"

老三这个所谓的"卡拉巴侯爵"真的依照猫的建议在河里洗起澡来。不一会儿，国王与公主游览到了那儿。穿靴子的猫大声喊叫起来：

"救人呀！快救人呀！卡拉巴侯爵掉到河里了！"

国王听到喊声，见是经常给他送野味的猫，马上派卫兵去救卡拉巴侯爵。

当卫兵们把老三从河里拉上岸以后，猫就跑到国王面前说，它主人的衣服刚才被几个坏蛋抢走了——其实呢，是它自己偷偷地把主人的衣服藏了起来。国王信以为真，马上命令衣官挑一套他自己穿的衣服送给卡拉巴侯爵。

老三本来就是个长得挺帅的小伙子，再经国王的漂亮衣服一打扮，显得更加英俊了。国王拉住他的手，欢喜得不得了。

公主也对他产生了好感，两只明亮的大眼睛一直盯着他。老三当然喜出望外，一次又一次地向公主飞去温文尔雅而又含情脉脉的眼波。

于是，老三被邀请作为陪客，随国王与公主继续游览。因为老三是从小在河边长大的，不仅熟悉每一条路，而且对两岸的风景讲得头头是道，这更博得了国王父女俩的欢心。

穿靴子的猫见自己的初步计划成功了，很是高兴，它飞快地向前跑去。不久，它遇见了几个正在割青草的农民，便上前威胁说：

“国王游玩马上路过这儿，见了他你们一定要说草场是属于卡拉巴侯爵的，不然的话你们会被砍头的！”

国王很快游览到了那儿。

“割草的百姓们哪，这片草场是属于谁的？”他问。

“陛下，是卡拉巴侯爵的。”农民们齐声回答，他们还以为穿靴子的猫是国王的宠物呢。

国王扭过脸问老三：“你的这份家产是怎么来的，是上辈留下的还是你自己挣的？”

聪明的老三料想这肯定是穿靴猫计划的一部分。他没有正面回答国王的问题，只是用手指了指草场，说：“陛下，您看那些草，长得多么茂盛啊！这片草场的土肥沃着呢。”

能干的猫这时又跑到前面去了。它又遇到了一群收割小麦的人，又威胁说：

“喂！割麦子的乡亲们，国王马上来这儿游览了，如果他问你们割的小麦是谁家的，你们一定要回答是卡拉巴侯爵的，不然的话你们会被剁成肉酱的！”

不一会儿，国王来到了那儿。他又问农民收割的小麦是属于谁的，农民们又以为穿靴猫是他的宠物，又异口同声地回答说是属于卡拉巴侯爵的。这一次聪明的老三没等国王问他，便主动说：

“陛下，您看这些小麦长得粒粒饱满，多喜人呀！”

“对！对！”国王一迭连声地说。

以后，穿靴猫总是跑在前头，无论遇到什么人都威胁人家依照它的说法回答国王的问话。国王心里说：这个卡拉巴，真是个地地道道的巨富呀！

前面又到了一座城堡。自然是穿靴猫先进了城堡。城堡非常雄伟漂亮，城堡里的摆设样样豪华气派。其实，城堡的主人才是个巨富，他的财产多得没法数清。不过，他是一个妖魔，动不动就把人捉来吃掉。穿靴猫早就打探清楚，这家伙法力无边，但头脑有些简单。

“您好？尊贵的堡主！”穿靴猫上前虔诚地打招呼，并行了大礼，“请接受我这个路过的不起眼的小动物的问候，祝您洪福齐天！”

妖魔也像人一样爱听恭维的话，所以魔王热情地接待了穿靴猫，不仅让它进屋休息，还叫人拿来了好吃的东西。

“大王啊，”猫趁热打铁地说，“我一路上听人讲，您无所不能，可以把自己变成狮子、大象等凶猛巨大的动物，这是真的吗？”

“这还能有假！”魔王自豪地回答，“好吧，为了证实我的本领，我这就变成一头狮子让你瞧瞧。”

穿靴猫只眨了一下眼皮，一头凶猛的大狮子就站到了它的面前。它吓得“呼”的一声蹿上了房顶。那头巨狮只是龇牙咧嘴地朝它看，因为狮子上不了房顶。

过了一会儿，狮子又变回原形，猫这才从房顶上下来。

“啊！大王真了不起，佩服！佩服！”它又给魔王灌起了迷魂汤，“不过，听人说，您也能变成很小很小的动物，比如一只小老鼠，这我就怀疑了，您这么高大魁梧，怎么可能变成一只小老鼠呢？”

魔王听了气得哇哇直叫：“什么？不可能？我这就叫你见识见识。”

他的话音刚落，一只小老鼠就出现在地板上。小老鼠故意东跑西跳，好像在说：“我就是魔王变的，怎么样？你心服口服了吧！”

穿靴猫瞅准时机，“呼”的一声蹿上前，一口咬死了小老鼠，吞下肚去。

正在这时，国王的游览队伍来到了城堡前的吊桥边。穿靴猫听到辇车声，急忙跑出来，放下吊桥说：“欢迎陛下光临卡拉巴侯爵的府第！”

国王从未见过这么漂亮的城堡，惊奇地对老三说：“这座城堡也是属于你的呀！你真有眼力，选中这么一个风景如画的地方建城堡。”

进了城堡，见了花园似的庭院以及各个房间、走廊的摆设，国王与公主都赞不绝口。

“请尊敬的陛下与公主去大厅用点心！”穿靴猫说。

老三搀着公主的手与国王一起步入大厅。大厅中央的圆桌上摆满了各式各样的点心。这些点心本来是魔王用来招待别的妖魔朋友的。魔王死了，再加国王带着那么多卫兵，别的妖魔便不敢来了。

穿靴猫接着又张罗了一顿丰富的酒宴。酒过三巡，醉意蒙眬的国王问老三：

“卡拉巴侯爵，你乐意做驸马吗？”

这当然是老三求之不得的。他一边爽快地答应，一边向国王行了屈膝大礼。于是，老三与公主当天便举行了隆重的婚礼。

老三做梦也不会想到，父亲留下的一只小小的猫竟然帮他占有了巨额财产，娶到了美丽的公主。他情不自禁地把穿靴猫抱在怀里，由衷地夸赞道：

“啊！如果要推举天下最能干的猫，我看非你莫属啊，从今以后，我就叫你天下第一猫吧！”

这个故事的寓意是什么呢？

对世上所有的年轻人而言，
父辈所留下的遗产，
最有价值的不是金银珠宝，
而是手艺与才干。

想博得一个美女的欢心，
难道只需要衣饰华丽和面容英俊？
不！还应该再加上，
朋友的真诚相助与计谋的恰到好处。

（董天琦　译）

小拇指与七里靴

［法］佩罗

很久以前，在某个山区，有一个名叫纪尧姆的人。他每天以打柴为生，过着清贫而又艰难的生活。后来，他结了婚。四年后，他们一共有了七个儿子。也许有人会问：才短短的四年，怎么会生下那么多孩子呢，原来妻子生的都是双胞胎或三胞胎。

家里本来就穷，再加上有那么多孩子，生活就更困难了。除了穷，还有一件事很令樵夫夫妻俩忧心。什么事呢？他们最小的儿子打生下来就体弱多病，而且极少说话。由于刚出世时他看上去只有大人的拇指粗细，别人便戏称他为“小拇指”。这孩子在弟兄们中间是个受气包，他的六个哥哥，谁都可以随意指责他、嘲笑他，甚至欺负他。但小家伙的脑袋瓜却比任何一个哥哥都灵，他遇事不仅点子多，而且思考得很周密，所以当父母的并不厌弃他。

就在大儿子刚十岁、小儿子刚七岁的时候，因为出了意外，家里穷得揭不开锅了。可怜的樵夫夫妇实在没有办法继续抚养七个孩子。有天夜里，等孩子们都睡着了，樵夫叹着气对妻子说：

“孩子他妈，你心里也清楚，咱们家现在是吃了上顿没下顿，七个孩子再也没办法养活了，与其让他们在家里饿死，还不如把他们带到森林里去，只要上帝不抛弃他们，他们也许能找到一条生路。我已经想好了，明天咱们带七个儿子去森林里玩捆柴游戏，孩子们肯定玩得忘记一切的，那时咱们就悄悄地溜回家。”

“天啊，你怎么这样狠心呀！他们到底是咱的骨肉啊！”妻子惊叫起来。

丈夫马上制止她，别大声说话，免得把孩子们吵醒了。他耐心地劝妻子说，他想出这个办法，并不表示他们当父母的狠心，恰恰相反，他是在为孩子们着想，在森林里还有希望活下去，在家里却只有死路一条。妻子无话可说了，但孩子毕竟是她的连心肉啊，她难过地躺在床上哭了整整一个夜晚。

其实，妻子的惊叫声把孩子们全弄醒了，只不过六个大孩子翻了个身又睡着了。只有小拇指多了个心眼儿，他想：半夜三更的，母亲为什么惊叫呢？肯定是家里出了事，所以他假装睡着了，耳朵却细心地听着。父母的话，他听了个一清二楚。夜深的时候，他蹑手蹑脚地下了床，轻轻地推开门，来到一条小溪边，捡了许多白色的石子装进口袋里，然后又悄没声息地回到家里躺下去睡了。

天亮了，父母亲带七个孩子来到森林里。父亲对他们说：“我们砍柴去了，你们学着捆掉在地上的干树枝，看谁捆得快，捆得多，等会儿我来查看。”

孩子们兴高采烈地忙活起来。由于树密草盛，再加上雾气还没散尽，所以差不多隔上十步远，就很难相互看见了。父母亲趁他们不注意，悄悄地钻出密林，故意绕小路东拐西弯地跑回了家。

当孩子们发现父母亲不在森林里时，又是拼命喊叫，又是大声哭号，以为灾难马上降临到他们头上了。只有小拇指心里一点儿也不惊慌，因为来森林的路上，他已把口袋里的白石子扔下做了记号，他可以平安回到家中。“哥哥们，别担心，”他说，“父母亲丢弃不了咱们，你们跟着我走好了。”

小拇指靠着那些白石子帮忙，沿着早上出来的路，顺利地把六个哥哥带回家中。但是他们没敢马上进屋，而是把耳朵贴在门缝上，想听听父母亲有什么动静。

樵夫夫妇前几年打柴卖时，村里的一个老爷一直拖欠着柴钱，加起来有十多个埃居。① 就在他们夫妇丢弃了七个孩子回到家里时，那个老爷叫人送来了所欠的柴钱。本来他们对这笔钱已经不抱什么希望了，现在有了这十几个埃居，等于又捡回了一条命，可以吃上几天饱饭了。樵夫马上叫妻子去屠宰场买了许多肉，夫妻俩美美地吃了一顿。

女人的心到底比男人的软。一边吃饭妻子一边埋怨丈夫：“要是孩子们全在，那该多好啊！纪尧姆！都是你不好，是你坚持把孩子抛弃在森林里的，你真没人性！我当时就说，这样做我们会后悔的。现在怎么样？唉！不知道我们那七个可怜的孩子怎么样了。上帝啊，保佑他们不被恶狼吃掉吧！”

不管妻子怎么数落，纪尧姆就是不吭声。因为他当时想出丢弃孩子的办法，也是万不得已的，他也爱孩子们，他的心肠并不坏，他现在也非常懊悔。但他越是沉默，妻子越是唠叨个不停。同样的话，她说了一遍又一遍。当她说到第二十遍的时候，纪尧姆再也忍不住了。纪尧姆大吼一声：“快住嘴！再不住嘴我揍扁你！”

---

① 埃居（écu）：法国古代钱币名。种类很多，价值不一，通常的标准是一个埃居等于六十个苏（sou）。

但是妻子还是唠叨个没完："我的孩子啊，可怜的孩子啊，你们在哪儿啊？"

这时，门外的孩子们再也忍不住了，一起大声喊："妈妈！我们在这儿！我们在这儿！"

妈妈喜出望外，几步冲到门口，打开门，挨个儿拥抱着她的七个儿子。

"好乖乖！真把我高兴死了。亲爱的孩子们，你们肯定又累又饿，对么？皮埃尔，瞧你身上，满是泥，怎么搞的？快过来，妈给你弄干净。大家快上桌吃饭吧！"

妈妈说的皮埃尔是她的大儿子，她特别喜欢他，因为他长得跟妈妈特别像，尤其是头发，都是红棕色的。

七个小家伙一齐上了桌，狼吞虎咽地吃了起来。孩子们一边吃一边讲述他们在森林里的情景，怎样捆着捆着柴火发现不见了爸爸妈妈，怎样害怕得又哭又叫，但却只字不提是怎样回家的。父母亲呢，光顾了高兴，也没有细问。

过了没多少时间，十几个埃居花得一个子儿也不剩了，樵夫夫妇又犯愁了。他们无论怎么想，也想不出养活七个孩子的办法，最后不得不决定再次把孩子们丢弃掉。为了抛弃成功，他们这次打算把孩子们带到更远的地方。

哥哥们还是像上次一样糊里糊涂的。又是小拇指机灵地听到了父母亲的谈话声。他打算再去小溪边捡些白石子，可一拉屋门，发现父母亲把门锁上了。这怎么办呢？他想了想，决定把家中仅剩的一块面包弄碎代替石块，撒在经过的路上。

樵夫夫妇把七个孩子带到森林的更深处，那儿的树更密，草更高。一到那儿，他们就想办法把孩子们支开，自己悄悄地从一条很难走的小路回家了。

孩子们发现父母亲不见了，又大声哭叫起来。小拇指又安慰他们说："没关系，哥哥们用不着伤心，我会带大家像上次一样平安回到家里的。"说完，他带着哥哥们往回走。可走了没多远，他就愣住了，原来他沿途撒的面包块被鸟或者别的动物吃了，记号没有了，他不知道该往哪个方向走了。没办法，他试着从一条路走下去，结果反而走到森林的更深处去了。

不久，天慢慢黑了下来。一阵阵晚风吹来，到处都发出可怕的声响，仿佛有一群狼一边嗥叫一边向他们逼近。他们吓得连气也不敢大声出，也不敢朝发出声响的方向望。接着，大雨又下了起来，把他们个个淋成了落汤鸡。这样，路就更不好走了，到处是水和泥，一不小心就摔个大跟头，弄得满身满脸都是泥。没办法，他们只得手足并用连滚带爬地朝前挪，那个狼狈劲儿，就别提了。

还是小拇指会动脑筋，他爬到一棵大树的顶上朝四下望，隐隐约约地望见前面的一片密林中有一丝微弱的光，估摸着那儿可能有人家。于是，他下了树，带领哥哥们朝有光亮的方向走去。走了好大一会儿，大家来到了一座房子的跟前。小拇指发现在大树上看到的光，原来是从屋内射出的蜡烛光。有烛光就有人，他们松了一口气。但紧接着心又扑通扑通跳了起来，因为他们听过父母讲的深山密林中可怕的妖魔鬼怪的故事，担心会出什么危险。

可是既然来了，而且又没别的办法可想，还得试试运气呀。

"咚！咚！咚！"孩子们上前敲了三下门。

一个老奶奶开了门。"什么事啊？"她问。

"我们在森林里迷了路，"小拇指抢着回答，"现在天晚了，请老奶奶发发慈悲，让我们借住一宿。"

老奶奶见七个长得俊眉俊眼的孩子个个疲惫不堪、浑身是泥，心疼得流下了热泪。她关心地说：

“可怜的孩子们，你们的要求照理我是不可以拒绝的，可你们为什么偏偏到这里来呢？这里住的可是一个专吃小孩的妖怪呀！你们这不是自投罗网吗？”

“唉！老奶奶，那我们该怎么办呢？”小拇指说，他的话既可怜，也无可奈何，“我们现在是走投无路了呀。整座林子里只有这里有座屋子，如果我们今晚不住在这儿，恶狼也会把我们吃掉的呀。与其被恶狼吃了，还不如在这儿碰碰运气哩，也许你的先生会同情我们。老人家，请您多替我们求求情吧！”

妖怪的妻子想了想，便点头答应，请孩子们赶快进屋烤火取暖。火堆的上方有一个铁扦子，上面有一只全羊正被烤得吱啦吱啦地响。孩子们刚坐到火堆旁，就听到了三四下重重的敲门声，看样子是妖怪回来了。老奶奶赶快叫孩子们藏到床底下去。

妖怪一进屋就粗喉大嗓地嚷：“老太婆！晚饭准备好了吗？酒呢？也斟好了？我饿坏了！”说着坐到了餐桌旁。他见铁扦上的羊还在朝下滴血，高兴地说：“唔！正好，皮焦肉嫩，美味可口！”

妖怪一边吃羊肉一边用鼻子东嗅西闻。“嗯？怎么家里有生人味？”

“可能是那只小牛犊的气味，我刚刚剥了它的皮，准备给你明天吃的。”妻子连忙搪塞。

“不对！我再说一遍：就是生人的味道！”妖怪狠狠地瞪了妻子一眼，“你肯定瞒着我在家里藏了什么人！”

妖怪说着，忽地站起身，向床边走去，把七个孩子一个一个地从床底下拽了出来。

“好你个该死的老太婆！竟敢骗我，哼！”妖怪发火了，

"我早就该把你吃了！不过，你在我面前玩花样，说明你是个老傻瓜。我的三个朋友过两天来看我，用这七个小男孩款待他们再好不过了……"

七个孩子吓得浑身发抖，一起跪在妖怪面前，哀求他饶了他们。

可妖怪就是妖怪，是不可能有怜悯之心的，何况这个妖怪又是最残酷的。他馋涎欲滴地看着孩子们，叫妻子去弄一盘酱来，他想蘸着酱先尝尝味道。他自己还拿来一块磨刀石和一把砍刀，故意当着孩子们的面，霍呀霍地磨起刀来。磨好刀，他抓住一个孩子，就要下手。老奶奶赶紧劝他说：

"干嘛非得今天晚上吃小孩肉呢？明天一早吃不是更好吗？反正他们又逃不掉。"

"快闭上你的嘴！"妖怪训斥道，"你又不是不知道我的脾气，我就喜欢尝新鲜。"

老奶奶灵机一动，换了个劝法："可你今晚的肉已经够多了呀！你看！两只整羊，半口肥猪，这些你也根本吃不完呀！"

"你说得还有些道理，那好吧，明天再吃。"妖怪终于改变了主意，"那你给他们吃饱晚饭，别把他们饿瘦了，然后再让他们好好地睡一觉。天一亮，你就给我准备！"

妖怪说完，就大吃大喝起来。他妻子领孩子们去吃饭。可孩子们个个吓得魂都快没了，怎么能吃得下去呢！妖怪一想到七个到手的男孩子，心里特别高兴，他不但明天早上可以先尝尝鲜，两天后还可以用来款待三位好朋友，这事儿够多美呀！俗话说："高兴过了头，管不住口和手。"妖怪一喝起酒来，就刹不住车了，竟一连灌了十二大杯，直到喝得头昏脑涨，迷迷糊糊地沉睡过去。

妖怪有七个女儿，年龄和小拇指他们差不多大。这七个小妖精个个长着圆滚滚的脑袋，灰色的小眼睛，鹰钩鼻子，血盆大口，看上去又丑又可怕。她们是这个妖怪和前一个女妖怪生的，后来女妖怪死了，这个妖怪又不知从哪儿掳来一个老妈妈，说是他的妻子，其实是专门侍候他和小妖精的女佣人。七个小妖精跟父亲一样残酷无情，喜欢吃小孩子的肉喝小孩的血。小拇指弟兄进屋的时候，她们已经吃了半口猪睡觉了。

妖怪家有两间卧室。一间卧室是妖怪跟他妻子住的；还有一间安了两张大床，一张床上睡的是妖怪的七个女儿，还有一张床本来是空着的，现在安排七个男孩子睡了。

小拇指的心眼儿就是多。他一进屋发现妖怪的七个女儿都戴着一顶金花冠睡觉，就估计其中必有名堂，所以他一直没有睡。半夜的时候，他见七个小妖怪都睡熟了，便把她们的金花冠摘下来戴在自己跟哥哥们的头上，同时摘下原来的帽子戴到七个小妖怪的头上，然后等在那儿观察动静。

老妖怪睡醒了一觉，自言自语地说："我干嘛非得等到天明以后才动手？要是让七个小男孩跑了，我不懊悔死了？"说着，他悄悄地下了床，到厨房把那把磨好的刀拎在手里，进了隔壁的房间。他摸到了小男孩睡的大床。哥哥们全睡得像死猪一般，只有小拇指醒着。小拇指觉着有一只毛茸茸的大手在头上摸，吓得连大气也不敢出。但妖怪摸到小拇指头上的金花冠以后，手就移开了，又摸另一个小男孩的头。当他发现睡在这张大床上的七个孩子头上全戴了金花冠时，非常奇怪：我的女儿们怎么睡到这张大床上来了？唔，可能是我昨晚喝多了叫她们换了地方。他疑疑惑惑地又走到小妖怪们睡的大床跟前，挨个儿摸了她们的头，发现她们都戴的是昨晚见到的小男孩们戴的帽子，便不再犹豫了，举起刀子，"嚓嚓嚓嚓"几下子，把七个小妖精的头砍下来，然后心满意足地继续睡觉去了。

小拇指一直留心听着动静。当他听见老妖怪那跟打雷一样响的鼾声以后，马上叫醒哥哥们，赶快穿好衣服跟他逃走。大家来到屋后的花园，从围墙翻出去，拔腿就跑。

天明以后，老妖怪得意地吩咐妻子："你去把小男孩的皮剥了！"

他妻子还以为是丈夫发了善心，叫她去帮男孩们穿衣服①呢，高高兴兴地来到孩子们住的房间。当她发现七个小妖精都被砍掉了脑袋，而七个男孩子又都不见了时，不由得惊叫起来："天啊！"

老妖怪听到妻子的惊叫声，不知道发生了什么事，赶快跑过来看。

"天啊！"他也惊叫起来，"我上了那七个小坏蛋的当。非叫他们偿命不可！老太婆，快取我的七里靴来！我就不信追不上他们！"

他妻子不得不从命。七里靴马上拿来了，老妖怪穿上靴子跑出了门。他的七里靴是件宝贝，穿上它向前跨一步就有七里地远。他不知道小拇指他们去了哪儿，只好每个方向都跑很长一段路。最后，他来到了小拇指他们逃跑的一条路上。

小拇指见妖怪追了上来，马上叫哥哥们钻进旁边的一个岩洞里，随后自己也进了洞。但他没朝洞的深处走，而是藏在洞口眼睛一眨也不眨地望着妖怪。

妖怪一口气跑了那么多的路，又是跨沟又是过河的，累坏了，很想休息一会儿，正巧来到了小拇指他们藏身的岩洞外面，一屁股坐了下去，很快便睡着了，响起了可怕的鼾声。

---

① 在法语中，穿衣服与对家禽等动物进行剥皮、开膛、剔骨等加工是一个词（habiller），所以妖怪的妻子才会产生误会。

孩子们又吓坏了，心想这下子算没命了。还是小拇指比较镇静。他想了想，好像记得小时候跟父母亲出来打柴看到过这个山洞，这说明这儿离家已经不远了。于是，他叫哥哥们悄悄地离开山洞逃回家去，自己先留下来想个治服妖怪的办法。

小拇指见哥哥们都跑得看不见了，自己也悄悄地出了洞。他轻手轻脚地把妖怪的七里靴脱下来穿在自己脚上。刚穿上去时，他感到靴子太肥大，不方便走路，但很快靴子就变得很合脚了，什么原因呢？这是一件宝贝嘛，当然能大能小。

小拇指一刻也不停地向妖怪家跑去。一进门，他就对妖怪的妻子说：

"不好了！你丈夫被一群强盗捉住了。强盗们说，如果你丈夫不交出家中的全部金银财宝，就一刀把你丈夫宰了。就在强盗们举起刀时，你丈夫看见了我，托付我穿上他的七里靴来家里取金银财宝。你快去收拾吧，越快越好，不然你丈夫就没命了。"

妖怪的妻子没有细想，就把家中所有的金银珠宝放进一个布包里交给了小拇指。

小拇指背着布包马上回到父母的身边。大家一起夸赞小拇指的聪明、勇敢与能干。有了那么多的金银珠宝，一家人过上了再也不愁吃穿的幸福日子。

关于小拇指的故事讲完了。不过，小拇指穿上七里靴以后的情节，还有第二种说法：

小拇指并没有去妖怪家骗金银珠宝，而是去了王宫。赶得巧，王国的军队正在千里之外跟另外一个王国的军队打仗。由于好久没得到前方的消息，国王与将士的家属都非常挂念。小拇指晋见国王，自告奋勇说，他可以去探听前方的消息，而且当日就能返回。国王将信将疑地许诺，假如他真能做到，就奖给他很大一笔钱。

小拇指马上出发。当天晚上，他真的带着王国军队指挥官的信回到了王宫。国王知道了前方的消息，非常高兴，立即叫人把一大笔钱给了小拇指。许多将士的家属也给了小拇指丰厚的馈赠。

小拇指拿着这些钱回到家里。他给全家带回了钱财，也给全家带回了欢乐与幸福。那年代，时兴买卖官爵，他给父亲和哥哥们每人捐了一个官职，自己则买了一座豪华漂亮的城堡。

这个故事告诉人们的是什么道理呢？

智慧是世界上最大的财富，
无论多少金银珠宝也比不上，
所以孩子多少与贫富无关，
重要的是孩子们是否聪明异常。

可能有的孩子长得特别瘦小，
但当家长的却不该对他轻视、嘲笑，
说不定正是这个小不点儿，
给全家带来了幸福、欢乐与财宝。

（董天琦　译）

青　鸟

[法] 多尔诺瓦夫人

从前有一个非常有钱的国王。他的妻子死后，他感到很伤心，整整一个星期，把自己关在书房里，往墙壁上碰撞自己的脑袋。为了不让他的头部受伤，人们在墙壁和挂毯之间衬上一层厚厚的垫子。

全体大臣经过互相商量，决定去朝见他。他们费了九牛二虎之力，对他说了一大通宽心的话。可是这些话丝毫没有打动国王的心，他只是勉强听听而已。

最后，他们给国王领来了一个女人。这个女人戴着面纱，穿着斗篷，长长的丧服上还带着黑纱。她走到国王面前嚎啕大哭，使国王感到非常惊异。

国王接待了她，比接待别人更为亲切。他们两人谈了很久，彼此倾吐了心中的痛苦。这位标致的寡妇——因为她说她在痛哭自己的丈夫——看看已经没有什么话可说了，便把低垂的面纱微微撩起。悲哀的国王望了她一眼，只见她那对蓝色大眼睛在长长的黑眼睑里不住地打转，容貌十分秀丽。国王于是转忧为喜，兴奋地注视起她来。他慢慢不大谈自己的妻子了，后来完全不提了，最后大家惊奇地知道，他终于和这个寡妇结婚了。

国王的前妻只生了一个女儿，名字叫做芙罗丽娜，美貌仅次于世界上的七大奇迹①。国王再娶的时候，她才十五岁。

新王后也有一个女儿，原来受教母苏西奥仙女抚养，这时被接了回来。这个女孩既没有姿色，也没有风度，人都叫她特鲁托娜，因为她的脸上长满了白鲈鱼身上那样的小疙瘩②。她的黑头发上净是油泥，谁也不敢摸它。她的黄皮肤上老渗着油珠。可是王后却发狂似的喜欢她。由于芙罗丽娜各方面都比她强，王后便趁各种机会在国王面前贬低芙罗丽娜。

有一天，国王对王后说，芙罗丽娜和特鲁托娜都已成年，该出嫁了。王后要求让她的女儿先出嫁，国王同意了。

几天以后，人们听说夏尔芒国王要来访问。国王准备用最隆重的礼节迎接客人。王后得知消息后，请来所有的缝纫师、绣花匠和各类工人，为特鲁托娜赶制各色服装。她同时要求国王不给芙罗丽娜添置新衣服。她还买通了芙罗丽娜的使女，叫她们在夏尔芒到达的那天把她的衣服、首饰和珠宝统统偷走。这样，当芙罗丽娜想要梳妆的时候，连一条头带也找不到了。她只穿了一件肮脏的连衣裙，感到无比羞愧。夏尔芒国王来到了，她只好躲在客厅的一个角落里。

王后用隆重的礼仪欢迎夏尔芒国王，向他介绍自己的女儿。可是夏尔芒却连一眼也没有瞧她，反而问起是否还有个名叫芙罗丽娜的公主。

"有啊，"特鲁托娜说，用手指了指芙罗丽娜，"不就是躲

---

① 世界七大奇迹是埃及金字塔，亚述王后空中花园和巴比伦城墙，奥林比亚宙斯神雕像，罗德岛阿波罗神巨像，以弗所月亮女神寺，小亚细亚哈里卡那斯陵墓，亚力山大港灯塔。

② 特鲁托娜这个字在法语中与"白鲈鱼"和"母猪"谐音。

在墙角里的那一位吗？你看她的衣衫是多么褴褛，脏得真不像话！”

芙罗丽娜羞红了脸。她因而变得那样美丽，竟使夏尔芒国王看呆了。他很快站起身向公主深深鞠了一躬，说：

“小姐，你的无与伦比的容貌使你已经跟天仙没有差别，所以，其他任何装饰都是多余的了。”

“老爷，”芙罗丽娜说，“我向你承认，我平常是不穿这样脏的衣服的。我本来也不指望你见到我。”

“一位这样可爱的公主被遗弃在墙角里，叫人们不去理睬她，这是多么不公正啊！”从这时起，夏尔芒国王就只跟芙罗丽娜一个人说话了。

王后和特鲁托娜跑到国王那里发了一通牢骚，迫使国王同意在夏尔芒访问期间把芙罗丽娜关在一个塔楼里。果然，当芙罗丽娜回到自己卧室时，四个戴假面具的汉子强行把她送到了塔楼里。

夏尔芒不知道公主的这一遭遇，急切地等待与她再次相见。他向国王派来的侍从打听公主的情况，侍从们都按照王后的命令对他说，公主是个怪里怪气、喜怒无常、经常虐待朋友和仆人的坏女人，她比谁都脏，还是个吝啬鬼。

夏尔芒听了这些话，抑制不住内心的愤慨。他想：“不，这不可能！一位举世无双的佳人哪会有这样肮脏的灵魂？老天爷决不会这样安排的！”

他正这样寻思着，一个伶俐的侍臣猜出了他的心事，向他诉说了公主的卓绝品德。夏尔芒听后立刻显出喜悦的神色。

可怜的公主这时正躺在可怕的瞭望塔的顶楼上。

“如果我在遇见这位可爱的国王之前被送到这里来，我就不会像现在这样难过了。”公主自言自语地说，“可是，我这样思念也只能增加我的痛苦，很可能王后不想让我再同他见面，才这样狠心对待我。”

王后为了笼络夏尔芒国王，对他表示无微不至的关怀，派人送给他极其贵重的衣服和爱情骑士章。这些东西都是她过去强求国王在他们结婚那天置办的。她还送给他一本爱情骑士故事，这本书用上等羊皮纸印成，书里附有彩色插图，故事都用风流动人的笔调写成。王后的仆人对夏尔芒说，这些礼物是他见过的那位公主献给他的，公主请他做她的保护人。

“什么？是美丽的芙罗丽娜公主吗？”他问。

“老爷，你认错人了。”来人说，“我是受可爱的特鲁托娜派遣来的。”

“特鲁托娜要我当她的保护人？”国王冷淡而严肃地问，“可惜我不能接受这一荣誉！”

他立即把这本书放回筐子里，把全部礼物退还了王后。王后和她的女儿几乎气疯了。

夏尔芒接着去探望国王和王后，期望能在他们的住处见到芙罗丽娜。他注意四处寻找，最后询问公主究竟在哪里。

“老爷，”王后带着骄傲的神情说，“她的父王禁止她在我女儿结婚前走出自己的房间。”

“为什么把这位美人幽禁起来呢？”夏尔芒国王问。

“我不知道。”王后说。

夏尔芒感到无比愤怒。他斜眼瞪了一下特鲁托娜，很快离开了王后。

陪伴夏尔芒国王的有一位年轻王子，很受国王的宠爱。国王回到卧室后，就叫他不惜一切代价去争取公主身边的使女；但求让他见上公主一面。王子物色到了一个宫女，她告诉王子，芙罗丽娜将在当天晚上在对着花园的一个低矮的小窗边等待国王。王子向国王报告了约会的时间，可是这个坏心肠的宫女也立即向王后告了密。王后于是让自己的女儿去到小窗边等候。

当夜天色一片漆黑，夏尔芒国王无法识别王后设置的圈套。他怀着无比兴奋的心情走近窗户，把要对芙罗丽娜讲的话统统向特鲁托娜倾诉了。他要她相信他的热烈的爱情，一边摘下自己手上的戒指戴到特鲁托娜的手指上，表示海枯石烂永不变心。国王还说，只要她决定一个出走的时间，他俩就可以离开这里。对于国王这番充满激情的话，特鲁托娜作了尽可能完美的答复。可是尽管这样，国王却发觉她说不出一句衷情的话。她可能怕王后发现他们的幽会而过于紧张了吧？国王这样一想，才没有太感到痛苦。他俩约定第二天同一时刻再次相会，然后就分别了。

王后听说约会圆满成功，心里充满了希望。果然，过门的日子商定以后，夏尔芒坐着飞蛙驾驶的飞椅——这是一位魔术师朋友送给他的——前来迎娶。当时正是黑夜，特鲁托娜神秘地走出来，夏尔芒上前拥抱她，无数次发誓要永远忠实于她。

国王不想老坐在飞椅上而不跟心爱的公主结婚，就问她愿意去哪里举行婚礼。特鲁托娜说，她的教母苏西奥是个特别有名的仙女，她希望去她的城堡举行婚礼。国王随即向飞蛙发出命令，不一会儿他们便到了苏西奥仙女那里。

苏西奥仙女的城堡灯火通明，但是因为公主严密地罩着面纱，国王走下飞椅后没有察觉自己受了骗。特鲁托娜告诉教母把国王骗来的目的，要求她用好话使国王顺服。

“啊，我的孩子，”仙女说，“这事可不容易，他跟芙罗丽娜恩爱难舍呵！”

夏尔芒国王在大厅里等候她们。这个大厅的墙壁是用纯净透明的钻石砌成的，国王清清楚楚看到了苏西奥和特鲁托娜谈话的情景，他还以为自己是在做梦呢！

“啊，难道我受骗了？”他说，“魔鬼在扰乱我们的宁静吗？”

不一会儿，她们两人走进大厅。苏西奥以不容分辩的语调说：

“夏尔芒国王，这是特鲁托娜公主，你已经向她许下了情意。她是我的教女，我希望你立刻跟她成亲。”

“我？我怎么能跟这个魔鬼结婚呢？”国王高声叫道，“把我的公主还给我！”

“难道我不是你的公主吗？你可不能背信呀！”特鲁托娜说着伸出戴着戒指的手，“这只戒指是你定情的信物，你给了谁啊？”

“怎么？”国王说，“啊，我上当了！快，我的飞蛙们，让我马上离开这里。”

“嘿，这可由不得你了！”苏西奥说着用手触了他一下，他的脚便不能动弹了，好像被钉子钉在地上一样。

“你即使拿石头把我砸死，我也只属于芙罗丽娜，决不属于另一个人！”

苏西奥和特鲁托娜不断地向他劝说、喊叫和威胁，这样整整持续了二十个昼夜。最后苏西奥对国王说：

“现在由你选择吧：要么受七年苦刑，要么跟我的教女结婚。”

“随你怎么办吧！”国王喊道，“只要我能离开这个讨厌鬼就行。”

“你才是讨厌鬼！”特鲁托娜也怒气冲冲地叫起来，“你这个可笑的小国王，带着一批从池塘里找来的佣人，竟敢到我的国家来辱骂我，而且还背信弃义！”

“你的责骂是多么动听啊，”国王用讽刺的口吻说，“我真不该不娶这么可爱的美人！”

“不！不！”苏西奥也愤怒地嚷起来，“你要是愿意的话，现在就可以从这个窗子里飞出去：在未来的七年中，你将是一只青鸟！”

国王立刻变成了一只鸟儿。他发出一声悲鸣，展翅飞出了苏西奥的阴森森的城堡。

青鸟怀着忧郁的心情在树林里盘旋徘徊，只选择那些为爱情和丧事而生长的树木栖息。他一会儿停在山桃上，一会儿落在丝柏上，唱着悲哀的歌，叹息着自己和芙罗丽娜的不幸命运。

苏西奥仙女把特鲁托娜送回王后那里。

王后听了刚才发生的一切，就跟女儿一起上了塔楼。她叫特鲁托娜穿上最漂亮的衣服，戴上钻石王冠，又选了三名全国最富裕的男爵的女儿为她捧着裙裾。除此以外，特鲁托娜还把夏尔芒国王的那只戒指——芙罗丽娜与国王交谈时曾经见到过它——戴在自己的手上。

看到特鲁托娜打扮得这样华丽，芙罗丽娜不觉吃了一惊。

“我的女儿给你送她的结婚礼物来了，”王后说，“夏尔芒国王已经娶她为妻了。”

她接着把锦绣织品、各种宝石、花边、缎带等摆到公主眼前。

公主无法怀疑自己的可悲命运，伤心得晕了过去。残忍的王后看到计谋得逞，欣喜若狂，竟然不许别人救护公主，让她一个人凄惨地呆着。

这时候，夏尔芒国王，或者更确切地说，美丽的青鸟，不停地在王宫周围飞翔。他断定他的亲爱的公主被关在里面，于是尽一切可能飞近每个窗口，向里面窥望。

芙罗丽娜所住房间的窗外，有一棵高大的丝柏。青鸟飞到了这棵树上栖息。

他刚落到树上，就听见有人叹息的声音：

“哎，什么时候才能结束我的痛苦呢？”她说，“你的卑劣的女儿与夏尔芒国王一起享受着幸福，而让我作他们幸福的见证人。你这样折磨我难道还不够吗？”

青鸟听着这几句话，越听越觉得像可爱的公主，就说道：

“亲爱的芙罗丽娜，你的痛苦不是无法解除的。”

“嗳，谁在跟我说话呀？”她问道，“多么令人安慰的话啊！”

“是一个可怜的国王。他爱你，永远只爱你一个人。”青鸟说完这句话，就飞到了芙罗丽娜的窗台上。

芙罗丽娜对这只能跟人一样说话的奇怪而聪明的鸟儿起初感到很害怕，但是他那美丽的羽毛和刚才所说的话使她安下心来。

“能允许我再见你吗，我的公主？”他说，“能让我在悲苦之中享受这一无上的幸福吗？”

“你到底是谁，可爱的鸟儿？”公主说着，用手轻轻地抚摸他。

“你刚才已经说出了我的名字，”国王说，“可你还装做不认识我。”

“什么？你就是世界上最强大的国王，夏尔芒国王吗？”公主说，“可是为什么变成了我手掌中的那么小的小鸟？”

“哎，美丽的芙罗丽娜，这是千真万确的！要是还有什么能够安慰我的话，那就是我宁愿在七年里变成一只这样的小鸟，也不愿放弃对你的爱。”

“对我？”芙罗丽娜说，“可是，我知道你已经和特鲁托娜成亲了，我看见你的戒指戴在她的手指上……”

“哦，天哪，这怎么可能！”国王打断她的话，“她们借你的名义，怂恿我接走丑陋的特鲁托娜。我一发觉受骗，就将她抛弃了。”

天亮了，大部分侍从已经起床，青鸟和公主还在一起交谈。他们最后相约每天夜里会面，就分别了。

久别重逢的喜悦是难以形容的。芙罗丽娜总在为青鸟担心：谁能保护他不受猎人伤害呢？她想，“而且还要提防那凶狠的老鹰和饥饿的秃鹫的利爪！”

躲在一个树洞里的可爱的小鸟第二天整天都在思念他的美丽的公主。为了向芙罗丽娜表示殷切的情意，他飞回自己国家的首都，飞到他的王宫里，从一个玻璃破碎的窗子飞进了内室。他在那里取了一副钻石耳环，当天晚上带给了芙罗丽娜，让她戴上。

“要是你白天来，我就戴上它。”公主说，“现在我跟你只能在黑夜相会，所以就用不着戴了。”

鸟儿答应在公主愿意的时间飞到塔楼里来。公主立刻戴上了那副耳环。

第二天，青鸟又飞回自己的国家，飞到了他的王宫里，从一个玻璃破碎的窗子飞进了内室。他取了人们从来没有见过的最贵重的手镯，送给了芙罗丽娜。

第三个夜晚，这只钟情的鸟儿又给他的美人送去了一只镶着珍珠的精巧的钟表。

“你送我钟表实在没有用处。”公主温雅地说，“当你远离我的时候，我觉得时间过得特别慢；而跟你在一起时，又觉得时间像梦幻一样溜走了。所以我无法用一个精确的标准来衡量它。”

东方刚刚破晓，鸟儿飞回他的树洞，在那里吃些果子充饥。有几次，他还唱了几首美妙的歌曲，歌声吸引了过路的行人。

他每天都要给芙罗丽娜送去一件礼物，最后，公主积聚了一大堆极其华美的珍宝。她只在夜里拿这些首饰打扮自己，让国王看了高兴。到了白天，因为没有地方可放，她就小心翼翼地把它们藏在草垫子里。

就这样，两年过去了。芙罗丽娜没有为自己被幽禁而悲叹过一次。

在这期间，可恶的王后为了嫁出自己的女儿作着徒劳的努力。她派了好些使节到所有她知道名字的国王那里为特鲁托娜说亲。可是这些使节一到那里就被拒绝退回。

“如果说的是芙罗丽娜公主，我们就会高兴地接待你。”人们对这些使节说，“要说特鲁托娜嘛，她尽可以继续当她的处女，没有人会反对的。”

“什么！这个狂妄的丫头关了禁闭还要破坏我们的计划！”王后说，“她一定跟外国有秘密勾结，起码是个叛国犯。就用这个罪名整治她，要想一切办法使她招供。”

她们决定到塔楼上审问她。

那天正是夜半时分，芙罗丽娜用珍珠和宝石装扮后与青鸟一起站在窗旁。她的房间里撒满了鲜花，刚刚点燃的几炷西班牙圆柱香散发着诱人的幽香。

王后把耳朵贴在门上偷听，她似乎听到有两个人在低声歌唱——她的确没有听错。

“啊，特鲁托娜，我们受骗了！”王后喊起来，粗暴地推开门，一下子冲进房间里。

芙罗丽娜一见这种情景，连忙打开窗子，让鸟儿飞了出去。王后和她的女儿露出一副夜叉般的凶相，逼近芙罗丽娜，仿佛要把她吞掉。

“你串通外国人，背叛国家！”王后嚷道。

“跟谁呀，夫人？”公主反问，“两年来，你不是一直囚禁着我吗？”

公主说话时，王后和她的女儿无比惊奇地打量起她的全身；她那令人赞叹的容貌和美妙无比的装饰使她们两人都头晕眼花了。

“你从哪里弄来这些宝石？”王后问。

“就在塔楼里找到的。”芙罗丽娜回答。

“你骗不了我们，”王后说，“有人送给你首饰，就是叫你出卖你父亲的王国。”

“我难道能自由自在地干这种勾当吗？”公主轻蔑地笑着说。

“那么你又为谁打扮成这么个小妖精似的？”王后接着问，“你的房间里弥漫着香气，你全身上下穿戴得那么漂亮，在整个宫廷里不是数你最不爱打扮吗？”

“因为我现在有很多空闲时间来做这些事。”公主说。

“别说了！”王后叫起来，“来，搜查一下，看看这个清白无辜的人到底有没有串通敌人。”

她于是到处乱找乱翻，不一会儿就把草垫子掏空了，从里面搜出来一大堆钻石、珍珠、红宝石、翡翠和黄玉。她不知道这些珍宝究竟从哪里来的。为了诬陷公主，她带来几张伪造的证据，当公主不注意的时候，她把这几张纸塞到了壁炉里。这时青鸟正栖在壁炉的烟囱上，他就叫喊起来：“芙罗丽娜，小心！你的敌人想用叛国罪来诬陷你呢！”这声音来得那么突然，吓得王后不敢继续搞她的阴谋了。

“你听到了吗，夫人？”公主说：“连空中遨游的神灵也在保佑我呢。”

“我想这是魔鬼在关心你。”王后恼怒地说，“可是，即使有他们，你的父亲为了自己的利益也将惩罚你。”

王后说完就离开了公主，与她的亲信继续策划对付公主的办法。这伙亲信认为，最妥善的办法是拿到公主里通外国的证据。王后采纳了这个主意，当即派一个女孩去公主房中陪她睡觉。这个女孩在公主面前装得很老实，她按王后的命令对公主说，她是被派来服侍她的。可是这种笨拙的借口又能骗得了谁呢？公主知道她是王后派来的暗探。

公主不敢再到窗口去了，尽管听到她的亲爱的小鸟在窗外飞翔。她在房间里整整待了一个月，没有在窗口露面。窗外的鸟儿等得绝望了。

王后的暗探日夜监视了一个月，感到非常困倦，最后沉沉地睡着了。芙罗丽娜趁机打开小窗子，叫唤起来：

> 青天般的青鸟啊，
> 快快飞来我身旁！

鸟儿听得很清楚，立刻飞到窗台上。重逢的喜悦真是难以表述，两人又千百次地互相表白爱情和忠贞。最后，分别的时刻到了，在监视者没有醒来之前，他们难分难舍地依依惜别。

第二天，暗探又睡着了，公主又同昨天一样到窗口叫唤起来：

青天般的青鸟啊，
快快飞来我身旁！

鸟儿又马上飞来了。这一夜和前一夜一样，一对情人悄悄相会。他们庆幸监视者睡得那么死，但愿她夜夜如此！

第三夜过得也很顺利。可是到了第四夜，睡在床上的女孩听见了他们的一些动静。她假装睡着继续倾听。她从月光下看到那只世界上最美丽的鸟儿在与公主交谈，用爪子轻轻地抚摸她，用鸟喙温柔地亲吻她，她甚至还听清了他们之间说的好几句话。

天亮后，公主睡着了，夏尔芒国王也回到了树洞里。监视公主的女孩急忙跑到王后那里，报告了她所听到和看到的一切。王后找来特鲁托娜商量，她们断定青鸟就是夏尔芒国王。

"我们上当了！"王后喊起来，"啊，我要进行血腥的报复，要让她永远忘不了我的厉害！"

王后又把她的密探送到塔楼里，嘱咐她夜里要假装比平常睡得更香。

被暗中盯梢的可怜的公主打开小窗户，喊道：

青天般的青鸟啊，
快快飞来我身旁！

她喊了整整一夜，鸟儿却没有飞来。原来，可恶的王后派人在那株丝柏上插上了刀剪和匕首，当青鸟收翅到树上栖息时，这些凶器刺伤了他的脚，他又跌落到别的刀剪上，碰伤了翅膀和身上其他部分。他万分艰难地逃回自己的树洞，沿途洒下了一缕鲜血。

小鸟对自己的生命毫不在意，但他却误认为这是芙罗丽娜的诡计。

国王的朋友魔术师看到飞蛙驾椅回来，而不见国王，便连续八次出去寻找他，可是始终没有下落。他第九次出去，到了国王所在的树林里。根据国王以前跟他约定的信号，他吹起了角笛。他吹了好一会儿，又用全身力气喊道："夏尔芒国王！夏尔芒国王！你在哪里？"这样一连喊了五遍。

国王听出了他的好朋友的声音。

"快到这棵树边来，"国王说，"你的可怜的国王正躺在血泊里！"

魔术师向四周寻视，却什么也没有发现。

"我是青鸟。"国王用微弱而疲倦的声音说。

魔术师听到这句话，便很快在一个小小的鸟巢里找到了他。

魔术师只开口念了几个字，就把国王的流血止住了，接着他使国王完全恢复了健康，恢复得像从来没有受过伤一样。

魔术师询问国王怎么会变成了鸟儿，谁把他害得这样凄惨。国王说，芙罗丽娜泄露了他们幽会的秘密，她为了不跟王后闹翻，同意在丝柏上插上匕首和刀剪，害得他几乎丧命。

"你真不幸，"魔术师说，"你可不能再爱这个忘恩负义的人了！"

青鸟没有回答，因为他仍然很爱芙罗丽娜。

国王让他的朋友把自己带回他的家里，关在一个笼子里，避免猫儿和各种凶器的伤害。

芙罗丽娜，满怀忧伤的芙罗丽娜，见不到国王感到痛苦极了。她日日夜夜靠在窗旁，不停地喊着：

青天般的青鸟啊，
快快飞来我身旁！

她不顾王后的暗探在场，天天这样做。她悲伤得连一点东西也吃不下。

王后和特鲁托娜得计了。

不久后，芙罗丽娜的父亲年老去世。坏心肠的王后和她的女儿也交了厄运：人民知道她们是奸诈的弄权人物，就集结起来，冲进王宫，要立芙罗丽娜公主为国君。王后想用高压手段对付群众，于是引起了更大规模的暴动。群众打破了王后住宅的大门，劫掠了她的财产，最后用石块把她砸死。特鲁托娜仓皇出逃，找她的教母苏西奥去了。

王国的长老们集合起来，到了塔楼里。公主在那里已经病得很重，完全不知道发生了的这一切事情。她听到嘈杂的人声，还以为要把她抓去处死呢。可是她的下属进来后却跪倒在她的脚下，向她报告刚刚发生的可喜的事件。公主听了一点没有激动。人们把她带到了王宫，为她加了冕。

公主决心出走寻访青鸟。她任命一个大臣会议，代替她处理国家大事。然后，带了大量珍宝，在一个夜晚独自离开了王宫，谁也不知道她上哪里去了。

魔术师在为夏尔芒国王操心。他因为没有足够的本领解除苏西奥的仙术，所以决定亲自去找她（他们两人认识已经五六百年了），想跟她达成某种协议，使国王恢复原形。

苏西奥仙女高兴地接待了他。

“我的伙伴，”魔术师对她说，“我是为我顶要好的朋友，也就是一位受你折磨的国王而来的。”

“哈哈，我明白了！”苏西奥说，“可是，如果他拒绝娶我的教女，那么他的赦免是毫无指望的。”

魔术师一想到特鲁托娜是那样难看，就说不出话来了。然而，他不甘心就这样空手回去。经过一番争论，他与苏西奥达成这样的协议：苏西奥让特鲁托娜在夏尔芒国王的宫殿里住几个月，国王必须在这期间作出跟她结婚的决定，这样他就可以恢复原来的形体。要是国王再拒绝与她成亲，仙女可以重新把他变成鸟儿。

仙女和特鲁托娜到了夏尔芒的王国，与夏尔芒和他忠实的朋友魔术师相遇。仙女敲了三下仙杖，国王立刻恢复了人形。可是他一想到要与特鲁托娜结婚，不禁浑身战栗。

这时，芙罗丽娜公主披着散乱的头发，穿一身农妇衣服，头戴草帽，背上驮着包袱，上路来寻访青鸟了。她有时步行，有时骑马，有时坐船，有时乘车，心里总是不安地想着：她在这边寻找，可爱的国王是不是会在另一边呢？

有一天，她来到一个清泉边，想在泉水里洗洗脚。一位过路的矮小老妈妈停住脚步问她：

“你在做什么呀，美丽的姑娘？没有人陪伴你吗？”

“好心的老妈妈，”公主回答，“我没有让人陪伴我，因为我心里充满了悲哀、忧愁和烦恼。”

公主说着话，流下了眼泪。

“啊，你哭了！你是那么年轻。”老妈妈说，“不要难过，我的姑娘，诚恳地告诉我，究竟什么事使你那么痛苦？”

公主把自己的伤心事儿统统告诉了老妈妈。

矮小的老妇人伸了伸腰，马上变成了一个年轻、美丽、衣着漂亮的女子，和蔼地对她微笑。

“美丽卓绝的芙罗丽娜，”她说，“你要寻找的国王已经不再是一只鸟儿了，我的妹妹苏西奥使他恢复了原形，他回到了自己的王国。不要难过，你会找到他的，你的愿望一定能实现。现在我给你四个鸡蛋，你在急需的时候可以将它们打碎，它们会帮助你的。”

仙女说完话就不见了。

芙罗丽娜把鸡蛋放在袋子里，举步向夏尔芒的王国走去。

她一刻不停地整整走了八天八夜，来到了一座山脚下。这座山高耸入云，全部由象牙堆成。山的周围是悬崖峭壁，无法攀登。她试了多次都没有成功，便躺在山脚下，想死在那里。

她忽然想起仙女给她的鸡蛋，便打碎了一个。她从鸡蛋里取出很多小小的金钩，把它们套在自己的手脚上，顺利地爬上了象牙山。

到达山顶以后，再要下山又为难了。那山坡是一整块冰，好像一面大镜子。六万多个女子在那里兴高采烈地对着这面镜子，随心所欲地摆弄她们的千姿百态。这一景象吸引了很多男人，因为他们也很喜欢这样的镜子。这个山顶从来没有人登上过。这些女子看到芙罗丽娜，都声嘶力竭地叫喊起来：“这个可恶的机灵鬼要到哪里去？别让她打碎了我们的镜子！”

公主不知怎么办才好，于是又打碎一个鸡蛋，鸡蛋里先飞出两只鸽子，随后又出来一辆马车。马车一下子变得很大，可以让人舒舒服服地坐在上面。鸽子轻轻地飞到公主身旁，公主对它们说：

“我的小朋友，你们要能把我送到夏尔芒国王的宫殿里，我一定不会忘记你们的恩情。”

鸽子驾了车，日夜不停地飞啊，飞啊，一直飞到国王的城门口。芙罗丽娜下了车，温柔地亲吻了这对鸽子。

她在走进城里时，心口扑通扑通直跳。为了不让人认出她，她把脸涂抹得很脏。然后，她向过路人打听怎样才能见到国王。

“要见国王？”行人们笑起来，对她说，“嗨，你有什么事要见他，龌龊的朋友？快回去先把脸洗干净了，你这双眼睛还不配见这样的君主呢！”

公主没有做声。她继续向别人打听在哪里能遇见国王。有人告诉她说，国王明天将与特鲁托娜公主一起上教堂去，因为他终于同意和特鲁托娜结婚了。

天哪，多么可怕的消息！特鲁托娜，这个卑劣的特鲁托娜竟然要和国王结婚了！芙罗丽娜差一点晕了过去。

公主找个地方过了一夜，第二天早起就向教堂跑去。她遭到卫兵多次阻拦，最后终于冲了进去。

国王最先到达，随后特鲁托娜也来了。她尽管打扮得花枝招展，但由于面目可憎，看上去叫人害怕。

“你是谁？”她问芙罗丽娜，“竟敢靠近我美妙的脸，还敢靠近我的金御座？”

“我叫米素云，”公主回答，“我从远方来到这里，向你们出售稀奇的宝贝。”她说着从布袋里掏出夏尔芒国王赠给她的翡翠镯子。

“啊！……”特鲁托娜叫起来，“多么美丽的玻璃制品！”

“你想用五个苏① 买一个吗？”公主说，“小姐，你可以先拿给识货的人看看，然后再讲价钱。”

特鲁托娜走到御座前，把镯子递给国王。

国王一见镯子，想起这是他送给芙罗丽娜的东西。他脸色发白，长叹了一口气，很长时间说不出话来。

最后，国王说：“我想，这些镯子的价值抵得上我的整个

---

① 法国旧货币中的最小单位。

王国。我原以为世界上只有一副这样的镯子，想不到又见到了相同的东西。”

坐在宝座上的特鲁托娜脸色比张开壳的牡蛎还要难看。她问公主这副镯子要卖多少钱。

“小姐，要说付钱，你会感到为难。”公主说，“最好让我们换一种办法进行交易：如果你让我在王宫的回声室里睡一夜，我可以把这副镯子送给你。”

“我很乐意，米素云。”特鲁托娜说着咧开死鱼般的嘴大笑起来，从嘴里露出的长牙比野猪的牙齿还可怕。

原来，国王变成青鸟的时候，曾经向公主讲过在王宫里有个叫回声室的房间。这房间设计得非常精巧：任何人在里面小声谈话都可以被睡在自己卧室里的国王听到。芙罗丽娜想责备国王背信弃义，所以想出了这个主意。

根据特鲁托娜的命令，人们把公主领到了回声室。她在那里倾诉起对国王的怨恨，表白了自己的懊丧心情，一直说到天明。宫中的侍从听她整夜唠叨和叹息，向特鲁托娜作了报告，但是芙罗丽娜的话国王却一句也没有听见。因为自从他爱上芙罗丽娜以后，他一直不能入眠，为了能在夜间得到休息，他服用了鸦片。

第二天，公主感到焦虑不安。

“如果他听见了我的话，”她想，“他怎能这样冷酷无情，不加理睬呢？如果他没有听见，那又教我怎么办才好呢？”

这时她已经没有那些稀有的珍宝了，必须另找一些东西来引诱特鲁托娜的胃口。她于是又敲碎一个鸡蛋，从鸡蛋里出来一辆亮晶晶的镶金钢制马车，六只绿色的小老鼠拉着这辆车，前面由一只玫瑰色的田鼠领路。车夫也是一只亚麻色的田鼠。马车里坐着四个木偶，正在表演特别好玩的游戏。公主看到这一新奇有趣的玩艺儿，高兴极了，不声不响地一直等到晚上。到了晚上，特鲁托娜到屋外散步，公主也来到一条小路上。她让小老鼠拉着马车、田鼠和木偶在路上奔跑。特鲁托娜看到这个玩艺儿，感到很好奇，连声叫道：

“米素云，米素云，我给你五个苏，你能把小老鼠拉的马车卖给我吗?”

“让我在回声室里再睡一夜吧，我不要你的钱。”公主回答。

“那好吧！可怜虫!”特鲁托娜说。

夜里，芙罗丽娜倾吐了对国王最真挚动人的感情。可是和前一夜一样，她又白费了心血，因为国王又吃了鸦片。

她的口袋里只剩下一个鸡蛋了，她只能把希望寄托在最后这只鸡蛋上了。她把它打碎后，从里面拿出一只用肉片包裹的精工烹饪的包子，包子里有六只小鸟，正唱着动听的歌，讲着美妙的故事。它们还会给人治病，医术比埃斯古拉帕① 还要高明。

公主拿着会说话的包子，来到特鲁托娜的客厅里。这时国王的一个侍从走近她说：“米素云，你知道，幸好国王夜里服用了鸦片，不然就会被你吵得头晕眼花了。你夜里怎么老是啰嗦个没完!”

芙罗丽娜从口袋里掏出一些东西，对侍从说：“我没有想到会打扰国王的休息。不过，要是我今晚还睡在这个房间里，请你别再给国王服用鸦片。你要是同意，我就把这些珍珠和钻石都送给你。”

侍从答应照她的话去做。

---

① 希腊神话中的医神，太阳神阿波罗的儿子。

过一会儿，特鲁托娜来了。她看到公主拿着那只包子，装做要吃的样子。

“米素云，你在做什么呀？”她问。

“小姐，”公主说，“我要吃掉这些星相家、音乐师和医生呢。”

这时候，所有的鸟儿开始唱起歌来，唱得比美人鱼还要好听。它们接着又喊道：“给一个银币，替你预测好运气！”叫得最响的是一只鸭子：“嘎，嘎，嘎，我是医生，能治好疯子，能医好百病——除了相思病。”

特鲁托娜看到这么好玩的东西，惊奇地说：“啊，多么神奇的包子！我要这个。米素云，你要多少钱？”

“还是老价钱，”公主说，“再在回声室里睡一夜，别的什么也不要。”

夜幕降临后，芙罗丽娜又来到回声室。她知道别人都已入睡，就又一次倾诉起自己的苦楚。

这夜国王一点没有睡着。他清楚地听到芙罗丽娜的话语，却不知道这声音是从哪里来的。他的心里充满了温情，回想起他的亲爱的公主，于是他也在卧室里诉说起来：

“啊，公主，你对待你的情人太狠心了，难道你真的将我出卖给了我们共同的敌人吗？”

芙罗丽娜立刻回答他说，如果能找到米素云，一切都会清楚了。

国王急不可待，问侍从能否把米素云找到。侍从说这很容易，米素云就在回声室里。

国王悄悄地来到回声室。公主已经锁上了门，然而国王手中有一把能开宫中所有房门的万能钥匙。

国王看到公主已经脱去粗布罩衣，只穿一件轻薄的白色塔夫绸连衣裙。她躺在一张沙发床上，暗淡的灯光从稍远的地方照在她身上。国王快步走上前去，爱情战胜了怨恨。当他认出了公主，就跪倒在她脚下。

公主只是叹着气，呆望着国王说不出一句话来。当她有力气张口时，她已经没有勇气责备国王了。

最后，他们终于彼此澄清了经过情形，证明两个人都是无辜的，造成他们灾难的凶手是苏西奥仙女。

这时，热爱国王的魔术师和送鸡蛋给芙罗丽娜的仙女一起来到了。他俩共同保护了夏尔芒和芙罗丽娜，苏西奥在他们的联合力量面前无能为力了，因此他们两人可以立即举行婚礼。

不难想象，这对年轻的情人是多么高兴啊。天亮以后，人们向全宫宣布了这一消息。大家欢欣鼓舞地前来看望芙罗丽娜。特鲁托娜知道后，急忙跑来找国王。但是她一见到她的美丽的敌手，就惊得目瞪口呆了。当她刚要张嘴辱骂时，魔术师和仙女出现了。他们立刻把她变成了一头母猪，这样至少部分地符合了她的名字和她的好骂人的本性。这头母猪嘟嘟哝哝地抱怨着，很快逃到猪圈里去了。

夏尔芒国王和芙罗丽娜公主摆脱了这个可憎的家伙，开始举行豪华而风雅的欢宴。可以想象，他们两人在经历了如此漫长而痛苦的遭遇以后，现在感到多么幸福。

（倪维中　王　晔　译）

美妞与怪兽

［法］博蒙夫人

古时候有一个非常有钱的商人，他一共有六个孩子：三个儿子和三个女儿。这个商人很机智，为了教育子女，他从不吝惜钱财，给他们请了各种各样的老师。

他的女儿都很美丽，小女儿尤其出色。在她还是小姑娘的时候，人家就唤她为美妞，这个名字后来就一直保留下来了。她的两个姐姐却因此很妒忌她。

小妹妹不仅比两个姐姐更美丽，而且也更善良。姐姐们仗着家里有钱，态度很傲慢。她们摆出一副贵妇人的架子，不屑与别的商人的女儿交往，而要门第高贵的人来跟她们做伴。她们每天出去跳舞、看戏、游逛，还要嘲笑小妹妹——她把绝大部分时间都用来阅读各种有益的书籍。

好几个大商人听说这几个女孩子很富裕，都来向她们求婚。大姐二姐回答说，她们一定要嫁一个公爵，至少也得嫁个伯爵，否则永远不结婚。美妞（就是我刚才说的这位小妹妹的名字）则诚恳地感谢了前来求婚的人，然后对他们说，因为自己还太年轻，所以希望在父亲身边再侍候几年。

忽然，商人破了产。他失去了所有的财富，只剩下离城很远的一间乡村小房子了。他哭着对孩子们说，全家只能迁到那里去居住，而且为了维持生活，一家人只好像农民一样到地里去干活。两个姐姐回答说，她们不愿意离开城市，并且说她们的好几个情郎虽然知道她们破了产，仍然很乐意娶她们为妻。这两位天真的小姐不知道自己打错了算盘：她们的情郎听说她们倒了运，连瞧都不愿再瞧她们一眼了。又因为她们很傲慢，所以谁也不爱她们了。大家都这样说："她们不值得我们怜惜。把她们的傲气打下去，我们才高兴呢。让她们到乡下去一边放羊一边摆贵妇人的架子吧！"可是大家却说："我们很同情美妞的不幸遭遇，因为她是个那么好心的姑娘。她那么温柔，那么诚恳，对待穷人又是那么善良。"美妞虽然穷得没有一分钱，还有好几位绅士来向她求婚。她对他们说，她不能离开她不幸的父亲，她将随同他一起到乡下去，分担他的忧虑，帮助他一起劳动。

可怜的美妞看到家中破产，感到很伤心，但是她对自己说："哭有什么用呢？眼泪不能帮助我重新找回失去的财富。没有钱也应当高高兴兴地生活。"

商人和他的三个女儿到乡下以后，开始过农耕生活。美妞每天早晨四点钟就起床，一天忙于打扫屋子，为一家人准备饭菜。起初，她有很多困难，不习惯像佣人那样劳动。但是过了两个月，她变得很能干了。劳动也使她的身体强壮了。她做完工作以后，就开始看书、弹琴，或者一边纺纱一边唱歌。

两个姐姐跟她相反，感到无聊得要命。她们上午十点钟才起床，整天去外面游玩，老嫌自己漂亮的衣服不好看，还唠唠叨叨责怪妹妹。"瞧！"她们说，"妹妹的灵魂多么低贱和愚蠢，她居然能心安理得地过这种可怜的生活。"

好心的商人并不这么想。他知道三姊妹中就数美妞最好。他赞赏这个姑娘的美德，特别是她的忍耐精神，因为两个姐姐不仅把所有的家务都压在她的肩上，而且还时常辱骂她。

一家人在孤寂中生活了一年之后，商人收到了一封信。这封信通知他说，他的一船货物已经顺利运到。这消息使他的大女儿和二女儿高兴得差点儿晕过去。她们想，这一下可以离开这个讨厌的乡村了。她们看到父亲快要动身了，便要求他给她们带回连衣裙、皮披肩、帽子和各种各样的物品。美妞呢，她什么要求也没有提，因为她想，卖掉货物所得的钱还不够买姐姐们想要的东西呢。

“难道你不要求我替你买点什么吗?”父亲问她。

“您那么好心想着我，”她对父亲说，“您就给我带来一枝玫瑰花吧，因为这里没有这样的花。”

并不是美妞想要玫瑰花，她只是不愿意突出自己来谴责姐姐们的举动罢了，不然姐姐们会说她不要东西是为了标榜自己。

商人离家走了。但是他到达目的地以后，别人为这宗货物跟他打了一场官司，他费尽周折，最后还是穷得像原来一样回来了。

他只差三十里路就到家了，想到马上就能和孩子们见面，心情格外高兴。但是就在这时候，他穿越一座大森林，迷了路。

天空飘着鹅毛大雪，怒吼的狂风两次把他从马上刮下来。黑夜向他袭来，他觉得自己要不是冻死饿死，也会被已经在他周围嗥叫的恶狼吃掉。

忽然，他看到丛林中一条狭长小道的尽头闪耀着亮光。他朝亮光走去，终于看清它是从一座金碧辉煌的宫殿里透出来的。商人感谢上帝救了他，急忙走进宫殿里。

他感到奇怪的是，庭院里没有一个人。他的马看到附近有个大马厩，就跑了进去。马厩里有很多草料和燕麦，这匹饿得可怜的马就猛吃起来。

商人拴上马，向宫殿内厅走去，里面也同样空无一人。他在大厅里看到一个生得暖烘烘的壁炉，还摆着一桌丰盛的饭菜，桌上只放着一份餐具。

他身上被雨雪淋透了，就到壁炉前烤火，一边自言自语地说："住宅的主人和仆人会原谅我这样自由行动的。他们也许过一会儿就回来了。"

可是等了很久，十一点敲过了，还不见有人进来。他饿极了，就拿起一只烧鸡，哆哆嗦嗦地几口就吃完了。他又喝了几杯酒，胆子更壮了，走出大厅，穿越几间陈设豪华的过厅，来到一个放着舒适床铺的卧室里。这时午夜十二点已过，他感到疲倦了，就关上房门在床上睡下。

他第二天醒来，已经是早上十点钟了。他奇怪地发现自己的破衣服已不见，原来的位子上放着一套整洁的新衣服。"这个宫殿肯定是属于一个好心的仙女的，"他说，"仙女在可怜我的处境了。"他看了看窗外，雪已经不下了，花廊里的花开得异常美丽。

他回到昨晚吃夜宵的大厅里，看到茶几上放着巧克力。"谢谢你，仙女，"他高声说，"你是那么好心，又为我准备了午饭。"

商人吃完巧克力，出去找他的马。当他走过玫瑰花廊的时候，他想起了美妞的要求，于是伸手折了一枝，上面开着好几朵玫瑰花。

就在这时，宫殿里发出一声巨响，只见一头可怕的怪兽朝他走来。他几乎被吓得昏了过去。

"你太没有良心了！"怪兽用可怕的声音说，"我在我的城堡里接待了你，救了你的性命，而你却偷走我的玫瑰花——世界上没有别的东西比这玫瑰花更使我心爱了。现在，你只有以死来抵偿这一过错。我给你一刻钟时间，你赶快向上帝祈祷吧。”

商人双膝跪地，合掌向怪兽哀求说：“老爷，饶恕我吧！我真没有想到替我的女儿折了一枝玫瑰花会触犯您。”

“我不是老爷，”怪兽回答，“我是怪兽。我不喜欢别人奉承，我愿意别人想什么就说什么，所以你别想用好话来感动我。你刚才说你有女儿，那么我可以饶恕你，让你的一个女儿自愿到这里来代替你死。好，不用多说了，你走吧。如果你的女儿们都不愿替你死，那么你一定要在三个月以后亲自再回到这里来。”

商人不愿为恶魔牺牲自己的任何一个女儿。但是他又想：“至少，我还可以再拥抱她们一次。”于是他向怪兽说，他会重新回到这里来的。怪兽允许他任何时候都可以离开宫殿。“但是，”他补充说，“我不想让你空手回去，你到昨晚过夜的卧室里去，那里有一只很大的空箱子，你可以把你所喜欢的东西全装在里面，我将把它送到你的家里。”怪兽说完话就离去了。商人想：“如果我注定要死，那么我也可以为可怜的女儿们留下一些面包钱，我也能因此得到一点安慰。”

他回到那间卧室，找到许许多多金币，装满了怪兽所说的那个大箱子。然后，他到马厩里牵上马，怀着与进来时的欢快心情截然相反的悲哀心情走出了宫殿。他的马自动选择了森林中的一条路，很快把他送到了他的低矮的小屋里。

孩子们迎着他围上来。商人对女儿们的亲热迎接非但无动于衷，而且竟看着她们哭了起来。他把手里的玫瑰花递给美妞，说：“美妞，收下这枝玫瑰花吧，你的可怜的父亲为它付出了宝贵的代价……”接着他向全家讲述了他的不幸遭遇。

听完他的话，两个姐姐高声尖叫起来，大骂美妞。美妞一点也没有哭。

“看，这都是因为这个小丫头太高傲引起的！”她们说，“她为什么不像我们那样要衣服？因为她想标榜自己。她要害死我们的父亲，现在却连哭都不哭一声！”

“哭有什么用呢？”美妞辩解说，“为什么我要哭父亲死呢？他不会死的。既然怪兽同意由他的一个女儿代替他，我情愿把自己送进虎口。我会感到幸福的，因为我将愉快地用自己的死来拯救我的父亲，用这个行动来表示我对他的爱。”

“不，妹妹，”她的三个哥哥说，“你不该去送死。我们去打这个恶魔，假如不能杀死他，我们宁愿死在他的魔爪下。”

“孩子们，你们别那么想了。”商人对他们说，“怪兽力大无比，要战胜他是没有任何希望的。美妞对我的爱减轻了我的痛苦，但是我不能让她去送死。我已经老了，活不了多长时间了。我去那里只不过少活几年，算不了什么。我感到遗憾的只是要与你们永别了，我的亲爱的孩子们！”

“爸爸，听我说，”美妞说，“我一定要陪你一起去，你别再阻拦我了。我虽然还年轻，但是并不那么留恋自己的生命。我宁可被怪兽吃掉，也不愿因为看到您遇难而悲郁地死去。”

不管别人怎么说，美妞坚持要去那座漂亮的宫殿。两个姐姐很高兴，因为她们很嫉妒妹妹的好品德。

商人想到即将失去自己的女儿，感到非常伤心，早忘了那只装满金银的箱子了。当他走进卧室准备就寝时，他惊奇地发现这只箱子已经在他的床边了。他于是一下子变成了大富翁。他决定不把这事告诉孩子们。因为如果说出来，两个大女儿就要回城里去，而他自己早已决定要在这个村子里养老了。不过，他把这一秘密告诉了美妞。

美妞对爸爸说，在他出门的时候，来过一些绅士，其中有两位爱上了两个姐姐。她请求父亲让她俩与绅士成亲。美妞对待她们是那样的好心，她已经真诚地原谅了她们给她造成的痛苦。

美妞和爸爸要动身了，两个坏心眼的姐姐拿葱揉了揉眼睛，装出流泪的样子。美妞的哥哥们跟商人一样哭得非常伤心。只有美妞没掉一滴眼泪，因为她不愿增加他们的悲伤。

商人和女儿骑马出发，当天晚上就到了这座灿烂的宫殿。他们把马留在马厩里，然后走进大厅。大厅里摆着一桌美餐，桌上放着两份餐具。商人一点吃不下去，美妞尽量沉住气，坐下吃起来。她想："怪兽让我吃这么好的东西，莫非想在吃掉我之前让我长得再胖一点不成?"

他俩刚吃完饭，就听到一个巨大的响声。商人哭着向女儿告别，因为他知道这是怪兽的吼叫。美妞一见怪兽的可憎模样，不禁浑身打颤。但她还是竭力使自己保持镇静。

怪兽问美妞是不是心甘情愿来到这里，美妞哆嗦着说是的。

"你很善良，"怪兽对她说，"我谢谢你。好心的商人，明天早上你就可以回去，以后永远不必再到这里来了。"

怪兽说完就离去了。

"啊，我的女儿，"商人拥抱着美妞说，"我已经被吓得半死了。听我的话，让我留在这儿吧!"

"不，爸爸。"美妞坚定地说，"你明天早上就回去，让老天爷救我吧，也许它会可怜我的。"

睡觉的时候到了。他们以为这一夜肯定不能合眼了，却想不到一上床很快就睡着了。美妞在睡梦中看到一位夫人对她说："美妞，你这么善良，我感到很高兴。你用自己的生命救你的父亲，这样高尚的行为一定会得到报偿。"美妞醒来后，向爸爸讲了这场梦。商人听了虽然得到一些安慰，但是当他不得不与亲爱的女儿离别时，他又忍不住大哭起来。

商人回去后，美妞坐在大厅里，也哭了起来，但是她很勇敢，把生死置之度外，决心在这段生活的最后短暂时间里，不去自寻烦恼，因为她相信一到晚上怪兽就要把她吃掉了。

她于是参观起这座华美的宫殿，情不自禁地欣赏着，惊异地发现在一扇门上写着："美妞的住所"。她打开门一看，里面都是精美的陈设，她连声赞叹，眼睛都看花了。房间里最吸引她的是一个大书柜、一架羽管琴和好几本乐谱。"也许是怪兽不愿让我感到寂寞吧？"她低声说，"如果怪兽让我在这里只住一天，他就不会给我准备这些东西了。"她想到这里就增添了勇气。

她打开书柜，看到一本书上用金字写着："你想要什么就要什么吧，随心所欲地支配一切吧，你就是这里的王后和主人。"

"哎呀，"她叹口气说，"我别的什么也不想要，我想要的就是再见见我的可怜的父亲，想知道他现在在做什么。"

说也奇怪，她这样自言自语时，一抬头，便从一面大镜子里望见了她的家——爸爸愁容满面地回到了家，两个姐姐迎上前来。她们尽管做着鬼脸装出伤心的样子，但却掩饰不住看到妹妹被抛弃而感到的高兴心情。过一会儿，这一情景消失了。

美妞想，怪兽对她是怀着好意的，他并不那么可怕。

中午，桌上又摆出了美味的饭菜。她吃着饭，还听到悠扬的乐曲声，尽管没见到一个人。

晚饭时，她听到怪兽的叫声，又不禁战栗起来。

“美妞，”怪兽说，“你愿意让我看着你吃饭吗?”

“你是主人。”美妞打着颤说。

“不，”怪兽说，“你才是这里的女主人。如果你讨厌我，你可以叫我离开，我立刻就出去。告诉我，你是不是觉得我很丑陋?”

“是的，”美妞说，“因为我不会说谎。但是我相信你有一颗善良的心。”

“你说得对。”怪兽说，“但是，除了丑陋以外，我还缺乏智慧。你知道，我只是一头野兽。”

“你说自己缺乏智慧，这说明你并不愚蠢，因为愚蠢的人是不会知道这一点的。”

“吃饭吧，美妞。”怪兽说，“这里就是你的家，在自己家里你不用烦恼。这里所有的一切都是属于你的。如果你不开心，我就感到很悲哀。”

“你真好。”美妞说，“我向你承认，你的善良使我感到欢喜。当我想到这一点时，我看着你就不觉得那么丑陋了。”

“我虽然有善良的心，但我只是一头怪兽。”

“有很多人比你更丑陋。”美妞说，“比起那些有着人的模样而藏着一颗虚伪、腐败和忘恩负义的心的人来，我宁愿喜欢像你这样外表的人。”

“如果我有智慧，”怪兽说，“我会说出一大套好话来感谢你。但是，可惜我很笨拙，我要对你说的全部的话，就是我很感激你。”

美妞吃得很香，她差不多已经不怕怪兽了。可是当她听到怪兽向她提出以下的问题时，她几乎又吓得半死。

“美妞，你愿意做我的妻子吗?”

她沉默了好一会儿，没有回答。如果说不愿意呢，她害怕会触怒怪兽。但是她还是战战兢兢地对他说：

“不，怪兽。”

可怜的巨兽听了这句话，长叹了一声，发出一声极为可怕的呼啸，把整个宫殿都震动了。不过，美妞很快就镇静下来，因为怪兽悲哀地对她说：“那么，再见吧，美妞。”他走出了房间，还不时地回头望望她。

美妞看到只有自己一个人了，便怜悯起这头可怜的怪兽来。“咳!”她说，“真遗憾，他长得那么难看，可他有多么好的心!”

美妞宁静地在宫殿里住了三个月。每天晚上怪兽都来看望她。她吃晚饭的时候，怪兽总是跟她聊天。他说话是那样朴实，丝毫没有上流社会的人的那种所谓机灵劲儿。

美妞每天从怪兽身上发现新的好品质。她因为经常看到他，而对他的丑陋也就习惯了。怪兽来看望她的时候，她一点也不觉得害怕了。她还常常看是不是到了九点钟，因为怪兽总是在这个时候到她的房间里来的。

只有一件事使美妞感到很难堪，那就是怪兽在睡觉之前，总要问她是不是愿意做他的妻子。当她回答说不愿意的时候，他总是显得很痛苦。有一天，美妞对他说：“你使我很发愁，怪兽。我很想能够嫁给你，但是我不得不坦率地说，这是永远办不到的。我以后将一直是你的朋友，你就满足于这一点吧。”

“是的，”怪兽说，“我应该克制自己。我知道自己面貌可憎，但是我非常爱你。你在这里使我感到很幸福，答应我，你将永远不离开我!”

美妞听了这些话脸红了。她从镜子里看到过她的爸爸因为失去她而愁闷得生了病，她多么希望再次见到他啊。

“也许我可以答应你永远不离开你，”她对怪兽说，“但是我渴望重新见到我的父亲。如果你拒绝我的这个愿望，我就会郁闷而死的。”

“我宁可自己死掉，也不愿使你感到烦恼。”怪兽说，“我将把你送到你父亲那里去，你可以留在他的身边，而你的可怜的怪兽将痛苦地死去。”

“不!”美妞说着哭了起来，“我是那样地喜欢你，绝对不能让你死去。过一星期我就会回来的。我从镜子里看到姐姐们已经出嫁，哥哥们也去参军了，家里只剩下爸爸一个人，你就让我回家去待一个星期吧!”

“明天早上你就动身吧，”怪兽说，“但是别忘了你的诺言。当你想回来的时候，你只要在睡觉前把你的戒指放在桌子上就行了。再见吧，美妞。”

怪兽说完话，像往常一样悲叹了一阵。美妞看到怪兽因她而伤心，感到很难过，郁郁不乐地睡下了。

第二天早上醒来，她发现自己已经在爸爸的屋子里了。她按了按床边的铃，女仆进来了。女仆一见美妞就叫嚷起来，商人应声跑来。能和亲爱的女儿重逢使他喜出望外，他俩互相拥抱了好长一个时候。

美妞在激动之余想起自己起床后还没有衣服。这时女仆却告诉她说，刚刚在隔壁房间发现了一只大箱子，里面有很多饰着珍珠宝石的连衣裙。美妞十分感谢好心的怪兽对她的关心。她挑了一件最朴素的穿上，叫女仆把其余的收藏起来，说是准备送给她的两个姐姐。她这么一说，箱子就不见了。她的爸爸说，想必怪兽要把这些衣服都留给美妞，这时箱子又立刻在原地出现了。

人们把美妞回家的消息通知了两个姐姐，她们就和自己的丈夫一道来了。

她们两人都很不幸。大姐嫁给一个年轻的贵族。他像爱神一样漂亮，但是他只爱自己，从早到晚光为自己的美貌操心，而看不起他的妻子。二姐嫁了一个很聪明的男人，但是他把自己的聪明只用来跟别人怄气，首先是跟他的妻子怄气。

两个姐姐看到美妞穿着像公主一样的衣服，显得比阳光还要美丽，感到痛苦极了。尽管美妞待她们很亲热，她们的嫉妒心总是没法平息。当美妞向她们谈到自己很幸福时，她们的嫉妒心变得更加强烈了。

这两个妒忌鬼走到花园里大哭了一场，然后嘀咕着说："为什么这个小丫头倒比我们幸福呢？我们难道不比她更可爱吗？"

"妹妹，"大姐说，"我有个主意：我们尽量留她超过一星期，这样她的那个愚蠢的怪兽就会因为她的失信而发怒，也许就会把她吃掉了。"

"你说得很对，姐姐。"另一个说，"要做到这一点，得对她多用点亲热劲儿。"

她们商量好之后，又回到房间里来看小妹妹，对她表示格外深情厚意，这使美妞高兴得哭了起来。一个星期过去了，美妞该回去了，两个姐姐便揪住自己的头发表示无限的伤心，美妞只好答应再住一个星期。

但是，美妞又责备自己这样做会给可怜的怪兽带来悲哀，因为她已经真心实意地喜欢他，为见不到他而感到烦闷了。当美妞在爸爸家里度过第十个晚上时，她梦见自己到了宫殿的花园里，看见怪兽躺在草地上快要死了，还听到责备她忘了情义。美妞突然惊醒，流出了眼泪。

"怪兽对我那么友善，而我却给他造成了痛苦，我是多么不应该啊！"她说，"他确实很丑陋，也不太聪明，但这难道是他的过错吗？他是那样的善良，这比什么都强。我为什么不愿意嫁给他呢？我跟他在一起将会比姐姐们跟她们的丈夫在一起更幸福。妻子并不能从丈夫的漂亮和聪明中得到幸福，她的幸福只能来自他的美好的性格、道德和善良。怪兽具备这一切品质。我对他没有爱，但是我尊敬他，感激他，对他怀有友情。好了，不能再让他痛苦了，否则我将成为一个忘恩负义的人，将会一辈子感到内疚。”

美妞于是起来把戒指放在桌子上，然后又睡下了。她很快就睡着了。第二天早晨醒来时，她愉快地发现自己已经到了怪兽的宫殿里。

为了使怪兽高兴，她穿上了美丽的衣服。她闷闷不乐地等了整整一个白天，希望快到晚上九点钟。可是九点钟敲过了，怪兽却没有出现。

美妞担心怪兽是不是因为她的缘故已经死去。她跑遍了整个宫殿，大声呼喊着。她难过极了。她找遍了各个角落，最后想起了梦中的情景，就向花园里的小河边奔去。果然，她看到可怜的怪兽躺在那里已经失去了知觉。她以为怪兽已经死了，但扑到他的身上，对他的模样也不再感到害怕了。她发觉他的心还在跳动，便从小河里取了一些水，泼到他的脸上。怪兽睁开眼睛，对美妞说：“你忘记了自己的诺言。我由于失去你而感到非常悲伤，决心将自己饿死。我死得很高兴，因为我现在又一次快乐地见到了你。”

“不，我的亲爱的怪兽，你不会死。”美妞对他说，“你要活下去，要成为我的丈夫。我现在就答应你，我发誓，我只属于你。哎！我以前总认为我对你只怀有友情，可是现在我才体会到，当我见不到你的时候，我是多么痛苦，我简直生活不下去了。”

美妞刚说过这些话，宫殿里就升起了耀眼的焰火，响起了美妙的音乐，呈现出一派节日景象。可是，正为怪兽的灾祸而战栗的美妞无心欣赏这些美景。当她重新回头看望她的亲爱的怪兽时，她愣住了，说不出一句话来：怪兽不见了，伏在她脚下的是一位比阳光还要美丽的王子。王子正在感谢她为他解除了仙术。

虽然这位王子非常吸引她，但她仍然问怪兽到哪里去了。

“他就在你的脚下。”王子对她说，“一个凶恶的仙女把我变成了怪兽的模样，这个模样要一直延续到一个美丽的姑娘同意嫁给我为止。仙女还禁止我显露自己的才智。世界上只有你这样的好心人才被我的善良性情所感动。我即使把王冠献给你，也报答不了你给我的恩典。”

美妞惊喜交集，伸手搀扶起美丽的王子，他俩一起进入了宫殿。美妞又在大厅里见到了她的父亲和家里所有的人。她快乐极了。他们都是被那位美妞梦见过的美丽的仙女接到这里来的。

“美妞，”这位有名的仙女说，“比起漂亮和聪明来，你宁愿要高尚的品德，现在你得到了这一正确选择的报偿：你有了一位品德完美的丈夫，而且即将成为一个出众的王后。我希望你当了王后以后不要丢掉你的美德。”

“你们两位呢，”仙女对美妞的两个姐姐说，“由于你们心肠太坏，就让你们变成两尊石像，站在你们妹妹的宫殿门前。你们的意识还保存在石头下面，这样，我不给你们增加别的苦楚，就让你们作为她的幸福的见证人。你们只有认识了自己的错误，才能恢复原来的形体。但是，我怕你们永远会是这样的石像。人们可以纠正骄傲、愤怒、馋嘴和懒惰，但是要把一副嫉恨人的坏心肠改变过来，那可真不容易呢！”

这时，仙女敲了一下仙杖，大厅里所有的人立刻被送到了王子的国度里，王子的下属愉快地前来迎接他们。王子与美妞举行了婚礼。他们长久生活在一起，感到非常幸福，因为他们的幸福是建立在美德的基础上的。

（倪维中　王　晔　译）

白雪公主

［德］格林兄弟

冬季里的一天，雪花像鹅毛一样从天上飘落下来，一位王后坐在乌木窗框的窗子里做针线。她缝几下就朝外面的飞雪看一看，针一下子刺进了手指头，有三滴血落在了雪地上。鲜红的血衬着白雪非常好看，王后便想：要是我的孩子，白的像雪，红的像血，黑的像乌木，该多好哇。不久，她生了个小女儿，果然皮肤白得像雪，嘴唇红得像血，头发黑得像乌木，于是大家都叫她“白雪”。可是孩子一出世，王后却死了。

一年以后，国王又娶了一位妻子。她是一个很美的女人，却非常骄傲和自负，不能容忍有谁比她更美丽。她有一面魔镜，每次走到镜前去照自己，她都问：

“镜子，镜子，墙上挂，
国内谁最美呀？”

镜子便回答：

“王后陛下，您最美。”

她听了很高兴，因为她知道，镜子讲的是真话。

可是，白雪公主渐渐长大，模样越来越漂亮。长到七岁时，她美丽得已如同晴朗的白昼，超过了王后。一天，王后又问镜子：

"镜子，镜子，墙上挂，
国内谁最美呀？"

镜子回答：

"王后陛下，在这儿您最美；
可白雪公主比您还美一千倍。"

王后大吃一惊，妒忌得脸色一会儿发黄，一会儿发绿。从这一刻起，只要她一见白雪公主，她的气就不顺，她恨小姑娘。妒忌和目空一切就像野草似的在她心中疯长，弄得她日夜不得安宁。于是，她叫来一个猎人，说："把这孩子带进森林，我不想再见到她。你得把她杀了，带回她的肺和肝当证据。"猎人遵命，带着孩子进了森林，拔出猎刀正准备刺穿白雪公主纯洁的心脏，白雪公主哭了起来，说："啊，亲爱的猎人，让我活下去吧，我愿意躲进森林，永不回家。"因为她长得这样美，猎人产生了同情心，说："快跑吧，可怜的孩子！"他想：野兽反正立刻就会把她吃掉，眼下他用不着去杀她。心上觉得像一块石头落了地似的轻松。正巧，有只小野猪蹦到他身边，他便一刀刺过去，取出肺和肝，带回去给王后当证据。厨子遵命加上盐把肺和肝煮好，歹毒的王后便全部吃下去了，还以为，她吃的真是白雪公主的肺和肝呢。

可怜的小姑娘孤零零一个人留在大森林里，没有什么东西不叫她害怕的，连看着各种各样的树叶，她也不知该怎么办。于是，她跑了起来，跑过尖尖的石头，穿过荆棘丛。野兽在她身边乱窜，却都不去伤害她。她跑啊，跑啊，只要腿还有劲儿。直到快天黑时，她突然发现一所小屋，就进去休息。小屋内的一切都很小，却都说不出地精致和清洁。屋里有一张铺着白台布的小桌子，上面摆着七只小盘子，每个盘里都有一把小勺儿，旁边还放着七副小刀叉和七个小杯子。靠墙挨个排放着七张小床，都铺着雪白的床单。白雪公主又饿又渴，就从每只盘子里吃了一点蔬菜和面包，从每个杯子里喝了一滴葡萄酒，因为她不想把某一份全吃光。后来，她太累了，就上了一张小床，可没有一张床合适，不是太长，就是太短，直到第七张床才算合适，她就躺下去没动，向上帝做完祷告便睡着了。

天完全黑下来以后，小屋的主人们才回来。他们是七个在山里找矿石，挖矿石的小矮人儿。他们每人点燃一盏小灯，小屋一下子明亮起来。这时，他们发现，屋里来过人，因为有些东西不再像他们离开家时的样子。第一个说："谁坐过我的椅子了？"第二个说："谁吃过我盘子里的东西了？"第三个说："谁吃过我的面包了？"第四个说："谁吃过我的菜了？"第五个说："谁用我的小叉子叉过了？"第六个说："谁用我的小刀子切过了？"第七个说："谁喝过我杯子里的酒了？"然后，第一个小矮人回过头，看见他的床上有一个小坑，就说："谁踩过我的小床了？"其他几个也跑过去，大叫："我的床上也有人躺过了。"而第七个小矮人儿呢，他往自己床上一看，看见白雪公主躺在上面睡觉。他忙叫大家过来，他们个个惊叫起来，取过七盏小灯，照着白雪公主。"哎呀，我的上帝！哎呀，我的上帝！"他们不停地大叫，"多美的一个孩子！"他们高兴极了，都不忍心唤醒她，让她在床上继续睡觉。第七个小矮人儿于是就和他的伙伴们合睡，在每个人那里睡一个小时，就这样过了一夜。

早晨，白雪公主醒来，一见七个小矮人儿便吓了一跳。他们却非常和蔼，问道："你叫什么名字？""我叫白雪公主。"她回答。"你怎么到了我们的屋子？"他们接着问。她便向他们讲了她的继母要让猎人杀了她，可猎人饶了她一命，她跑了一整天，最后发现了他们的小屋。小矮人儿们说："你要是愿意给我们管家，替我们烧饭，洗衣，铺床，缝衣服，织毛衣，把房间整理得整整齐齐，干干净净，你就可以留在我们这儿，我们决不亏待你。""好吧，"白雪公主说，"我打心底乐意。"她便留了下来，替他们把家管理得井井有条。每天早晨他们进山去找铁矿和金子，晚上只要回到家，保证饭菜已经做好。白天呢，只有小姑娘一人在家，好心的小矮人儿都叮嘱她说："你要提防你的后妈，她很快就会知道你在这儿。千万不要放任何人进来。"

王后呢，自从吃了白雪公主的肺和肝，以为又变成了全国第一大美人儿。她走到魔镜前，问：

"镜子，镜子，墙上挂，
国内谁最美呀？"

镜子回答：

"王后陛下，在这儿您最美；
可山外的白雪公主
比您美一千倍，

她住在七个小矮人儿家。”

王后一听大吃一惊，知道镜子从不说假话，才发现猎人骗了她，白雪公主还活着。于是她琢磨来琢磨去，看用什么方法才能害死白雪公主，只要她在国内不是最美的人，她的妒忌心就不让她安生。终于她想出一个点子，往自己脸上涂了一些颜色，装扮成一个沿街叫卖的老太婆，叫人再也认不出她。她就这副样子越过七座山，来到七个小矮人的家，一边敲门，一边喊道：“有好东西卖哟，有好东西卖哟！”白雪公主从窗里伸出头往外瞧，大声说：“您好，亲爱的太太，您卖的是什么呀？”“好货色，漂亮的货色，”她回答，“各种颜色的丝带。”她随手拿起一条用彩色丝线织成的带子。白雪公主想，这位忠厚的太太我可以放她进来，就把门闩拉开，买下那条漂亮的丝带。“孩子，”老太婆说，“你的模样真好！来，我替你好好扎上。”白雪公主毫无戒心，站到她前面，让她替自己扎上新发带，可是老太婆一把便死死地勒住脖子，勒得白雪公主喘不上气，像死了一样倒在地上。“叫你当不成最美的。”老婆子说罢便赶紧逃走了。

不久，天黑下来，七个小矮人儿回到家，看见他们亲爱的白雪公主倒在地上，一动也不动，像死了一样，都吓坏了。他们抬起她来，见她被勒住了，就把发带剪断。小姑娘这才开始有了微弱的呼吸，慢慢地活过来。小矮人儿们听她讲了事情的经过，便说：“那卖东西的老太婆就是心肠歹毒的王后。注意，我们不在你身边时，你千万不要放人进屋。”

那恶女人一回家，便来到镜子前，问：

“镜子，镜子，墙上挂，

国内谁最美呀?”

镜子和往常一样回答:

“王后陛下,在这儿您最美;
可山外的白雪公主
比您美一千倍,
她住在七个小矮人儿家。”

她听完,全身的血都涌入了心脏,吓坏了。她明白,这是因为白雪公主又活了过来。“你等着,”她说,“我会有办法整死你!”于是,她用她会的巫术制作了一把毒梳子,然后又化装成一个老太太进山了。她翻过七座山来到七个小矮人儿的家,敲着门说:“有好东西卖哟,有好东西卖哟!”白雪公主往外望了望,说:“走开点儿,我不放任何人进来。”“看看东西总可以吧。”老太婆说着掏出那把毒梳子,举着给她看。小姑娘很喜欢这把梳子,又上了当,把门打开了。谈好买卖,老太婆说:“现在我就来给你好好梳梳头。”可怜的白雪公主没想那么多,就依了老太婆。可老太婆刚把梳子插进她的头发,毒性就开始发作,小姑娘立刻倒在地上不省人事。“你这美的化身,”恶婆子说,“现在见鬼去吧。”便甩手走了。多亏天很快就黑了。七个小矮人儿回到家,发现白雪公主像死人一样倒在地上,立刻怀疑是继母干的,便在她浑身上下到处找,找到了那把有毒的梳子。刚一拔出来,白雪公主便恢复了知觉,给他们讲了刚才发生的事。他们再一次劝告她要提高警惕,别给任何人开门。

王后回到家,又站在镜前说:

“镜子，镜子，墙上挂，
国内谁最美呀？”

镜子仍然回答：

“王后陛下，在这儿您最美；
可山外的白雪公主
比您美一千倍，
她住在七个小矮人儿家。”

王后听镜子这样说，气得浑身直打哆嗦。“我非叫白雪公主死不可，”她大喊道，“搭上性命我也干。”然后，她进了一间任何人不得入内的密室，制造了一只很毒很毒的苹果，它看上去很美，白里透红，谁见了都会流口水，可只要咬上一小口，吃的人必死无疑。苹果做好后，她又在脸上涂了颜色，化装成一个农妇，翻过七座山来到七个小矮人儿的家。她敲了敲门，白雪公主从窗户探出头，说：“我不放任何人进来，七个小矮人儿不允许。”“我不见怪，”农妇回答，“只是我想尽快把苹果卖完。这个我就送你吧。”“不，”白雪公主说，“我不接受任何东西。”“你怕有毒吧？”农妇说，“你看，我把苹果切成两半，红的一半你吃，白的一半我吃。”可这苹果是人工做的，只有红的一半有毒。白雪公主看见苹果这么好看，非常想吃，再看农妇吃完并没事，就更忍不住了，伸出手接过有毒的那一半。她刚咬下一口，立刻倒在地上死了。王后恶狠狠地盯着她看了好一阵，狂笑道：“什么白的像雪，红的像血，黑的像乌木！这一回小矮人儿再也救不活你喽！”她一回到家，立刻就去问镜子：

“镜子，镜子，墙上挂，
国内谁最美呀？”

镜子终于回答：

“王后陛下，国内您最美丽。”

这下她那颗妒忌心才勉强平静下来，因为妒忌心要真正的平静下来也难啊。

小矮人儿晚上回到家，发现白雪公主倒在地上，嘴里不再有气了，已经死了。他们抬起她，寻找她身上是不是有中毒的地方。他们解开发带，替她梳理头发，用水和葡萄酒给她擦身，可全都没用。可爱的孩子死了，永远地死了。他们把她抬进灵柩，七个人围坐在她身边，恸哭不已，整整哭了三天。三天以后，他们本想埋葬她，可她就像活人一样容光焕发，脸蛋儿依旧红扑扑的，非常好看。他们说：“这样一个孩子咱们可不能把她埋进黑暗的地下。”他们就请人做了一个透明的玻璃棺材，把她放进去，让人从四面八方都能看见。他们把她安放进去，还用金字在棺材上写上她的名字，注明她是一位公主。然后，他们把棺材抬到山上，总留一个人守护着她。森林中的动物也常来哭白雪公主，先是一只猫头鹰，随后是一只乌鸦，最后是一只小鸽子。

就这样，白雪公主在棺材里躺了很久很久，人体始终完好如初，总像在睡觉，白的地方还是像雪，红的地方还是像血，黑发依然像乌木。一天，一位王子偶然进了森林，来到小矮人家过夜。他看见山上的棺材和里面美丽的白雪公主，还读了棺材上的金字。他对小矮人儿说："把棺材卖给我吧，你们要什么都行。"小矮人儿却说："把世上的金子都给我们，我们也不卖。"王子又说："那就送给我吧，我看不见白雪公主就活不下去。我会像对待我最亲爱的人那样尊重她和爱护她。"听他这么说，善良的小矮人儿都很同情他，就把棺材给了他。王子立刻叫仆人把棺材扛在肩上抬走了。不料，他们走着走着让一棵小矮树绊了一下，棺材猛地一震，把卡在白雪公主喉咙里的那块毒苹果抖了出来。过了一会儿，白雪公主睁开眼睛，推开棺材盖，坐起来，她又活了。"啊，上帝，我在哪儿呀？"她大声问。王子喜出望外地说："你在我身旁，"便讲了所发生的一切，他说："我爱你胜过世上的一切；跟我回父王的王宫吧，我要你做我的妻子。"白雪公主也觉得王子很好，跟着他去了。他们的婚礼安排得很豪华隆重。

白雪公主的狠毒后妈也收到了邀请。她穿上漂亮的衣服，走到镜子前说：

"镜子，镜子，墙上挂，
国内谁最美呀？"

镜子回答：

"王后陛下，在这儿您最美；
可年轻的王后比您美一千倍。"

这恶女人张嘴就是一句诅咒，她心里却十分害怕，怕得她坐卧不宁。起初她根本不想去参加婚礼，可不去又不安心，她不由自主地要去看看新娘。一踏进大厅，她便认出白雪公主，吓得她动弹不得。这时，一双被炭火烤红的铁鞋子由仆人夹过来，放在了她跟前。她被迫穿上火红的铁鞋跳舞，一直跳到她倒在地上死去。

（舒雨　译）

灰姑娘

[德]格林兄弟

一个有钱人的妻子病倒了，当她感到快不行了的时候，便把独生女儿唤到床前，对她说："亲爱的孩子，愿你永远这样虔诚和善良，仁慈的上帝一定会永远保佑你。我也将从天国看护着你，关怀着你。"说完她就闭上了眼睛，告别了人世。小姑娘每天都去母亲的坟上哭泣，一直又虔诚又善良。到了冬天，雪花飘落到坟上就像铺了一张白色的被单。等到来年的春天，当阳光将这张被单撤去时，有钱人又娶了个妻子。

这女人带来两个女儿，她们的脸蛋虽然白皙漂亮，内心却阴暗丑恶。从此可怜的前妻的女儿便没了好日子。"凭什么让这个蠢丫头跟咱们呆在一个屋里？"她们说，"要想吃面包，就得干活儿——滚到厨房去吧！"她们剥下她身上穿的漂亮衣裙，硬给她套上一件灰色的旧长袍，递给她一双木头鞋。"快来看看这位骄傲的公主的打扮吧！"她们边嚷边笑，把小姑娘送进了厨房。从此，她从早到晚有干不完的粗活，每天天不亮就得起床，忙着去打水、烧火、煮饭和洗衣。更糟糕的是，两个姐姐变着法儿地去刺痛她的心。她们拿她开心，故意把豌豆和扁豆撒进炉灰里，然后逼着她坐在地上把豆子一颗颗拣出来。夜晚，当她干完一天重活又累又乏时，却没有床睡觉，只能躺在炉灶旁的灰碴里歇一歇。正因为这样，她被弄得满身灰尘，脏得很，大家于是干脆叫她“灰姑娘”。

一日，父亲要去赶年市，就问两个继女想要他带点什么礼物回来。“漂亮的衣服，”一个说。“珍珠和宝石，”另一个说。“你呢，灰姑娘？”父亲问，“你要点什么呢？”“父亲，请在回家的路上，把碰到您帽子的第一根树枝折下来带给我。”父亲于是给两个继女买了漂亮的衣服、珍珠和宝石。在回家的路上，他骑马穿过一片绿色灌木丛时，一根榛子树枝碰着他，碰掉了他的帽子，他便折下这根树枝，带回家来了。到家以后，他给了两个继女她们想要的东西，给了灰姑娘那根榛子树枝。灰姑娘道过谢，就来到母亲的坟头把树枝栽种在坟上。她又痛哭了一场，眼泪掉在树枝上，使树枝得到了水分。谁知，树枝很快便长成了一棵美丽的树。灰姑娘仍然每日三次来到树下哭泣和祈祷，每次都飞来一只白色小鸟落在树上，不管灰姑娘说出什么心愿，小鸟都从树上扔下她想要的东西。

不想有一回，国王要举办一次一连三日的舞会，计划邀请国内所有的美女，以便让王子有机会挑选未婚妻。两个继女听说她们也在邀请之列，都高兴万分，叫来灰姑娘说：“快给我们梳头，擦鞋，把鞋袢扣紧，我们要去王宫赴宴。”灰姑娘一样样做好后，却哭了起来，因为她也很想一道去跳舞，就求继母允许她去。“你这么个灰姑娘，”她说，“浑身灰尘和污垢还想去参加舞会？你既没衣服又没鞋，也想跳舞？”可是灰姑娘不停地哀求，继母最终只得说：“这样吧，我往炉灰里撒一碗扁豆，只要你在两小时内把扁豆全拣出来，我就叫你一块去。”小姑娘走出后门来到院子里，大声喊道：“温驯的小鸽子，咕咕叫的小斑鸠，天底下所有的小鸟，快来帮我拣豆子吧！

好的拣进盆，
坏的吞下肚。”

只见两只小白鸽立即从厨房的窗户飞了进去，接着飞来的是小斑鸠，最后天底下所有的小鸟成群结队地拥进了厨房，围在炉灰四周。小鸽子点着头，开始用嘴笃、笃、笃、笃地去啄豆子，其余的小鸟也跟着啄豆子，笃、笃、笃、笃，好豆子都拣进了大碗。不到一个小时，它们就干完了，随后又全都飞走了。小姑娘捧着碗去见继母，满心欢喜，以为这下可以一道去参加舞会了。谁知，继母却说：“不行，灰姑娘，你没有衣服，不能去跳舞，去了只能遭到别人的耻笑。”灰姑娘又哭了起来，继母说：“这一次要是你能在一小时内把两大碗扁豆从炉灰里都拣出来，就让你一块去。”她心想，灰姑娘这回可办不到了。等继母把两碗扁豆撒进炉灰，小姑娘又走出后门来到院子中，大声呼喊：“温驯的小鸽子，咕咕叫的小斑鸠，天底下所有的小鸟，快来帮我拣豆子吧！

好的拣进盆，
坏的吞下肚。”

又是两只小白鸽从窗户飞进了厨房，后面跟着斑鸠，最后天底下所有的小鸟成群结队地拥进厨房，围在炉灰四周。小白鸽首先点着头，笃、笃、笃、笃地啄起扁豆，其余的小鸟也跟着啄起来，笃、笃、笃、笃，所有好的豆子都拣进了大碗。不到半个小时，它们已经干完，又都飞走了。小姑娘端着碗去见继母，满心欢喜，以为这下可以一起去赴宴了。可是继母还是说：“反正没有用，你去不成，没有衣服，就不能去跳舞，我们可不想为你丢人现眼。”她说完一扭身，不再理她，领着两个女儿急匆匆地走了。

这时，家里不剩别人，灰姑娘来到母亲的坟上，站在榛子树下大喊：

“小树啊，摇一摇，晃一晃，
金子银子抖下来。”

那只小鸟立刻抛下一件由金线银线织成的舞裙，还有一双用丝线和银线绣成的跳舞鞋。她急忙穿戴好，参加舞会去了。她的两个姐姐，还有继母，都没能认出她是谁，以为她是请来的一位外国的公主呢，因为她穿上金光闪闪的衣服真是美丽极了。她们怎么也想不到，这就是灰姑娘，以为她还在家里蹲在灰堆里拣豆子呢。王子迎着她走过来，拉起她的手，和她跳起来。这时，他再也不想和其他任何女孩跳舞，便一直拉着她的手不松开。每次有人来邀她跳舞，他都说：“她是我的舞伴。”

她跳啊，跳啊，一直跳到晚上，便想回家去了，可是王子却说：“我陪你走，好送你回家。”他是想知道，这美丽的姑娘究竟是哪家的女孩。但是灰姑娘摆脱了他，跳进了一间鸽舍。王子呢，却还在等，一直等到她父亲走过来，王子告诉他，那个不知姓名的女孩跳进鸽舍里面去了。老人心想：莫不是灰姑娘吧？王子叫人给他拿斧子和镐头来，好把鸽舍劈开——可是里面并没有人。等他们回到家，灰姑娘穿着她的脏衣服已经躺在灰堆里，烟囱洞里依旧点着那盏昏暗的小油灯。原来灰姑娘立刻就从鸽舍后边跳下来，跑向小榛子树，脱下美丽的衣服，放在母亲坟墓上；小鸟便把衣服又衔走了，她穿上自己的灰色长袍，回到厨房钻进灰堆。

第二天，舞会才又开始，父母便带着那两个姐姐走了，灰姑娘又来到榛子树前，说：

“小树啊，摇一摇，晃一晃，
金子银子抖下来。”

这一次，小鸟抛下一件比头一天更华丽的舞裙。当灰姑娘身穿这件衣裙出现在宴会上，她的美丽惊动了在场的每一个人。王子早已在等候她的到来，他立刻拉住她的手，只和她一个人跳舞。其他人不管谁来邀请，他都说：“这是我的舞伴。”不觉又到了晚上，她想离去，王子便跟在她后面，想看看她究竟走进谁的家。可是她还是躲开了他，钻进了房后的花园。那里有一棵漂亮的大树，上面结着最鲜美的梨子。她像小松鼠那样敏捷地在树枝间穿梭，结果王子再也搞不清，她到底跑到什么地方去了。他等啊等啊，一直等到她父亲走来，就对他说：“不知姓名的女孩不见了，我想，她是上了梨树。”父亲心想：莫非是灰姑娘？就请人取来一把斧头，把树砍倒，可是树上什么人也没有。等他们走进自家的厨房时，灰姑娘已经躺在了灰堆里，就和平日一样。原来灰姑娘早从梨树的另一侧跳下来，把漂亮的衣服还给了榛子树上的小鸟，又穿上了她那件灰长袍。

第三天，等父母带着姐姐刚一走，灰姑娘就又来到母亲的坟上，对着小树说：

“小树啊，摇一摇，晃一晃，
金子银子抖下来。”

这次小鸟给她扔下一件比她一生中原先所穿过的所有衣服都华贵亮丽的舞裙，鞋子是纯金做的。当她身穿这身衣裙来到舞会上，所有在场的人都惊讶得不知该说什么才好。王子只和她一人跳舞，不管谁来邀请，他都说："这是我的舞伴。"

夜幕又降临了，灰姑娘想回家去，王子一定要陪伴她，可是，灰姑娘飞快地甩开他，王子跟也跟不上。不过这一回，王子使了一个计策，他叫人用沥青涂满整个台阶。果然，灰姑娘在急忙往下跑的时候，左脚的鞋被黏在台阶上了。王子拾起鞋，这是一只小巧精致的金鞋。第二天早晨，他带着这只鞋来到富人家，对他说："谁都不能成为我的妻子，除非她的脚能穿上这只金鞋。"两个姐姐都暗自欢喜，因为她们都有一双美丽的脚。老大拎起鞋，走进卧室去试，母亲在一旁帮忙，可惜她的大脚趾无论如何也塞不进去，鞋太小了。母亲只好递给她一把刀，说："快剁掉大脚趾，当上王后，就用不着用脚走路了嘛。"那女孩果然剁掉了大脚趾，硬是把脚塞进了鞋，忍着剧痛，走出来见王子。王子便把未婚妻扶上马，带着她回家去。但是他们必须经过那座坟墓，小榛子树上的两只小鸽子立刻叫起来：

"看仔细，看仔细，
鞋里有血迹：
说明鞋太小，
真正的新娘还在家里。"

王子忙低头去看她的脚，只见鲜血从鞋里直往外冒，顺着腿染红了白色长统袜。王子调转马头，把假新娘送回去，说这一个不是真的，叫她妹妹来试试鞋。妹妹进了卧室，脚趾头幸亏都进了鞋，可是脚后跟又太大。母亲也递给她一把刀，说："快把脚后跟切小一点，当了王后，就不必用脚走路了嘛。"女孩赶紧从脚后跟上切下一块肉，硬把脚塞进了鞋。她忍着剧痛，走出来见王子，王子便把未婚妻扶上了马，带着她回家去了。当他们路过小榛子树时，树上的两只小白鸽又大叫起来：

"看仔细，看仔细，
鞋里有血迹：
说明鞋太小，
真正的新娘还在家里。"

王子忙低头去看她的脚，只见鲜血从鞋里直往外冒，顺着腿染红了穿着的白袜子。他调转马头，把假的新娘送回了家。"这一个也不是真的，"他说，"你们再没有其他的女儿了吗？""没啦，"富人说，"不过，我过世的前妻还留下了一个小灰姑娘，脏兮兮的，根本不可能成为您的新娘。"王子叫他把灰姑娘领出来见见。继母急忙回话，说："不行，不行，她太脏啦，见不得人。"可是王子坚持让他们去叫灰姑娘。灰姑娘这才洗干净脸和手，走出来，朝着递给她金鞋的王子鞠了一躬，然后坐在小圆凳上，从笨重的木头鞋里抽出脚，穿上那只鞋，鞋就像比着她的脚铸出来似的合适。她站起来，王子看见了她的面孔，立刻认出这就是和他跳舞的美丽姑娘，于是大叫道："这才是真正的新娘！"继母和两个姐姐大惊失色，气得脸色发青。王子却扶灰姑娘上马，带着她走了。当他们经过小榛子树时，两只小白鸽大声叫道：

"看仔细，看仔细，

鞋里没血迹：
说明鞋不小，
王子带着真正的新娘回家去。”

它们唱完，就从树上飞下来，落在灰姑娘的肩膀上，一只在右边，一只在左边，然后不再离开。

听说灰姑娘就要和王子结婚，两个虚情假意的姐姐也来了，她们一方面想讨好，另一方面也想沾点光。当这对新人走进教堂时，大姐正好站在新娘的右边，二姐站在左边。于是两只鸽子便把她们每个人的一只眼睛啄了出来。从教堂出来时，大姐又站到了左侧，二姐站到了右侧，两只鸽子又把她们每人的另一只眼睛啄了出来。你瞧，心肠狠毒和做人虚伪的下场是叫她们一辈子当瞎子。

（舒雨　译）

聪明的小裁缝

[德] 格林兄弟

从前，有位公主高傲得要命。求婚的人一来，她就给人家猜谜语。要是猜不出来，她就把人家戏弄一番，撵出宫去。她公开宣布，谁猜中了她的谜语，她就跟谁结婚。无论是什么人，只要愿意，都可以来试一试。

一天，三个裁缝结伴前来求婚。两个年纪大的裁缝心想，他们干了不少精工细活，飞针走线准确无误，这次去求婚也不会有什么差错，准能猜中公主的谜语。年轻的小裁缝却是个不中用的小伙子，连自己的手艺还没有学通呢。可他认为自己准会交好运，不然到哪儿去碰这样的好运气呢。两个大裁缝对他说："你留下看家吧！就你那点儿聪明劲儿，是不顶用的。"可小裁缝却没有受他们影响，说脑袋长在自己身上，他自有主意，说罢便扬长而去，好像整个世界都属于他似的。

他们三人一起到公主那儿通报了姓名，要她出谜语给他们猜。他们吹牛说，他们个个聪明绝顶，精明得连针眼都能穿过去。于是，公主说："我头上有两种头发，请问是什么颜色的?""要是不是别的颜色，"第一个裁缝回答说，"那一定是黑色和白色，就像黑底白点的花布似的。"公主说："不对，第二个猜吧！"第二个裁缝回答说："要不是黑色和白色，那准是褐色和红色，就像我父亲礼服的颜色。”“错了，”公主说，“第三个猜吧！看样子，你还挺有把握的。”小裁缝大胆走上前去，说：“你头上有一些银发和一些金发，我看就这两种颜色。”公主一听便脸色苍白，差点儿晕了过去。小裁缝果真猜中了，她曾认为，这世界上还没有人能猜出来呢。可公主马上镇定下来，说：“你虽然猜中了，可还不能算赢了我。你还得做一件事儿。楼下的兽棚里关着一头熊，我要你跟它在一起过一夜。要是你明天早上能活着爬起来，我就嫁给你。”公主想以此来赶走小裁缝，因为那只熊还从来没让靠近它爪子的人活下来过。可小裁缝却毫不畏惧，反倒高高兴兴地说：“敢作敢为，就已成功了一半。”

当晚，小裁缝被带进了兽棚。熊马上向这小家伙扑过来，用锋利的爪子来欢迎他。“且慢，且慢，”小裁缝说，“我得叫你安静安静。”他说罢不慌不忙地从衣袋里掏出一些胡桃，咬开壳，吃着仁儿。熊一见小裁缝吃得津津有味，馋得直流涎水，也想吃胡桃。于是，小裁缝伸手从衣袋里抓出一把递给它，但给它的不是胡桃，而是一些小石子儿。熊把石子儿放进嘴里，怎么咬也咬不开。“唉，”熊心想，“我真够笨的，连颗胡桃也咬不开。”它便对小裁缝说：“请你帮我咬开吧！”“瞧，你真是个笨蛋，”小裁缝说，“白长一张大嘴，连颗小小的胡桃也咬不开。”他说着接过小石子儿，敏捷地把石子儿换成了胡桃放进嘴里，咔嚓一声，胡桃被咬开了。“我得再试试，”熊说，“看你咬得这么轻松，我想，我也一定能咬开。”小裁缝又把小石子儿递给它，可它使劲儿地咬，还是没咬开。这事儿就这样过去了。然后，小裁缝从外衣里取出一把小提琴，拉了一首曲子。熊一听音乐，便情不自禁地跳起舞来。它随着乐声跳了一阵子，便喜欢上了这种乐器。它问小裁缝：“告诉我，提琴好拉吗?”“好拉，好拉，连小孩儿都会拉。瞧，用左手的手指按动琴弦，右手拿琴弓在琴弦上滑动，哆唻咪发索、索发咪唻哆，好玩极啦。”“就这么容易啊，我也想学，”熊说，“学会了拉琴，什么时候想跳舞就可以跳。怎么样？你能教教我吗?”“好，我教你，”小裁缝回答说，“要是你真想学，先把你的爪子伸过来给我瞧瞧，啊，太长啦！我得给你把指甲剪短一点。”小裁缝取来老虎钳，熊把爪子放上去，小裁缝夹紧了老虎钳，熊便动弹不得。然后他说：“你等着，我去取剪子！”熊被夹得嗷嗷乱叫，可小裁缝却倒在墙角的麦秸上睡着了。

夜里，公主听见了熊的嚎叫声，还以为是它吃掉了小裁缝，高兴得嚎叫呢。第二天早上，公主高高兴兴地起了床，往兽棚一看，见小裁缝好端端地站在那儿，活蹦乱跳像水中的游鱼似的。因为公主有言在先，现在也就无话可说了。国王派来一辆马车，接她和小裁缝去教堂举行婚礼。

他们俩上车后，两个年长的坏裁缝出于对小裁缝的忌妒，跑进兽棚拧松了老虎钳，把熊放了出来。熊气急败坏地追赶着马车。公主听到熊的喘息声和嚎叫声，非常害怕，对小裁缝大声说：“不好啦，你瞧，熊追来抓你啦！”小裁缝灵机一动，来了个拿大顶，把双腿伸到马车的窗外，大声喊道：“你看见老虎钳了吗？你要不滚开，又把你夹起来。”熊一见形势不妙，扭头逃走了。

小裁缝乘车从容不迫地来到了教堂，与公主举行了婚礼。他们俩像草原上的百灵鸟一样，过着愉快欢乐的生活。谁要是不相信这个童话，可得付一块银元啊。

（舒雨　译）

兔子和刺猬赛跑

[德] 贝希施泰因

孩子们，这个故事听起来很荒谬，其实是真的。我的爷爷每次给我讲时，总是说："孩子们，这一定是真的，否则就没人讲了。"故事的内容是这样的：

秋天里，一个礼拜日的早晨，荞麦花盛开，金灿灿的太阳从天边升起，凉爽的晨风从麦茬上吹过，百灵鸟在空中歌唱，蜜蜂在荞麦田里嗡嗡飞鸣，人们穿着礼拜日的盛装到教堂去。一句话，所有的生物都高兴，刺猬也高兴。

刺猬站在它的门口，双臂抱在胸前，望着晨风吹过的情景，嘴里哼着一首小曲，就像一个刺猬在美丽的礼拜日早晨经常唱得那样，不好也不坏。它正唱得高兴的时候，忽然想到，趁着妻子给孩子们洗脸、穿衣服的工夫，它可以到田里去转转，看看甘蓝长得怎样了。甘蓝田就在它家附近，它们全家都喜欢吃甘蓝，所以就把它当做自家的东西。刺猬随手把身后的大门关上，向田里走去。它刚走到离家不远的地方，正想绕过长在田头的一丛黑刺李，遇见了兔子。兔子也是为了同样的事情出来，去看它的大白菜。刺猬看见兔子，就很客气地说了声："早上好！"兔子却自以为是个高贵的先生，非常傲慢，对刺猬的问候不但不回答，反而摆出一副不屑一顾的样子，问刺猬："你怎么一大早就在田里跑来跑去？"刺猬说："我在散步。"兔子笑着说："散步？我看你还是用你的腿做一些更好的事情吧。"这句话刺伤了刺猬的心，它什么话都受得了，就是不愿意人家说它的腿，因为它的腿生来就是弯的。于是刺猬对兔子说："你以为你的腿可以多做一些事情吗？"兔子说："我是这样想的。"刺猬说："那我们就比试比试吧。我敢打赌，如果我们俩赛跑，我一定跑在你的前面。"兔子笑着说："就你那两条弯腿，还想赛跑，真是笑话！不过，既然你有这么大的兴趣，我可以奉陪。想赌什么？"刺猬说："一块金币和一瓶烧酒。"兔子说："好，一言为定。现在就开始！"刺猬说："不，不必这样着急，我肚子还饿着呢。我要先回家去吃点早饭，半小时后，我再到这儿来。"刺猬说完扭头就走，因为兔子同意了。

半路上，刺猬心想：兔子仗着它腿长，但是我一定要赛过它；它自以为是个高贵的先生，其实是个笨蛋，它输定了。刺猬回到家里，对它妻子说："老婆子，你快点穿好衣服，跟我到田里去。"妻子问："有什么事儿？"——"我要同兔子赛跑，赌一块金币和一瓶烧酒，你也应该在跟前。"刺猬的妻子一听就叫起来："啊，我的天哪！老头子，你糊涂啦？你发疯啦？你怎么能同兔子赛跑呢？"刺猬说："住嘴，真是妇人之见！这是我的事，男人的事不用你插嘴。快点，穿好衣服给我走。"刺猬妻子有什么办法呢？无论它愿意还是不愿意，只好跟着丈夫走。

它们一起走到半路上，刺猬对它妻子说："现在，你注意听着，你看，我们要在那片长长的耕地上赛跑，兔子在一条犁沟里跑，我在另一条犁沟里跑，我们从上面跑起。你别的什么也不用做，只在下面这犁沟里站着，如果兔子从上面跑过来，你就冲它喊：‘我已经在这儿了。’”

到了田里，刺猬把地点指给它的妻子，然后顺着犁沟走上去。它到了上面，兔子已经在等它了。“现在可以开始吗?”兔子问。“可以。”刺猬回答。“那就跑吧!”它们各自站在各自的犁沟里。“一、二、三!”兔子数完，就像一阵狂风似的顺着犁沟跑下去。刺猬大约只跑了三步，便在犁沟里蹲下，安安静静地坐在那里。

当兔子全速跑到下面的时候，刺猬的妻子冲它喊道：“我已经在这儿了!”兔子一愣，惊诧不已，以为是刺猬本人同它讲话。大家都知道，刺猬夫妇看上去可是一模一样的。

兔子想：“这事真有点奇怪。”它喊道：“回去，再跑一次!”说完，又一阵风似的往前跑，头上的耳朵都要飞起来了。刺猬的妻子静静地留在原地，一动也没动。兔子跑到上面，刺猬冲它喊道：“我已经在这儿了!”兔子气急败坏地叫道：“回去，再跑一次!”刺猬回答说：“没关系，你愿意跑多少次，我都奉陪。”于是，兔子这样跑了七十三回，刺猬一直陪着它。每当兔子跑到上面或下面，刺猬或者它的妻子就说：“我已经在这儿了!”

但是到第七十四回时，兔子没有跑到终点。它跑了一半便倒在地上，血从脖子里流出来，死了。刺猬拿起它赢来的金币和烧酒，从犁沟里叫出它的妻子，两个人高高兴兴地回家去了。如果它们没有死，现在它们还活着。

这就是发生在布克斯特胡德草原上的刺猬叫兔子跑死的故事。从此以后，再也没有兔子敢同布克斯特胡德草原上的刺猬赛跑了。

这个故事可以得出两条教训：第一，一个人无论他自以为怎样高贵，也不应该嘲笑地位卑贱的人，哪怕他只是个小小的刺猬；第二，一个人要结婚，最好娶一个与自己地位相等、面貌相似的妻子，也就是说，如果他自己是刺猬，最好找个妻子也是刺猬。

（仝　艾　译）

小牧克的故事

[德] 豪夫

从前，在我可爱的家乡住着一个被人叫做小牧克的人。当时我年纪虽说很小，但对这个人印象却很深，特别是有一次为了他的缘故，我被父亲打个半死。我认识他时，他已经是老头儿了，身体才三四尺高，但长相奇特，身材虽小，脑袋却比其他人要肥大得多。他孤零零地住在一幢大房子里，连饭也是自己做。要是到午间还看不到有股浓浓的炊烟从他住房的屋顶上升起，那么住在这个城里的人便不知道他的死活了，因为他每月只出门一次。而在傍晚的时候，可以看到他在自己的屋顶上来回走动，从街上望去，人们还以为只是他的大脑袋在上面兜圈子呢。我和我的伙伴们都是些小淘气，喜欢取笑和捉弄人，只要小牧克一出来，我们便像过节一般高兴。他要外出的那天，大伙儿便聚集在他的家门口等着。当大门一开，首先探出来的就是那个包着厚厚的头巾的大脑袋，然后才出现他那穿着破旧小外套和宽大裤子的小小的身体，一把长长的佩剑悬在宽阔的腰带上。由于人小剑长，人们不知道是剑挂在牧克身上呢还是牧克挂在剑身上。他一出现，我们便大声嚷嚷起来。伙伴们把自己的帽子扔到空中，围着他跳呀叫呀。小牧克却很正经地和我们大家点头打招呼，缓步向街上走去。他脚上穿着一双我从来未曾见到过的宽大的拖鞋。大伙儿跟在他后面，“小牧克，小牧克！”地叫个不停，还为他编了一支顺口溜到处唱道：

小牧克，小牧克，
住着一所大房子，
每月出门才一次，
头儿大得像座山，
是个老好小矮子；
我们就在你周围，
快来抓吧小牧克！

我们就常常这样捉弄他，说来也真叫人害臊，我是闹得最不像样的一个，常常扯着他的破外套不放，有一次还从后面踩住了他的那只大拖鞋，以致他摔了一跤。当时我笑得要死。但一看到他朝我父亲住的屋子走去时，我的笑容便立刻消失了。他直往里走，并在屋里待了好一会，我躲在门外看着牧克由我父亲陪着走出来，父亲一直恭恭敬敬地扶着他到大门口，频频向他鞠躬道别。我因害怕，在门外躲了好久，但终究由于肚子饿得比挨打还难受而不得不出来，战战兢兢地低头来到父亲面前。“听说你捉弄了善良的牧克？”他语调非常严肃，“我要把牧克的事说给你听听，你以后就再也不会去戏弄他了。不过你首先得按规矩挨一顿揍。”按规矩要挨打二十五下。父亲每次总是边打边数，毫不含糊。他拿起那枝长长的烟斗，拧掉琥珀嘴，狠狠地揍了我一顿，揍得比以往任何一次都凶。

打完二十五下，他就叫我好好听着，开始给我讲小牧克的故事：

小牧克本来叫牧克拉赫，他的父亲是尼凯亚一个很有声望但贫穷的人。当时他过着就像他儿子目前过着的那种不和别人交往的生活。他为儿子生得矮小而感到害臊，因而也就不喜欢他，让他糊里糊涂地过日子长大。十六岁的牧克还是成天嘻嘻哈哈，父亲可是个严肃的人，总骂他早就该脱掉孩子鞋的人还是那么傻里傻气。

有一次，老人重重地摔了一跤，结果就此送了命，留下个又穷又蠢的小牧克。他家的亲戚又都很无情，由于死者欠他们的旧债未清，就把可怜的小牧克撵走，叫他自己去寻找幸福。孩子答应立刻就走，只是请求把父亲的旧衣服留给他。他总算达到了目的，但父亲是个又高又大的汉子，他的衣服和小牧克的身材不配。孩子却很快有了主意，他把父亲的衣服那过长的部分截短再穿，只是忘了再改得瘦一些。所以他的服装式样古怪，至今还是：大头巾，阔腰带，肥裤子，蓝外套，他就一直穿着这些父亲的遗物。他把父亲那柄长长的佩剑系在腰带上，拿起一根小小的手杖便出门去了。

他高高兴兴地逛了一整天，因为他是出来寻找幸福的。每当他看到地上有块瓷器碎片在阳光下闪耀，便会捡起来藏好，相信它会变成美丽的钻石；要是看到远处的教堂圆顶像火一样灿烂辉煌，看到海面像明镜那样闪闪发光时，他就会无比兴奋地奔跑过去，准以为自己来到了仙境。可是，唉！当他一走近那地方，幻象便消失得无影无踪了。疲劳和辘辘饥肠很快促使他想起，自己依然是处在尘世间呵！就这样，他在饥饿和苦恼中流浪了两天，再也不想去寻找幸福了。他惟一的食物就是野果，坚硬的土地便是他过夜的床了。第三天清晨，他从一个土丘上远远看到了一座宏伟的城池，半轮残月照耀着城墙上的雉堞，城楼上那色彩缤纷的旗帜，仿佛在召唤小牧克到它们跟前去。他惊奇地站在那里，呆呆地望着那个城市和它附近的一切。“是呀，小牧克会在那里找到自己的幸福的。”他喃喃自语，忘记了疲劳，又兴高采烈起来。“对，就是那里，再没有别的地方啦！”他又打起精神朝那个城市跑去。看起来不远，他却走了整整一个上午才到，他的两条小腿几乎完全不听使唤了，因而他不得不常常在那些棕榈树下休息。终于到了城门口。他整了整自己的小外套，又把头巾重新包得漂漂亮亮的，腰带拉正，佩剑挂直，然后掸一掸鞋上的尘土，拿起小手杖，壮着胆子就往城门走去。

已经过了好几条大街，却没有一家人家打开大门欢迎他，没有人如他想象中的那样招呼他：“小牧克，进来吧，来吃点儿喝点儿，让你那两条小腿歇一会儿吧！”

当他来到一幢高大而又美丽的房屋跟前东张西望时，一扇窗户打开了，有个老太太探出头来，像唱歌似的叫唤起来：

来啊，快来啊！
粥糊已经熬好啦！
桌子也已摆好，
快来吃个饱吧！
邻居们快来呵，
粥糊已经熬好啦！

大门开了，牧克发现有许多猫和狗直往屋里跑。牧克站在那里犹豫了一阵子，他想，自己是否也可以应邀进去呢？终于，他鼓起勇气走进了屋子。在他的前面走着的是几只小猫，他决定跟在它们后面，因为这几只小猫也许比他更认得到厨房去的路。

上楼以后，牧克遇上了刚才从窗口往外瞧的那个老太太。

她脸色难看地望着他，问他来干什么。“你不是邀请大家上你这儿来喝粥吗?”小牧克回答说，“我正饿得慌，所以也就上来啦!”老太太哈哈大笑起来，然后说：“你这个怪人，你是从哪儿来呀！全城都知道，我熬粥不是请什么人来喝，而是喂我可爱的猫儿呵！有时我也邀请了几个邻居和它们做伴，刚才你见到的就是这样。”小牧克向老太太诉说了他父亲死后所受的苦，恳求她让自己今天在这儿同她的猫儿们一起吃点儿东西。老太太听了他诚实的表白觉得很可怜，就允许他在她屋里做客，让他大吃大喝了一顿。等他吃饱了有了精神以后，老太太久久地望着他，后来又问他：“小牧克，留下来替我干活吧，不会要你干很重的活的，不会亏待你的!”小牧克很喜欢喝猫儿粥，所以也就答应做阿哈弗茨太太的小厮了。他的工作很轻松，但很特别，阿哈弗茨太太有两只雄猫和四只雌猫，小牧克得每天早晨替它们梳梳毛，擦上些贵重的香膏。每当老太太外出，他就得照料好它们：吃饭时，替它们端碗上盘；夜晚，把它们一一抱到绸褥子上睡觉，用天鹅绒毯裹上。他还得侍候老太太家里那几只小狗，当然不像侍候猫儿们那么复杂，因为阿哈弗茨太太是把那些猫儿们当作亲生儿女看待的。在这里，除了老太太以外，他整天只见到猫和狗，所以牧克的生活依然像在父亲身边一样寂寞。就这样过了一些时候，对小牧克来说，生活似乎还可以，吃东西不用愁，活儿也不多，老太太似乎也满意。可是猫儿们逐渐变得淘气了：只要老太太不在家，它们便发疯似的跳上跳下，搅得满屋子乱七八糟，还把许多挡在它们跟前的美丽的器皿打碎。但只要它们听到老太太上楼来时，立刻就会跳上褥子，装得乖乖地蜷伏着，向她摆动着尾巴，似乎什么事儿也没有发生一样。阿哈弗茨太太一看屋里搞得一塌糊涂就大发脾气，一切过错就都在牧克身上。无论牧克怎样表白，她都不相信这个小仆人。她只相信猫儿们，它们的模样看上去显得多无辜呵。

小牧克非常伤心，因为在这里他也没有找到幸福。他暗下决心要辞掉阿哈弗茨太太家的这份活。由于他在自己的第一次旅行中已经尝到没有钱的苦头，所以他决定要把女主人总是答应但从没有兑现的工资弄到手。阿哈弗茨太太家有一间总是锁着门的房间，他从没看见里边到底是个什么样子。但他时常听到老太太在里面搞得叮叮当当地响，他一直想弄明白她到底在里面藏了些什么。现在由于想到了旅费的事，他突然觉得房间里可能藏着老太太的财宝。可是那扇房门时刻紧闭着，他又怎能把财宝弄到手呢？

在阿哈弗茨太太的几只小狗中有一只总是受到她的虐待。牧克却非常爱护它，因而也深得这只狗的好感。一天早晨，老太太出门去了，这只狗一直咬住牧克的大裤子不放，似乎要牧克跟着它上什么地方去。本来就愿意和这只狗在一起玩的牧克，这时便跟着它去了。小狗把他领到阿哈弗茨太太卧室里一扇以前他从没有注意过的小门边，门正半开着，小狗随即跑了进去，牧克也就跟着走进了房间。当他发现这正是他早就想来看看的那个地方时，心里非常高兴。他东张西望想找到一些钱，可是什么也没有发现，四处都是旧衣服和形状古怪的器皿。有个刻着美丽图形的水晶瓶子特别引起了他的注意，当他拿起来从不同的方向反复欣赏的时候，唉，他哪里知道上面的盖子只是松松地盖着，这时一下就掉了下来，瓶子打了个粉碎。

小牧克吓坏了，怔怔地站在那里好长一段时间。这下他的命运被决定了，他必须逃走，要不，准得被老太太打死。他决定马上就走，但还要看看阿哈弗茨老太太的财物中有没有他路上用得着的东西。他一眼便发现有双尺码很大的拖鞋，虽然这双拖鞋并不漂亮。但自己脚上的鞋子已破烂不堪，无法继续穿着走路。同时他喜欢这双拖鞋的肥大，穿着它才显得自己不再是个小孩。所以他立即扔掉脚上那双破鞋，换上这双大的。墙角还有一根顶上刻着个精美的狮子头的手杖。他觉得放在那里反正没有用，便顺手拿起匆匆走出了房间。他很快回到了自己的屋里，穿上小外套，包上父亲的大头巾，把佩剑插到腰带上，快步跑出了阿哈弗茨太太的家，一直来到城外。他怕老太太追赶，所以越跑越快，差一点把自己累死。他一生从来不曾跑得这样快过，仿佛自己收不住自己的脚，有一种无形的力量在推着他走。最后他发现是脚上的鞋子在作怪，鞋子在飞跑，他身不由已也只能跟着飞跑，他曾设法停下来，可是他总做不到。他迫不得已，便像人们指挥坐骑那样呼喊："噢——噢，站住。噢!"那双拖鞋终于停了下来，小牧克这时精疲力竭地倒在地上。

现在他非常高兴得到了这双拖鞋。小厮总算没有白做，挣到了这样一件宝物，这对他出外寻找幸福非常有用。虽然他兴奋异常，但由于过度疲劳，他不知不觉地就睡着了。他小小的身体是无法长时间地支持着这么沉重的大脑袋的。睡梦中，只见阿哈弗茨太太家那只领他找到拖鞋的小狗对他说："亲爱的牧克，你还不知道这双拖鞋的妙用呢。告诉你吧，只要你穿着它，站在鞋跟上转三个圈，你就能飞跑到你想去的任何地方。小手杖还能帮你找到金银财宝；它会在埋藏金子的地方自动敲三下，在埋着银子的地方自动敲两下。"小牧克醒来以后想想真怪，决定立刻试一下。他穿上拖鞋，跷起一只脚，另一只脚站在后跟上旋转起来，你倒想想要穿着那么一双大拖鞋连着打三个转是怎样的结果吗？尤其是小牧克的脑袋那么沉，它一会儿倒向这边，一会儿又歪向那边，毫不奇怪，他没有马上试成。

可怜的牧克一连摔了好几跤，每次都重重地撞在鼻子上。但他并不气馁，依旧一再试着做，终于成功了。他能像踩着轮子那样在鞋后跟上打转。他想，就到最近的大城市去吧。念头刚一动，拖鞋就带着他上了天，一阵风似的飞过云层。小牧克想都还没来得及想是怎么回事，就发现自己已经到了一个很大的摆着数不清货摊的集市广场上，熙熙攘攘的人群来来往往。他被挤在人丛中走来走去，觉得还是上比较清静的街道更好。因为这儿人多，他的大拖鞋很容易被人踩住，差一点儿因此摔倒，而身上那把长长的佩剑也容易碰着别人，他费了好大劲儿才没有和人打起来。

这时，小牧克认真地考虑到一个问题：怎样能赚到一点钱。当然，他手里有一个小手杖能为他指点埋藏金银财宝的地方，但到哪里才会碰上呢！没有办法的时候他可以向人讨几个钱，可他又不屑去这样做。终于他想到了他有一双能跑得飞快的脚，“也许我的拖鞋能帮我赚钱过日子。”他便决定去当快腿信使，他希望这里的国王能给这种差事以最高的薪俸。他问路到了王宫门前，卫兵问他来干什么。牧克告诉他是来找差事的。卫兵便指点他去见宫监。小牧克找到了宫监并向他陈述了自己的要求，请他在信使队里给他找个差事。宫监睁大了眼睛从头到脚打量了他一番说：“怎么？就凭你这双还不到一拃长的小脚还想当宫廷快腿信使？快滚蛋吧！我可不是站在这里专和哪个傻小子开什么玩笑的。”可是小牧克向他保证，他提出这个要求是很认真的，他愿意和最快的信使赛跑。宫监觉得这样的事很可笑，便吩咐他准备好，在当天傍晚比赛，顺便带他进了厨房，让人给他饱餐一顿。宫监去见国王，把这个小人和他的请求奏上。国王爱看笑话，听说宫监把小牧克留下来寻开心，非常高兴。他命令宫监在王宫后面的一块大草坪上布置好，要让宫内所有的人都能出席观看，又吩咐他好生照看小牧克。国王随后对王子和公主们说，今晚他们会看到一场表演，他们又立即把这事告诉了自己的侍从。一到傍晚，大家便迫不及待，凡是能走动的人都拥到了搭着看台的草地上，等着看那个口出狂言的矮子赛跑。

国王和王子、公主们刚在观众席上就座，小牧克就走到草坪上，向这些显贵的观众姿态优美地鞠了一躬。矮子的出现引起一片响亮的欢呼声。他们还从未见到过这样的小人：细小的身体，肥大的脑袋，短短的外套，松松的裤子，宽阔的腰带上还插着一柄长长的佩剑，小脚掌还套着一双又宽又大的拖鞋——真的，那样子实在滑稽极了，怎么能不惹人哄堂大笑呢！可小牧克神情自若，毫不在乎。他握着小手杖，旁若无人地等待着对手。宫监按照牧克自己的意思，选出一个跑得最快的信使同他比赛。那人走了出来站在牧克旁边，两个人一同等待着起跑的信号。随后，按照规定，公主阿玛查一挥面纱，两个跑手便像两枝飞箭似的越过草地，向同一个目标奔去。

一开始，对手把牧克抛出很远，但小牧克驾着他的鞋车奋起直追，一下子就赶上并超过了他，在终点等着那还在气喘吁吁竭力奔跑的对手好长一段时间。观众一时都惊异地怔住了，直到国王第一个鼓起掌来，人们才大声欢呼："赛跑的优胜者小牧克万岁！"

小牧克被引到国王面前跪了下来说："最伟大的国王，我只是向你显示了一下小小的神通。现在我请求在您的御用信使队里给我一个职位吧。"国王回答说："不，亲爱的牧克，我要任命你做我的亲随信使，你随时要在我身边。我给你一百金币的年俸，并赐你和我的一品内侍同桌吃饭。”

小牧克认为自己总算找到了久久寻求的幸福，内心非常高兴，也很得意。此外，国王特别宠爱他，让他传递最紧要的旨意，也同样使他心情愉快。他把事情办得非常完美，而且神速异常。

可是，那些内侍们并不喜欢他，因为他们觉得，这个矮子除了跑得快其他什么也不会做，而主子对他却比谁都宠爱。这使他们心里很不受用，便想设计陷害他。但国王对这个秘密亲随一级信使（他在很短时间内就被提升到这个职位）非常宠信，所以，他们的阴谋未能得逞。

牧克也知道他们的那些花招，但他心肠太好，因而不思报复，反而想让自己成为自己的敌人同样需要和喜欢的人。他突然想起了他的小手杖，由于一时自己走运，差一点儿把它给忘了。他以为，只要他找到财宝，这些爷们也许会对他态度好起来的。他常听说，当今国王的父亲曾在敌军侵入国境时把许多财宝埋到地下，又听说老王死时没有来得及把藏宝的秘密告诉自己的儿子。所以小牧克从此便随时携带着他的小手杖，期望有机会走过老王藏宝的地方。一天傍晚，他偶然走到了以前他从未到过的御花园偏僻的一角。这时，他觉得手中的小手杖在当地跳动了三下，他立刻知道是什么缘故。他随即拔出佩剑，在旁边的树木上做上记号，然后走回宫里，悄悄找出一把铲子，等天黑了就去挖掘。

挖宝对于小牧克来说并非轻而易举，他的臂力太小，而铲子非常笨重。他差不多挖了整整两个小时，才挖了两三尺深。最后，他的铲子叮当一声碰到了铁器一样的硬东西。于是他加劲地干，终于挖出了一个大铁盖。为了看个究竟，他便跳下坑去，他发现那是个装满金币的大坛子。由于力气太小，提不起整个坛子，他只能把金币塞在裤兜和腰带里，还脱下外套把金币包起来，余下的再仔细掩盖好。他把那一大包金币扛在肩上。幸亏了那双拖鞋，要不，他是一步也走不动的。因为金币的分量很沉，直把小牧克往下压。当然，他还是神不知鬼不觉地回到了自己的屋里，把金币藏到长沙发的垫子下面。

小牧克看到自己有这么多钱，以为自己的境况会变得好起来，他可以在宫廷敌人之中赢得许多保护人和热心的追随者。如果善良的牧克受过很好的教育，他就不会妄想用金钱来换取忠诚的朋友了。唉，他那时若把拖鞋擦拭干净，携带着包着金币的小外套一逃了之就好了！

小牧克分给别人的金币引起了其他内侍的嫉妒。大厨师阿乌利说："他准是个铸造伪币的人。"宫监阿赫美特说："这是他用甜言蜜语从国王那里骗来的钱。"司库阿沙茨是牧克最狠毒的对手，老想盗窃国王的财宝，这时他反而干脆地说："那是他偷来的钱。"为了搞清楚这件事，他们想出了一个办法。有一天，大司酒考舒茨愁眉不展地来到了国王跟前。国王见了他那副悲痛的样子，忍不住问他什么地方不舒服。"唉！"他回答说，"我心里很难受，因为我失去了圣上的宠爱。"——"你胡扯些什么呀！我的考舒茨爱卿！"国王回答说，"我恩泽的阳光什么时候漏掉过你呀！"大司酒又回国王说，他恩赐了秘密亲随一级信使那么多金币，却一文也没有赏给其他可怜的忠实奴仆们。

一听说这样的话，国王感到非常惊讶，便向他们了解了小牧克分金币的事。搞阴谋的人毫不费力地蛊惑了国王，使他以为牧克用什么办法偷了国库里的金币。突变的情况使大司库非常高兴，他当然不愿意呈报库房的收支账目。而国王却下旨意让人暗暗监视小牧克的一举一动，尽可能设法在现场抓住他。

就在那个倒霉的晚上，小牧克由于慷慨相送，钱已所剩无几了，便又操起铲子进入御花园，想从他秘密宝库里再取出一些备用。大厨师阿乌利和司库阿沙茨领着警卫们远远地跟随着小牧克。当他从坛子里把金币取出正要往小外套里放的时候，人们便一下猛扑上去，把小牧克捆绑起来，立刻推着他去见国王。而国王由于好梦被这事打破，心里很恼火，因而对他那个可怜的秘密亲随毫不留情，立刻开始审问。人们已经把坛子整个挖了出来，连同铲子和装满金币的小外套一起放到国王的脚下。司库说，正当牧克把这口装着金币的坛子埋往地里时，他便和警卫们一下把他当场抓住了。

于是国王便问被告，事情是否确实，还问他要埋到地下去的金币是从哪儿弄来的。

小牧克觉得自己是无辜的，便说那坛子是他在御花园里发现的，当时正在向上挖而不是往下埋。

所有在场的人听了他的辩白都哈哈大笑起来。国王认为小牧克不知羞耻，愤怒得大声责问："怎么？你这个坏蛋！偷了国王的钱还想那么愚蠢又无耻地用语言欺骗他么？司库阿沙茨！我命令你说清楚，你能否认出这就是大金库内所丢失的那些金币吗？"

司库回答说，最近大金库里确实丢失了许多钱，丢失的比这还多好多。他可以起誓，这些金币正是赃物。

于是国王便下令，给小牧克上了镣铐并关进钟楼，金币则交给司库放回库内。阴谋终于得逞，司库高高兴兴地走了。当他在自己家里清点那些金币时，他发现坛底有一张纸条，上面写着：

敌军如洪水般地淹没了我的国土，因此我把我的部分财宝埋藏于此。谁若发现了它而不立即交给我的儿子，他就要受到他国王的诅咒。

国王萨迪

可是这个坏蛋从来也没有向别人说过这事儿。

小牧克坐在牢房里伤心地左思右想。他知道，偷盗御用物品是要判处死刑的；可他又不愿向国王说出小手杖的秘密，因为他害怕一旦道出真情，这个小手杖和拖鞋都会被夺走。可惜他的拖鞋这时帮不了他的忙，因为他已被紧紧钉上镣铐锁在牢房墙上，即使使出全力也无法站立在鞋跟上打转了。但是到了第二天，宣布了他的死刑之后，他想到与其为保住手杖而丢了性命，还不如牺牲手杖保住自己。于是请求暗中谒见国王，奏上了自己的秘密。一开始国王并不相信他的话。小牧克表示，只要国王赦免了他，他便可以当面一试。国王答应了他的请求，让人背着小牧克，把金币埋入地下，然后叫他用小手杖去寻找。由于小手杖能在埋金币的地方清楚无误地敲打三下，所以他转眼就找到了那个地方。这时，国王才发觉大司库欺骗了他，于是，他便赐给大司库一条在这个东方国度里常见的绸带，让他自缢而死。但他又对小牧克说："是的，我答应了你免除一死；可我觉得你不只是藏着这一个秘密，要是你不说出你跑得那么快的缘故，我就把你永远打入天牢。"在钟楼里监禁了一夜的小牧克再也不想受那种罪了。所以他说出了他的全部神道就在那双拖鞋上，但他并没有把站在后跟上连打三个转的秘诀教给国王。而国王为了试验一下这双魔鞋，便亲自把鞋套在脚上，接着就在御花园里发疯似的跑了起来。他一再想停下来，但又不知怎样才能让拖鞋止步。小牧克却不想放弃这样一个稍稍报复的机会，于是便让他继续跑下去，直到他倒在地上人事不省为止。

当国王终于苏醒过来以后，对小牧克这样让他跑得半死的事大发雷霆。“我答应给你生命和自由，但你必须在十二小时之内离开我的国家，要不，我就下令绞死你。”他让人把小牧克的拖鞋和手杖没收了放进库房。

小牧克又只能可怜巴巴地流浪了。他诅咒自己的愚蠢，竟然妄想在宫廷里扮演个重要的角色。好在这个他将离开的国家不大，走了八个小时居然已走到了边境，要不然的话，失去了那双穿惯了的宝鞋，路途的艰辛他又怎么能受得了呢。

一过边境，他就避开大路，因为他憎恨每一个人，宁可到寂静的森林里去躲起来。他在一个树木茂密的林中找到了一块地方，觉得这儿恰好符合自己心底的想法。一条清溪的两岸长满了披满绿叶的高高的无花果树，脚下是柔软的草地，眼前的美景深深地吸引着他。他一歪身子躺了下去，决定不再吃任何东西，躺在这儿等死。他怀着伤心的死的念头睡着了。等一觉醒来，饥饿使他非常难受。转念一想，饿死可是件危险的事，于是，他左顾右盼，看看能否找到什么可以充饥的东西。

就在为他遮阴让他睡觉的那棵大树上，结满了令人垂涎的熟透了的无花果。他站起身来摘下好些果子就吃，最后又到溪边喝水。倒影映在水里，这时，他突然发现自己头上长出了两只硕大的耳朵和一个又粗又长的鼻子。这下他可吓坏了，赶忙用手去摸耳朵，谁知耳朵竟有一尺来长。

“唉！我活该长出这一双驴耳！”他对自己嚷嚷，“因为我像一头驴那样作践了自己的幸福。”他在树下走来走去。当他再次感到饥肠辘辘时，又只能靠这些无花果充饥，因为再没有别的东西可以果腹了。小牧克在第二次吃无花果时突然想起可以把耳朵包在大头巾里，这样就不会太难看，但不知是否包得下。正在这样想的时候，他忽然觉得驴耳又消失了。他赶忙跑到小溪边上往水面一照，真的，他又恢复了原来的耳朵，鼻子也不再那么长，那么难看了。这时，他终于明白了这里边的奥妙：第一次吃无花果使他长出了长鼻子、驴耳朵，第二次吃无花果便能使自己恢复原形。他高兴极了，仁慈的命运把获得幸福的办法再次送到他手里。于是，他从每棵树上摘下许多无花果来，能带多少就摘多少，然后便朝着他才离开的那个国家往回走。然后就近在一座小城市里换了服装，扮成另一个人继续前进，没有多久就到了目的地。

当时正是成熟的水果很少的季节，小牧克在宫门口坐了下来。因为他知道，大厨师就常在这里买这类罕见的商品供国王食用。没多久，大厨师出来了，由于这儿小贩很多，所以他得一个一个地挨着看过去，终于，他的目光落在牧克的小篮子上了。“呵，这玩意儿倒很难得，”他说，“皇上一定非常喜欢吃的。这一篮果子要多少钱？”小牧克要价不高，双方很快成交。大厨师把篮子递给了一个仆人，自己跑到别处去了。小牧克也立刻逃走。因为他生怕宫里贵人们头上一出事情，便会派人来追查他这个小贩加以惩办的。

国王进餐时很高兴，口口声声称赞他的大厨师能干，不仅善于烹调，还能时时留意采购最珍贵的食品供他食用。大厨师心里明白，还有好菜在后面呢。他笑容满面地说：“您过奖了，”又说，“结果好才算真正好呢！”公主们都很奇怪，非常想知道他到底还有什么东西送上桌来。当大厨师把一盘无比鲜艳的无花果端到他们面前时，大家异口同声“啊！”的一下叫了起来。“真熟！多么开胃呵！”国王嚷道，“大厨师，你真不错呵，难怪大家都那么宠信你。”国王一面说着，一面亲自分配放在他面前的那盘无花果，对于这类美味他一向不那么慷慨。他给王子和公主每人两颗，嫔妃、大臣和阿加[①]每人一颗。剩下的他都留给自己，然后兴致勃勃地大嚼起来。

“唉哟，我的父王，你怎么变成那么个怪样子啦!”阿玛查公主突然叫了起来。一时大家满脸惊愕地望着国王，只见两只硕大的耳朵在他头上垂着，一个长鼻子一直挂到下巴下面。大伙儿你望着我，我望着你，既惊讶，又害怕：每个人的头上都或多或少出现了奇怪的东西!

你想，这样的事情会使整个王宫充满怎样的恐怖！国王马上派人到处找大夫。医生们一群群地进宫，又是丸药，又是合剂。可是毫无疗效，人们头上的大耳朵、长鼻子依然如故。一个王子动了手术，哪里知道割掉一个又长出一个。

小牧克把自己隐蔽起来，但他非常清楚事情的发展，他知道是采取行动的时候了。他早已用卖无花果换来的钱买了一套衣服，他穿着它很像一位学者，再用羊毛作胡子粘在嘴上，打扮得惟妙惟肖，谁也认不出他来。然后他背起一小口袋无花果，自称是外国大夫，走进宫去献医。起初大家不很相信，但一个王子吃了他的无花果恢复了原形后，大家便争着要他治病。国王默默地握住他的手把他领到自己的房里。然后打开通向宝库的门，招呼牧克进去。“我的财宝都在这儿，”国王对牧克说，“你要什么便可以拿什么，只是你得治好我这见不得人的怪病。”这话在小牧克的耳中真像是美妙的音乐呵。一进宝库，他就发现他的拖鞋就在地板上，一旁就是他的小手杖。他在这个大厅里走来走去，假装鉴赏国王的宝物。当他走到拖鞋旁边时，立刻就把脚伸了进去，同时抓起小手杖，扯下假胡子。在惊呆了的国王面前，是一张原来他很熟悉的脸庞——被

---

① 土耳其对一般文武官员的称呼。

他赶走的小牧克。“背信弃义的国王，”牧克说，“你用自己的不仁不义回报人们的忠诚效劳，所以你活该长了这副丑相，这是你罪有应得。我让那双驴耳朵永远留在你的头上，好叫你每天想起小牧克。”说完便站在鞋后跟上飞快地旋转起来，惟愿自己从此远走高飞。国王还没有来得及喊人，小牧克已经飞走了。从此以后，小牧克就住在我们这儿，生活优裕，但不和人交往，因为他瞧不起世人。生活的经历使他变得聪明起来。虽然他外表显得古怪，但值得你敬仰，而不是嘲弄。

我听了父亲的这番话，便诚心诚意地向他表示忏悔，我不该对这个善良的小人儿无理取闹，而我的父亲也就免掉了他原先想好要给我的另一半惩罚。我把小牧克的奇异的遭遇告诉了我的小伙伴们。从此，大家都非常喜欢他，再没有人嘲弄他。相反，我们会永远尊敬他，每次看到他就像见到了法官和神父那样，向他深深地鞠躬表示敬意。

（薛菲　译）

丑小鸭

[丹] 安徒生

乡下真是非常美丽。这正是夏天！小麦是金黄的，燕麦是绿油油的。干草在绿色的牧场上堆成垛，鹳鸟用它又长又红的腿子在散着步，噜嗦地讲着埃及话。[①] 这是它从妈妈那儿学到的一种语言。田野和牧场的周围有些大森林，森林里有些很深的池塘。的确，乡间是非常美丽的。太阳光正照着一幢老式的房子，它周围流着几条很深的小溪。从墙角那儿一直到水里，全盖满了牛蒡的大叶子。最大的叶子长得非常高，小孩子简直可以直着腰站在下面。像在最浓密的森林里一样，这儿也是很荒凉的。这儿有一只母鸭坐在窠里，她得把她的几个小鸭都孵出来。不过这时她已经累坏了。很少有客人来看她。别的鸭子都愿意在溪流里游来游去，而不愿意跑到牛蒡下面来和她聊天。

最后，那些鸭蛋一个接着一个地崩开了。"噼！噼！"蛋壳响起来。所有的蛋黄现在都变成了小动物。他们把小头都伸出来。

"嘎！嘎！"母鸭说。他们也就跟着嘎嘎地大声叫起来。他

① 因为据丹麦的民间传说，鹳鸟是从埃及飞来的。

们在绿叶子下面向四周看。妈妈让他们尽量地东张西望，因为绿色对他们的眼睛是有好处的。

“这个世界真够大！”这些年轻的小家伙说。的确，比起他们在蛋壳里的时候，他们现在的天地真是大不相同了。

“你们以为这就是整个世界！”妈妈说，“这地方伸展到花园的另一边，一直伸展到牧师的田里去，才远呢！连我自己都没有去过！我想你们都在这儿吧？”她站起来。“没有，我还没有把你们都生出来呢！这只顶大的蛋还躺着没有动静。它还得躺多久呢？我真是有些烦了。”于是她又坐下来。

“唔，情形怎样？”一只来拜访她的老鸭子问。

“这个蛋费的时间真久！”坐着的母鸭说。“它老是不裂开。请你看看别的吧。他们真是一些最逗人爱的小鸭儿！都像他们的爸爸——这个坏东西从来没有来看过我一次！”

“让我瞧瞧这个老是不裂开的蛋吧，”这位年老的客人说，“请相信我，这是一只吐绶鸡的蛋。有一次我也同样受过骗：你知道，那些小家伙不知道给了我多少麻烦和苦恼，因为他们都不敢下水。我简直没有办法叫他们在水里试一试。我说好说歹，一点用也没有！——让我来瞧瞧这只蛋吧。哎呀！这是一只吐绶鸡的蛋！让它躺着吧，你尽管叫别的孩子去游泳好了。”

“我还是在它上面多坐一会儿吧，”鸭妈妈说，“我已经坐了这么久，就是再坐它一个星期也没有关系。”

“那么就请便吧，”老鸭子说。于是她就告辞了。

最后这只大蛋裂开了。“噼！噼！”新生的这个小家伙叫着向外面爬。他是又大又丑。鸭妈妈把他瞧了一眼。“这个小鸭子大得怕人，”她说，“别的没有一个像他；但是他一点也不像小吐绶鸡！好吧，我们马上就来试试看吧。他得到水里去，我踢也要把他踢下水去。”

第二天的天气是又晴和，又美丽。太阳照在绿牛蒡上。鸭妈妈带着她所有的孩子走到溪边来。扑通！她跳进水里去了。“呱！呱！”她叫着，于是小鸭子就一个接着一个跳下去。水淹到他们头上，但是他们马上又冒出来了，游得非常漂亮。他们的小腿很灵活地划着。他们全都在水里，连那个丑陋的灰色小家伙也跟他们在一起游。

“唔，他不是一个吐绶鸡，”她说，“你看他的腿划得多灵活，他浮得多么稳！他是我亲生的孩子！如果你把他仔细看一看，他还算长得蛮漂亮呢。嘎！嘎！跟我一块儿来吧，我把你们带到广大的世界上去，把那个养鸡场介绍给你们看看。不过，你们得紧贴着我，免得别人踩着你们。你们还得当心猫儿呢！”

这样，他们就到养鸡场里来了。场里起了一阵可怕的喧闹声，因为有两个家族正在争夺一个鳝鱼头，而结果猫儿却把它抢走了。

“你们瞧，世界就是这个样子！”鸭妈妈说。她的嘴流了一点涎水，因为她也想吃那个鳝鱼头。“现在使用你们的腿吧！”她说。“你们拿出精神来。你们如果看到那儿的一个老母鸭，你们就得把头低下来，因为她是这儿最有声望的人物。她有西班牙的血统——因为她长得非常胖。你们看，她的腿上有一块红布条。这是一件非常出色的东西，也是一个鸭子可能得到的最大光荣：它的意义很大，说明人们不愿意失去她；动物和人统统都得认识她。打起精神来吧——不要把腿子缩进去。一个有很好教养的鸭子总是把腿摆开的，像爸爸和妈妈一样。好吧，低下头来，说：‘嘎’呀！”

他们这样做了。别的鸭子站在旁边看着，同时用相当大的声音说：

"瞧！现在又来了一批找东西吃的客人，好像我们的人数还不够多似的！呸！瞧那只小鸭的一副丑相！我们真看不惯!"于是马上有一只鸭子飞过去，在他的脖颈上啄了一下。

"请你们不要管他吧,"妈妈说，"他并不伤害谁呀!"

"对，不过他长得太大、太特别了,"啄过他的那只鸭子说，"因此他必须挨打!"

"那个母鸭的孩子都很漂亮,"腿上有一条红布的那个母鸭说，"他们都很漂亮，只有一只是例外。这真是可惜。我希望能把他再孵一次。"

"那可不能，太太,"鸭妈妈回答说，"他不好看，但是他的脾气非常好。他游起水来也不比别人差——我还可以说，游得比别人好呢。我想他会慢慢长得漂亮的，或者到适当的时候，他也可能缩小一点。他在蛋里躺得太久了，因此他的模样有点不太自然。"她说着，同时在他的脖颈上啄了一下，把他的羽毛理了一理。"此外，他还是一只公鸭呢,"她说，"所以关系也不太大。我想他的身体很结实，将来总会自己找到出路的。"

"别的小鸭倒很可爱,"老母鸭说，"你在这儿不要客气。如果你找到鳝鱼头，请把它送给我好了。"

他们现在在这儿，就像在自己家里一样。

不过从蛋壳里爬出的那只小鸭太丑了，到处挨打，被排挤，被讥笑，不仅在鸭群中是这样，连在鸡群中也是这样。

"他真是又粗又大!"大家都说。有一只雄吐绶鸡生下来脚上就有距，因此他自以为是一个皇帝。他把自己吹得像一条鼓满了风的帆船，来势汹汹地向他走来，瞪着一双大眼睛，脸上涨得通红。这只可怜的小鸭不知道站在什么地方，或者走到什么地方去好。他觉得非常悲哀，因为自己长得那么丑陋，而且成了全体鸡鸭的一个嘲笑对象。

这是头一天的情形。后来一天比一天糟。大家都要赶走这只可怜的小鸭；连他自己的兄弟姊妹也对他生起气来。他们老是说："你这个丑妖怪，希望猫儿把你抓去才好！"于是妈妈也说起来："我希望你走远些！"鸭儿们啄他，小鸡打他，喂鸡鸭的那个女佣人用脚来踢他。

于是他飞过篱笆逃走了；灌木林里的小鸟一见到他，就惊慌地向空中飞去。"这是因为我太丑了！"小鸭想。于是他闭起眼睛，继续往前跑。他一口气跑到一块住着野鸭的沼泽地里。他在这儿躺了一整夜，因为他太累了，太丧气了。

天亮的时候，野鸭都飞起来了。他们瞧了瞧这位新来的朋友。

"你是谁呀？"他们问。小鸭一下转向这边，一下转向那边，尽量对大家恭恭敬敬地行礼。

"你真是丑得厉害，"野鸭们说，"不过只要你不跟我们族里任何鸭子结婚，对我们倒也没有什么大的关系。"可怜的小东西！他根本没有想到什么结婚；他只希望人家准许他躺在芦苇里，喝点沼泽的水就够了。

他在那儿躺了两个整天。后来有两只雁——严格地讲，应该说是两只公雁，因为他们是两个男的——飞来了。他们从娘的蛋壳里爬出来还没有多久，因此非常顽皮。

"听着，朋友，"他们说，"你丑得可爱，连我① 都禁不住要喜欢你了。你做一个候鸟，跟我们一块儿飞走好吗？另外有一块沼泽地离这儿很近，那里有好几只活泼可爱的雁儿。她们

---

① 这儿的"我"（jeg）是单数，跟前面的"他们说"不一致，但原文如此。

都是小姐，都会说：‘嘎！’你是那么丑，可以在她们那儿碰碰你的运气！”

“噼！啪！”天空中发出一阵响声。这两只公雁落到芦苇里，死了，把水染得鲜红。“噼！啪！”又是一阵响声。整群的雁儿都从芦苇里飞起来，于是又是一阵枪声响起来了。原来有人在大规模地打猎。猎人都埋伏在这沼泽地的周围，有几个人甚至坐在伸到芦苇上空的树枝上。蓝色的烟雾像云块似的笼罩着这些黑树，慢慢地在水面上向远方飘去。这时，猎狗都扑通扑通地在泥泞里跑过来，灯芯草和芦苇向两边倒去。这对于可怜的小鸭说来真是可怕的事情！他把头掉过来，藏在翅膀里。不过，正在这时候，一只骇人的大猎狗紧紧地站在小鸭的身边。它的舌头从嘴里伸出很长，眼睛发出丑恶和可怕的光。它把鼻子顶到这小鸭的身上，露出了尖牙齿，可是——扑通！扑通！——它跑开了，没有把他抓走。

“啊，谢谢老天爷！”小鸭叹了一口气，“我丑得连猎狗也不要咬我了！”

他安静地躺下来。枪声还在芦苇里响着，枪弹一发接着一发地射出来。

天快要暗的时候，四周才静下来。可是这只可怜的小鸭还不敢站起来。他等了好几个钟头，才敢向四周望一眼，于是他急忙跑出这块沼泽地，拼命地跑，向田野上跑，向牧场上跑。这时吹起一阵狂风，他跑起来非常困难。

到天黑的时候，他来到一个简陋的农家小屋。它是那么残破，甚至不知道应该向哪一边倒才好——因此它也就没有倒。狂风在小鸭身边号叫得非常厉害，他只好面对着它坐下来。它越吹越凶。于是他看到那门上的铰链有一个已经松了，门也歪了，他可以从空隙钻进屋子里去，他便钻进去了。

屋子里有一个老太婆和她的猫儿，还有一只母鸡住在一起。她把这只猫儿叫“小儿子”。他能把背拱得很高，发出咪咪的叫声来；他的身上还能迸出火花，不过要他这样做，你就得倒摸他的毛。母鸡的腿又短又小，因此她叫“短腿鸡儿”。她生下的蛋很好，所以老太婆把她爱得像自己的亲生孩子一样。

第二天早晨，人们马上注意到了这只来历不明的小鸭。那只猫儿开始咪咪地叫，那只母鸡也咯咯地喊起来。

“这是怎么一回事儿?”老太婆说，同时朝四周看。不过她的眼睛有点花，所以她以为小鸭是一只肥鸭，走错了路，才跑到这儿来了。“这真是少有的运气!”她说，“现在我可以有鸭蛋了。我只希望他不是一只公鸭才好！我们得弄个清楚!”

这样，小鸭就在这里受了三个星期的考验，可是他什么蛋也没有生下来。那只猫儿是这家的绅士，那只母鸡是这家的太太，所以他们一开口就说：“我们和这世界!”因为他们以为他们就是半个世界，而且还是最好的那一半呢。小鸭觉得自己可以有不同的看法，但是他的这种态度，母鸡却忍受不了。

“你能够生蛋吗?”她问。

“不能!”

“那么就请你不要发表意见。”

于是雄猫说：“你能拱起背，发出咪咪的叫声和迸出火花吗?”

“不能!”

“那么，当有理智的人在讲话的时候，你就没有发表意见的必要!”

小鸭坐在一个墙角里，心情非常不好。这时他想起了新鲜空气和太阳光。他觉得有一种奇怪的渴望：他想到水里去游泳。最后他实在忍不住了，就不得不把心事对母鸡说出来。

“你在起什么念头？”母鸡问，“你没有事情可干，所以你才有这些怪念头。你只要生几个蛋，或者咪咪地叫几声，那么你这些怪想头也就会没有了。”

“不过，在水里游泳是多么痛快呀！”小鸭说，“让水淹在你的头上，往水底一钻，那是多么痛快呀！”

“是的，那一定很痛快！”母鸡说，“你简直在发疯。你去问问猫儿吧——在我所认识的一切朋友当中，他是最聪明的——你去问问他喜欢不喜欢在水里游泳，或者钻进水里去。我先不讲我自己。你去问问你的主人——那个老太婆——吧，世界上再也没有比她更聪明的人了！你以为她想去游泳，让水淹在她的头顶上吗？”

“你们不了解我，”小鸭说。

“我们不了解你？那么请问谁了解你呢？你决不会比猫儿和女主人更聪明吧——我先不提我自己。孩子，你不要自以为了不起吧！你现在得到这些照顾，你应该感谢上帝。你现在到一个温暖的屋子里来，有了一些朋友，而且还可以向他们学习很多的东西，不是吗？不过你是一个废物，跟你在一起真不痛快。你可以相信我，我对你说这些不好听的话，完全是为了帮助你呀。只有这样，你才知道谁是你的真正朋友！请你注意学习生蛋，或者咪咪地叫，或者迸出火花吧！”

“我想我还是走到广大的世界上去好，”小鸭说。

“好吧，你去吧！”母鸡说。

于是小鸭就走了。他一会儿在水上游，一会儿钻进水里去；不过，因为他的样子丑，所有的动物都瞧不起他。秋天到来了。树林里的叶子变成了黄色和棕色。风卷起它们，把它们带到空中飞舞，而空中是很冷的。云块沉重地载着冰雹和雪花，低低地悬着。乌鸦站在篱笆上，冻得只管叫："呱！呱！"是的，你只要想想这情景，就会觉得冷了。这只可怜的小鸭的确没有一个舒服的时候。

一天晚上，当太阳正在美丽地落下去的时候，有一群漂亮的大鸟从灌木林里飞出来，小鸭从来没有看到过这样美丽的东西。他们白得发亮，颈项又长又柔软。这就是天鹅。他们发出一种奇异的叫声，展开美丽的长翅膀，从寒冷的地带飞向温暖的国度，飞向不结冰的湖上去。

他们飞得很高——那么高，丑小鸭不禁感到一种说不出的兴奋。他在水上像一个车轮似的不停地旋转着，同时把自己的颈项高高地向他们伸着，发出一种响亮的怪叫声，连他自己也害怕起来。啊！他再也忘记不了这些美丽的鸟儿，这些幸福的鸟儿。当他看不见他们的时候，就沉入水底；但是当他再冒到水面上来的时候，却感到非常空虚。他不知道这些鸟儿的名字，也不知道他们要向什么地方飞去。不过他爱他们，好像他从来还没有爱过什么东西似的。他并不嫉妒他们。他怎能梦想有他们那样美丽呢？只要别的鸭儿准许他跟他们生活在一起，他就已经很满意了——可怜的丑东西。

冬天变得很冷，非常的冷！小鸭不得不在水上游来游去，免得水面完全冻结成冰。不过他游动的这个小范围，一晚比一晚缩小。水冻得厉害，人们可以听到冰块的碎裂声。小鸭只好用他的一双腿不停地游动，免得水完全被冰封闭。最后，他终于昏倒了，躺着动也不动，跟冰块结在一起。

大清早，有一个农民在这儿经过。他看到了这只小鸭，就走过去用木屐把冰块踏破，然后把他抱回来，送给他的女人。他这时才渐渐地回复了知觉。

小孩子们都想要跟他玩，不过小鸭以为他们想要伤害他。

他一害怕就跳到牛奶盘里去了，把牛奶溅得满屋子都是。女人惊叫起来，拍着双手。这么一来，小鸭就飞到黄油盆里去了，然后就飞进面粉桶里去了，最后才爬出来。这时他的样子才好看呢！女人尖声地叫起来，拿着火钳要打他。小孩们挤作一团，想抓住这小鸭。他们又是笑，又是叫！——幸好大门是开着的。他钻进灌木林中新下的雪里面去。他躺在那里，几乎像昏倒了一样。

要是只讲他在这严冬所受的困苦和灾难，那么这个故事也就太悲惨了。当太阳又开始温暖地照着的时候，他正躺在沼泽地的芦苇里。百灵鸟唱起歌来了——这是一个美丽的春天。

忽然间他举起翅膀：翅膀拍起来比以前有力得多，马上就把他托起来飞走了。他不知不觉地已经飞进了一座大花园。这儿苹果树正开着花；紫丁香在散发着香气，它又长又绿的枝条垂到弯弯曲曲的溪流上。啊，这儿美丽极了，充满了春天的气息！三只美丽的白天鹅从树阴里一直游到他面前来。他们轻飘飘地浮在水上，羽毛发出飕飕的响声。小鸭认出这些美丽的动物，于是心里感到一种说不出的难过。

“我要飞向他们，飞向这些高贵的鸟儿！可是他们会把我弄死的，因为我是这样丑，居然敢接近他们。不过这没有什么关系！被他们杀死，要比被鸭子咬、被鸡群啄、被看管养鸡场的那个女佣人踢和在冬天受苦好得多！”于是他飞到水里，向这些美丽的天鹅游去：这些动物看到他，马上就竖起羽毛向他游来。“请你们弄死我吧！”这只可怜的动物说。他把头低低地垂到水上，只等待着死。但是他在这清澈的水上看到了什么呢？他看到了自己的倒影。但那不再是一只粗笨的、深灰色的、又丑又令人讨厌的鸭子，而是——一只天鹅！

只要你曾经在一只天鹅蛋里待过，就算你是生在养鸭场里也没有什么关系。

对于他过去所受的不幸和苦恼，他现在感到非常高兴。他现在清楚地认识到幸福和美正在向他招手。——许多大天鹅在他周围游泳，用嘴来亲他。

花园里来了几个小孩子。他们向水上抛来许多面包片和麦粒。最小的那个孩子喊道：

"你们看那只新天鹅！"别的孩子也兴高采烈地叫起来："是的，又来了一只新的天鹅！"于是他们拍着手，跳起舞来，向他们的爸爸和妈妈跑去。他们抛了更多的面包和糕饼到水里，同时大家都说："这新来的一只最美！那么年轻，那么好看！"那些老天鹅不禁在他面前低下头来。

他感到非常难为情。他把头藏到翅膀里面去，不知道怎么办才好。他感到太幸福了，但他一点也不骄傲，因为一颗好的心是永远不会骄傲的。他想起他曾经怎样被人迫害和讥笑过，而他现在却听到大家说他是美丽的鸟中最美丽的一只鸟儿。紫丁香在他面前把枝条垂到水里去。太阳照得很温暖，很愉快。他扇动翅膀，伸直细长的颈项，从内心里发出一个快乐的声音：

"当我还是一只丑小鸭的时候，我做梦也没有想到会有这么多的幸福！"

（叶君健　译）

严寒老人

[俄] 奥陀耶夫斯基

一句古老的谚语说得好，什么也不会白来，不劳动，什么也得不到。

一所房子里住着两个女孩子——一个是巧姑娘，一个是懒姑娘。和她们住在一起的，还有一位保姆。

巧姑娘聪明伶俐。她每天起得很早，不用保姆管，自己穿上衣服；起床就干活儿——生炉子、和面、扫地、喂公鸡，然后到井边去打水。

这工夫，懒姑娘还躺在床上，翻过来覆过去地打哈欠，伸懒腰，等躺腻了，就迷迷糊糊地说："阿姨，给我穿上袜子！阿姨，给我系上鞋！"过一会儿又说，"阿姨，有甜面包吗？"她起床后，蹦蹦跳跳一阵，就坐到窗前去数苍蝇：飞来了几只？飞走了几只？懒姑娘把苍蝇全数完了，不知道还有什么事情可干，也不知道从何入手。她想再躺到床上，可是这会儿不困；她想吃点什么，可是这会儿不饿；她想再坐到窗前数苍蝇，可是连苍蝇都数腻了。倒霉的懒姑娘坐在那儿哭哭啼啼，怨天尤人，抱怨自己太闷得慌，仿佛这都应该怪别人似的。

这时候，巧姑娘已经回来了，她把水过滤一下，再往水罐里倒。她多么会独出心裁地想办法呀！假使水不干净，她就用一张纸卷成筒儿，里面放一点小木炭或大沙粒，将纸筒插在水罐口上，往纸筒里倒水。水通过沙子和木炭滴进罐子里，变得跟玻璃一样透明而洁净。巧姑娘做完这件事以后，开始织袜子或做头巾，再不然就缝衬衫，剪裁衣裳，嘴里还唱起一支做针线活儿的歌。她从来不会闷得慌，因为她没有工夫寂寞——她一会儿忙这个，一会儿忙那个。转眼之间，天就黑了，一天不知不觉就过去了。

有一天，巧姑娘遇到一件倒霉事——她到井边打水，用绳子把水桶吊到井里后，绳子断了，水桶掉进了井里，这可怎么办？

可怜的巧姑娘哭了。她去找保姆，告诉保姆，她遇到了什么倒霉事。保姆普拉斯柯薇亚是个很严厉、很暴躁的人，她说道：

"你自己惹的祸，自己想办法吧！你自己把水桶掉下井，那就自己把它捞出来吧！"

没有法子，可怜的巧姑娘只好又到井边去了。她抓住绳子，顺着绳子爬到井底。这时候，出现了奇迹。她刚一到井底，就看见面前有个炉子，炉子里有个包子，烤得很有火色，焦黄焦黄的。包子呆在烤炉里，一面朝外张望一面说：

"我已经熟了，烤得焦黄焦黄，还放了葡萄干和砂糖。谁把我从炉子里拿出来，谁就可以带我走！"

巧姑娘毫不迟疑地一把抓起铲子，把包子取出来，掖在怀里。

她继续往前走。前面是一座花园，花园里有一棵树，树上结满小小的金黄色苹果，苹果抖动着树叶，说：

"我们是熟透了的、多汁的小苹果，我们用树根吸收养料，我们用冰凉的露水洗澡，谁把我们从树上摇落，我们就归谁所有。”

巧姑娘走到树跟前，扶着树干摇了一阵子，金黄色小苹果噼里啪啦掉在她围裙里。

巧姑娘又继续往前走。她一看：白发苍苍的严寒老人正坐在她面前。他坐在一条冰制的长凳上，正在吃雪团子。他一摇头，白霜从头发上纷纷落下；他一喘气，冒出一股浓浓的水蒸气。

“啊！”他说，“你好呀，巧姑娘！谢谢你，给我送来了烤包子。我已经很久没有吃热呼呼的东西了。”

他让巧姑娘坐在身旁，他们两个人一起把包子当作早点，还吃了点金色的小苹果。

“我知道你干什么来了。”严寒老人说，“你把水桶掉在我的井里了。我可以还给你水桶，不过你得给我干三天活儿。如果你聪明机灵，那你会有好处的；如果你偷懒耍滑，那你可没好处。现在啊，”严寒老人补充了一句，“我这老头儿该休息了。去给我铺床。注意，把鸭绒褥子拍得松松的。”

巧姑娘照办了——他们到严寒老人家里去了。严寒老人的房子整个是冰砌成的。门窗地板全是冰的，四面墙壁用无数雪花装饰着。太阳光在上面闪烁，屋里一切都像金刚钻似的光芒四射。严寒老人的床上铺的不是鸭绒褥子，而是蓬蓬松松的白雪花，实在冷极了，但是，一点办法也没有。

巧姑娘动手将雪搅松，好让老人睡觉的时候觉得软一些。可怜她的两只手都冻僵了，纤细的手指头发白了，就像冬天在冰窟窿里洗衣服的穷人似的——冷得要命，寒风吹面，衣服冻成冰，她直挺挺地站在那儿，一点办法也没有——穷人得干活儿呀。

“没有关系，”严寒老人说，“你用雪搓搓手指头，就会暖和过来，不会冻坏的。我可是个好心的老头儿，你瞧瞧，看看我这儿有什么稀罕玩意儿。”

他说着，把雪花鸭绒褥子和被子掀了起来，巧姑娘看见鸭绒褥子底下钻出了小绿苗。巧姑娘很心疼那些可怜的小绿苗，便对严寒老人说：

“喏，你说你是个好心的老头儿，可你干吗把小绿苗压在雪花鸭绒褥子底下，不让它们长到世界上来呢？”

“我不放它们出来，是因为还不到时候，庄稼还没有到生长期。秋天，农民种下了它，它就发芽，假使它现在长大，冬天会冻坏的，到夏天就不能成熟了。所以，我用雪花鸭绒褥子把小绿苗盖起来，自己还躺在它上面压着，不让雪花被风刮走。等春天一来，雪花鸭绒被融化了，绿苗将抽穗，那时你再来看看，还要结麦粒呢！农民打下麦粒，送到磨坊去，磨粉工人把麦粒磨成面粉，巧姑娘你，就可以用面粉烤面包了。”

“严寒老爷爷，请你告诉我，”巧姑娘说，“你干吗呆在井里呢？”

“我干吗呆在井里，因为春天快来了呀！”严寒老人说，“我觉得很热。你知道，连夏天井里都很凉快，即使在顶炎热的夏天，井水都是冰凉冰凉的。”

“严寒老爷爷，”巧姑娘问道，“你干吗冬天在大街小巷里走来走去，敲一家家的窗户？”

“我干吗敲窗户，”严寒老人回答道，“是为了提醒人们别忘了生炉子和按时关上烟道呀！要不然，我可知道，有那种马虎人，虽然把炉子生上了，可是忘记关烟道，或者关的不是时候，没等煤全部烧透就把烟道关上了，弄得屋里尽是煤气。人们的脑袋痛，眼睛发晕，甚至还能把人熏死呢。此外，世界上还有冬天挨冻的人，他们没有大衣，也没有钱买木柴。我敲窗户，是为了让大家别忘记帮助那些人。”

好心的严寒老人说到这里，摸了摸巧姑娘的头，就躺到雪床上去睡觉了。

这时，巧姑娘把屋里到处都收拾干净，到厨房做好了饭，又把老人的外衣和内衣全缝补好、织补好了。

老人醒来时，对一切非常满意，向巧姑娘道谢。后来，他们坐下来吃午饭。午饭丰盛极了，特别好吃的是老人亲自做的冰淇淋。

巧姑娘就这样在严寒老人家里住了整整三天。

第三天，严寒老人对巧姑娘说：

“谢谢你！你是个聪明的小姑娘，你给了我这个老人很大安慰，我也不会欠你的情。你知道，人们干活儿是可以赚钱的，现在我把水桶还给你，我往水桶里放了一大把五戈比的银币，另外，我还送给你一个钻石别针作纪念，你用它来别你的围巾吧！”

巧姑娘向严寒老人道谢后，别上小钻石别针，拿了水桶，向井口走去。她抓住绳子，顺着绳子爬回了人间。

她刚走到家门口，她经常喂的那只公鸡看见她，高兴极了，立刻飞上围墙，大声叫道：

喔喔喔！喔喔喔！
巧姑娘的桶里钱多多！

巧姑娘回到家里，把遇到的事情全讲了。保姆感到非常惊讶，后来她说：

“懒姑娘，你看，干活儿能挣到什么！你也到那个老头儿家里去吧！为他辛苦几天，干几天活儿吧！你给他收拾收拾屋子，在厨房里做做饭，把他的内衣外衣都缝补好。那样，你也可以挣一把五戈比的银币，那将是很及时的，因为我们正缺过节用的钱呢！”

懒姑娘很不乐意到老人那儿去干活儿，但是她希望得到一些五戈比的银币，也想得到一个小钻石别针。

于是懒姑娘就照巧姑娘那样走到井边，抓住绳子，扑通一声一直滑到井底。到了井底，她一看，前面有个炉子，炉子烤箱里有个包子，焦黄焦黄的，烤得很有火色。包子从烤炉里一面朝外张望一面说：

“我已经熟了，烤得焦黄焦黄的，还放了葡萄干和砂糖。谁把我从炉子里拿出来，谁就可以带我走！”

懒姑娘对他说：

“哼！我才不干那事儿呐！我可不能让自己受累，我可不愿意拿起铲子往烤炉里送，你要是想出来，就自己出来吧。”

她继续往前走。前面是一座花园，花园里有一棵树，树上结满了小小的金黄色苹果，苹果抖动着树叶，说：

“我们是熟透了的、多汁的小苹果，我们用树根吸取养料，我们用冰凉的露水洗澡，谁把我们从树上摇落，我们就归谁所有。”

“哼！我才不干那事儿呐！”懒姑娘回答，“我可不能让自己受累，我可不愿意抬起两只小手，抓住树枝摇……等你们自己掉下来，我再拾也来得及！”

懒姑娘说完，就从苹果树旁边走过去。她走到了严寒老人那里。老人还像以前那样坐在冰制的长凳上吃雪团子。

“小姑娘，你有什么事？”他问道。

“我来找你，”懒姑娘回答，“我想干几天活儿，挣点工钱。”

“小姑娘，你说得有道理，”老人回答，“干活儿是要给工钱的。不过，咱们得看看，你活儿干得怎么样？你去把我的鸭绒褥子拍拍松，然后给我做饭，再给我缝补外衣，织补内衣。”

懒姑娘向老人家里走去时，一路上想：

“我才不让自己受累呢！我才不让自己手指头挨冻呢！也许老头儿看不出，他在没有拍松的鸭绒褥子上也照样能睡着。”

不知道老人是真没看出，还是假装没看出，反正他往床上一躺就睡着了。懒姑娘到厨房里去了，她在厨房里不知道应该干什么。她爱吃，可是她从来没想过怎样做吃的东西，而且她也懒得去瞧别人怎么做。她朝四面一看，有蔬菜，有鱼，有肉，有醋，有芥末，有克瓦斯——样样俱全。她琢磨来琢磨去，好歹把蔬菜收拾干净了，把鱼和肉切成块儿，然后为了省事，将洗过的蔬菜和鱼、肉一起放在锅里，再加上点芥末，倒进点醋和克瓦斯，心想：

“何必一样一样单做，自找麻烦呢？反正到了肚子里全混在一块儿了。”

老人醒了，要吃饭。懒姑娘将锅给他囫囵端来了，连台布也没有铺。严寒老人尝了一口，立刻皱起眉头，只听见他嘴里的沙子被牙齿咬得嘎吱嘎吱响。

“你的饭做得可真不错呀！”他笑眯眯地说，“咱们再瞧瞧，你别的活儿干得怎么样。”

懒姑娘尝了尝，马上吐了出来。老人呼哧了一会儿，只好亲自动手，做了一顿美味可口的午饭。懒姑娘吃别人做的饭津津有味，把手指头都舔干净了。

老人吃完午饭，又躺下休息。他提醒懒姑娘，他的内衣没有织补，外衣也没有缝补。

懒姑娘恼了一会儿，但没有办法，只好翻开老人的内衣和外衣查看。但是，这时候她也为难起来，因为懒姑娘虽然穿过内衣外衣，可是从来没问过衣服是怎么做的。她没有拿惯针，所以一拿起来就被针尖刺破了手，赶紧把针丢下。老人又好像什么也没有发觉似的，他叫懒姑娘过去吃晚饭，然后让她睡觉。

这正合懒姑娘的心意。她暗自想道：

“也许这样就能对付过去。妹妹何必自找麻烦干那些活儿呢！老头儿对人挺亲热，就这样，平白的，他准也能送我一大把五戈比银币。”

第三天，懒姑娘求严寒老人放她回家，并把工作报酬给她。

“你干了些什么活儿呀？”老人问道，“说实在的，你还应该给我钱呢！因为不是你为我干了活儿，而是我为你干了活儿。”

“哎呀，那可不行！”懒姑娘回答，“要知道，我在你这儿住了整整三天呀。”

“亲爱的，你知道我要跟你说什么吗？”老人说道，“住在这儿跟给我干活儿，可是两码事，干活儿与干活儿也不同。你记住这话，将来会有用的。不过，假使你不觉得受良心责备的话，我也可以给你点奖赏——你干的活儿值多少钱，我就给你多高的奖赏。”

严寒老人说完这几句话，就把一个非常大的银锭放到懒姑娘的一只手里，又把一个非常大的钻石放到她另一只手里。

懒姑娘高兴极了，急忙把两件东西抓在手里，连谢也没有谢老人一声，就跑回家去了。

她回到家里大吹其牛，说：

“瞧，我挣来了什么。妹妹可没法跟我比，我挣来的不是一小把五戈比的银币，也不是一颗小钻石，而是一个大银锭——喏，多重啊！——还有一颗差不多有拳头大的钻石……用这个，过节可以买新东西了……”

她的话还没有说完，银锭竟化了，流到地板上去了。原来那是一团冰冻的水银。这时候，钻石也开始融化。公鸡飞上围墙，大声啼叫：

喔喔喔！喔喔喔！

懒姑娘手里冰箸握！

孩子们，你们想一想，猜一猜，这篇童话里，什么是真实的，什么是虚构的；哪些话是照直说的，哪些话是绕弯儿说的；哪些话是说着玩的，哪些话是有教育意义的……

（王　汶　译）

八音盒里的城市

［俄］奥陀耶夫斯基

爸爸把一只八音盒放在桌上。

“来呀，米沙，快来看！”

米沙是一个听话的孩子，立刻放下了玩具跑到爸爸跟前。啊，他瞧见了什么！多美丽的八音盒啊！五彩的、用玳瑁①镶嵌的。小盖上又是些什么！城门、小塔、小小的房子：一幢、两幢、三幢、四幢……简直数不清楚，愈远愈小，而且都是金色的；树林也是金色的，但树上的小叶子却是银色的；树林的后面，小小的太阳刚刚升起来，玫瑰色的红光染满了整个天空。

“这是个什么小城呀？”米沙问道。

“这个叫做叮叮城。”爸爸答道，一面触动了八音盒的发条……

啊，发生了什么事？突然，不知在什么地方，奏起了音乐。这音乐是从哪里传来的，米沙简直糊涂啦：他跑到房门旁——不要是隔壁房里传来的吧？又跑到挂钟下面——莫非是从

---

① 玳瑁——是海里的一种类似乌龟的动物，它的硬壳可以琢磨成透明的薄片。

钟里传来的？又跑到写字机旁和碗橱边；他一会儿到那里，一会儿到这里地倾听着；又望望桌子下面……最后米沙才相信：那音乐的确是从八音盒里奏出来的。

他跑近八音盒，瞧着。于是可爱的太阳从树后面升了起来，慢慢地在天空中移动。天空和小城就愈来愈明亮了；小小的窗子，都映着鲜明的红光，那些小塔，也似乎在闪耀发光啦。

那可爱的太阳在天空中移动着，转到另一边去，愈来愈低，终于被山岗完全遮没了；于是小小的城市发暗了，百叶窗关了起来，塔也发黑了。可是黑暗并不长久。天空里开始出现了颗小小的星，然后又出现了一颗，终于，一弯新月从树背后窥视出来，小小的城市又开始亮起来了。窗玻璃反射出银白色的光辉。小塔也发出淡青色的光芒来。

“爸爸！爸爸！我能走进那个小城去吗？我多希望能够这样啊！”

“难得很，我的宝贝，因为这个小城和你的身材不相称。”

“不要紧的，爸爸，我人小，只要你允许我进去，我多么想知道里面在做什么呵……”

“是的，我的宝贝，没有你，里面已经狭窄得很了。”

“谁住在小城里面呢？”

“谁住在小城里？那里住着许多小铃铛呢。”

爸爸说着就揭开了八音盒的盖子。你想米沙看到了什么？许多小铃铛，许多小锤子，圆轴，还有齿轮……米沙觉得奇怪极了。

“这些小铃铛有什么用处？小锤子又是做什么用的？还有那圆轴上面为什么生着许多小钩子呢？……”米沙问着爸爸。

但是爸爸答道：

“我不告诉你，米沙，你自己去看得仔细些，再多想一想；也许就能猜出他们的用处来。可是你不能动那发条，要不，全会毁坏的。”

爸爸出去了，米沙留在八音盒旁边。他坐着坐着，向八音盒瞧着瞧着，又苦苦地想着想着：这些小铃铛怎么会敲响的？

那时候，那一直在奏着敲着的音乐声渐渐地低下去、低下去了。

好像有什么东西把每个声音钩住了，又好像有什么东西把一个声音从另一个声音上面推了开去。于是米沙看见：盒子下面的两扇小城门打开了，而且从里面跑出一个小家伙来。他的头很小很小，而且是金色的。身上穿着一件钢制的裙子。他停在城门边在向米沙招手呢。

“咦，为什么？”米沙想道，“为什么爸爸说这城里没有我进去已经很挤了？不，看来里面住着许多和善的居民——瞧，他们请我去做客人呢。”

“能允许我进去，我真高兴极啦！”

米沙一面喊着一面向城门口跑去。他诧异地看到，那城门的高低恰巧跟他一样。米沙是一个很有教养的孩子，他认为首先应该向自己的向导招呼一下。

“有幸和你交谈，”米沙问，“能否允许我请教尊姓大名？”

“叮，叮，叮，”那个陌生人回答道，“我是一个铃铛孩子，是这城里的一个居民。我们知道你非常想到我们城里来做客人，因此我们决定请你光临到敝城访问。叮叮叮，叮叮叮。”

米沙恭敬地向他鞠躬。铃铛孩子就挽了米沙的手，他们一起走去。在这儿米沙看到，他们头上是一道圆拱门，那是用金边的彩色印花纸造成的。在他们的前面是另一道圆拱门，只是略微小些；第三道又小些，第四道更小些；这样，一道道的圆拱门愈到远处就愈小。那最后的一道圆拱门，似乎只有那位向导人的小头才能钻过去。

“我非常感谢你们对我的邀请，”米沙对他的同伴说道，“可是我不知道，我是否能利用这个好机会。对的，我能够自由地走过这里的几道圆拱门，可是那面，远处，你瞧，你们的圆拱门多低呀。那面，请恕我坦白地说，我连爬也爬不过去。我很奇怪：你们怎么能通得过那些低矮的圆拱门？”

“叮叮叮！”铃铛孩子回答道，“我们走吧。请你不用担心，只要跟着我来好了。”

米沙听从了他的话，果然他们每走一步，圆拱门就似乎高起来啦。两个孩子自由自在地通过了它们。当他们走到最后那道圆拱门时，铃铛孩子就请米沙回头去看。米沙一回头，他看见了什么？刚才他进城后走过的第一道圆拱门，似乎变得很小很小。好像在他们走过后，它们就降低了。米沙觉得非常诧异。

“怎么会这样的？”他问自己的向导。

“叮叮叮！”那位向导笑着答道，“远处的东西总是这样的。看来是你对远处的东西没有仔细地观察过：因为远处的东西看上去似乎总是很小，但是当你走近它的时候，它就大起来了。”

“是的，这很对。”米沙答道，“我到现在为止，这个道理还不曾想到过。那一次我碰到的情形，一定就是这样的：在三天前，我想画一张图画，我想画一个在我旁边弹钢琴的妈妈，和坐在房间那头看书的爸爸。可是我画来画去总画不好；画呀画的，竭力想画得像一些，但在纸上，爸爸却坐在妈妈旁边，他坐的沙发紧靠在钢琴旁边了。但事实上我明明看到，钢琴在我身旁的窗子下，而爸爸却坐在房间那面的壁炉旁。当时妈妈告诉我，应该把爸爸画得小一些。我还以为妈妈在和我开玩笑，因为爸爸要比妈妈高大得多啦。但是现在我明白妈妈说得很对：爸爸应该画得小些，因为他坐在远处。谢谢你的解释，我非常感激！”

铃铛孩子使劲地大笑起来：“叮叮叮，多可笑啊！不能画出妈妈和爸爸！叮叮叮！叮叮叮！”

米沙很不满意铃铛孩子这样毫不留情地嘲笑他，于是他很有礼貌地问道：“请问你，为什么你每讲一句话，总是要说‘叮叮叮，叮叮叮’呢？”

“这是我们的口头语呀。”铃铛孩子答道。

“口头语？”米沙批评道，“爸爸说过的，说话的时候带着口头语，是很不好的习惯。”

铃铛孩子咬紧了嘴唇，再也不说一句话了。

他们面前又是一道门。门打开来，米沙发觉自己已在街上了。啊，这是什么样的街道呵！又是什么样的城市呵！马路都是一片片彩色的螺钿嵌出来的；天空是五彩的玳瑁；那金色的小小的太阳在空中移动着；你向它招招手，它就会突然降下来在你的手周围绕上一转又升到空中去。街道上的每幢屋子都是钢的，磨得光光的，而且屋顶是用五光十色的贝壳盖起来的。在每个屋顶下面，坐着一个穿银色小裙子的金头铃铛孩子，小小的铃铛孩子很多很多，而且一个比一个更小。

“不，这一次他们可骗不了我啦，”米沙说道，“这只是我远远望过去是这样罢了，其实这些铃铛孩子都是一样的。”

“可是不对，”米沙的同伴回答道，“我们铃铛孩子不是一样的。假使都是一样的，那么我们敲起来就都是一种声音啦。可是你听，我们唱的什么样的歌啊！这是由于我们之中，有的人比较大一些，他的声音就比较强一些的缘故。难道你连这个还不懂吗？米沙，你明白了吗？这对你是一个教训：等会儿上前去，可不要笑他们有愚蠢的口头语啦。有的人虽然有口头语，却比某一种人懂得更多，从他们那儿可以学到一些新知识呢。”这一下就使得米沙不说话啦。

当时，许多小小的铃铛孩子把他们围起来了。他们拉着米沙的衣服，叮当，叮当响着，跳着，跑着。

“你们在这儿多快活啊！”米沙说，“我宁愿留下来永远和你们在一起。你们整天不需要做事，也不需要上课，也没有教师，而且还整天地奏音乐。”“叮叮叮！”铃铛孩子们喊道，“他还以为我们快活呢！不！不！米沙，我们的生活是很糟的。是的，我们没有功课，但那又有什么意义？我们并不怕功课。我们所有的不幸就在于我们这些可怜虫没有事情做；我们既没有书，又没有图画；没有爸爸，也没有妈妈；什么事都没有，每天老是玩着玩着。米沙，你得知道，这是最最没有趣味的事。你相信吗？我们有美丽的玳瑁的天空，这很好；有美丽的金色的太阳，金色的树，这也很好；可是我们这些可怜的人却看够了，所以这一切使我们觉得讨厌极了。我们不能出城一步，因此你可以想得到：永生永世一事不做地住在这盒子里是什么滋味，即使这里有美妙的音乐！”

“是的，”米沙答道，“你们说得很对。我也碰到过这样的情形。例如，平时放学后，拿玩具来玩，多开心呀。可是在假期里，我整天地玩耍，往往快到傍晚时就觉得厌倦了：那时候，凭你去玩这样那样的玩具，都觉得一点不可爱啦。我好久不懂，为什么会玩厌的，现在我可明白了。”

“是的，但是除了这个还有别的灾难呢。米沙，我们还有好些叔叔。”

“什么样的叔叔？”米沙问道。

“锤子叔叔。”他们答道，“他们多凶啊！他们常常在城里走来走去而且敲打我们。我们中间身材高大些的人被他们‘笃克’、‘笃克’地敲的次数倒比较少，小孩子就简直被他们敲得受不住。”

果然，米沙看到有几位先生沿街走着。他们有细长的腿，而且有一个特别长的鼻子。他们在窃窃地交谈着：

“笃克，笃克，笃克！笃克，笃克，笃克！举起来呀，敲下去呀，笃克，笃克，笃克！”真的，这些锤子叔叔一面走，一面就不断地在这一个铃铛孩子的身上“笃克”一下，又在那个孩子的身上“笃克”几下。米沙不禁替这些可怜的铃铛孩子非常难过。他就跑到那几位先生前面，恭恭敬敬地行了一个礼，然后好意问他们为什么要毫不留情地不断打那些可怜的孩子们。

锤子叔叔们回答他道：“让开些，不要打扰我们！在那座高屋子里，一个穿长袍的监督，在那儿躺着而且命令我们敲打铃铛孩子。他们老是打着滚，钩着我们。笃克，笃克，笃克！”

“你们这儿的监督是什么样的？”米沙问铃铛孩子。

“那是‘圆轴’先生，”他们叫道，“他是个很和善的人。他整日整夜不离开长沙发。我们对他倒没有怨恨。”

米沙向圆轴监督家走去。他一看，监督果真躺在长沙发上。它穿着长袍在沙发上不断地翻身，可是脸却老是朝天的。长袍上有无数的刺和小钩子。当他一碰上锤子叔叔时，他就先用一个钩子把锤子叔叔钩起来，然后放出去，那个锤子叔叔就敲起铃铛孩子们来了。

米沙刚走近那位圆轴监督，监督就喊起来了。

“舒雷，莫雷！[1] 谁在这里走？谁在这里闲逛？舒雷，莫雷！谁呀，还不出去？谁呀，打扰我的睡觉？舒雷，莫雷！舒雷，莫雷！”

“是我。”米沙勇敢地回答道，“我——米沙……”

“你来干什么？”圆轴监督问道。

“因为我可怜那些铃铛孩子：他们又伶俐、又和善，是多好的一群小音乐家啊。可是在你的命令下，锤子叔叔们，却不断地去敲打他们……”

“那对我有什么关系，舒雷，莫雷！我不是这里的头子。让锤子叔叔们去敲打铃铛孩子吧！这关我什么事！我是一个和善的监督，一年到头睡在沙发上，从来不朝谁看一眼的。舒雷，莫雷！舒雷，莫雷！……”

“在这个小城里，我学来了许多新见识啦！”米沙自言自语地道，“有时候监督[2] 不断地瞅我时，我还非常生气哩。我想：‘好凶啊！他既不是我的爸爸，又不是我的妈妈；我在顽皮，关他什么事情？但愿他能明白这一点，而且坐在自己的房间里才好。’不，现在我明白了：当可怜的孩子们没有人照顾时，他们会遇到什么事情呵！”

那时候米沙又向前走去——然后停了下来。他一看，在他面前有一顶金色的帐幕，周围垂着珍珠串成的流苏。在帐幕顶上有个金色的风信机在旋转，好像一架小风磨。在主幕里面坐着发条公主。她像一条长蛇般一会儿把身子卷紧，一会儿把身

---

① 舒雷，莫雷——本是阴谋，捣鬼之意。但就“叮叮叮”、“笃克、笃克”、“席茨、席茨”等上下文看来，这里可能是表示圆轴转动时的声音。但也可能有双关的意味：又表示声音，又表示意思。

② 监督——意思是指学校里的监督——学监。这儿有双关的意义。

子放松，而且正不断地在推着圆轴监督的腰呢。米沙诧异到极点，向她说道："亲爱的公主！为什么你要不断推动监督先生的腰？"

"席茨，席茨，席茨！"公主答道，"你这笨孩子，没有判断力的笨孩子，什么都看到了，却什么都不懂得！如果我不推动圆轴监督，圆轴监督就不转动啦；如果圆轴监督不转动，他就不能钩动锤子叔叔，锤子叔叔他们就不去敲铃铛孩子；如果锤子叔叔不敲铃铛孩子，铃铛孩子就不做声啦：铃铛孩子不做声，那么好听的音乐就奏不出来啦！席茨，席茨，席茨！"

米沙很想知道公主说的是不是真的。他俯下身子用手指把公主压了一下——会发生什么呢？

忽然发条公主用力弹了开来，圆轴监督就剧烈地打起滚来，那些锤子叔叔很快地笃克、笃克敲打起铃铛孩子来，那些铃铛孩子们立刻发出一阵嘈杂的铃铛声来，突然，发条公主爆裂了。

于是一切都静下来了：圆轴监督不动了，锤子叔叔倒了下去，铃铛孩子们转到旁边去了，那小小的太阳挂着不动了，小屋子都倒塌了……

米沙这才记起：爸爸曾嘱咐过他切不可去触动发条。他不禁惊慌起来……于是他醒了过来。

"你在梦中看到了什么？"爸爸问道。

米沙好久没有清醒过来。他一看：还是在爸爸的房间里，在他的面前还是放着那只八音盒。爸爸和妈妈正坐在他旁边对他笑呢。

"铃铛孩子们到哪儿去了？锤子叔叔到哪儿去了？发条公主又到哪儿去了？"米沙问道，"难道这是梦吗？"

"是的，米沙，你被音乐催眠了。你在这儿打瞌睡打了好一会儿呢。至少你把你梦见的一切告诉我们吧？”

“你瞧，爸爸，”米沙说道，一面揉着眼睛，“因为我老是想知道：在八音盒里，音乐是怎么奏起来的？我就仔细地瞧着、研究着，究竟里面是什么在动，而且为什么会动；想着、想着，快要弄清楚的时候，忽然我看见八音盒上的城门开了……”这样米沙把他的梦按照次序讲了一遍。

“哦，我知道了。”爸爸说，“八音盒是怎么发出音乐来的，事实上你差不多都懂得了；可是等你长大了，学了机械学，那时候你会懂得更多呢。”

（李俍民　译）

潘多拉

[美] 霍　桑

很久很久以前，在这个世界还非常年轻的时候，这儿住着一个小男孩，他叫埃皮迈索斯。埃皮迈索斯的父母都死了，为了不让他感到孤单，一个和他一样也父母双亡的小女孩，从很远的地方来到这里，跟他一块住，做他的小伙伴。这个小女孩名字叫潘多拉。

潘多拉走进埃皮迈索斯的小房子，第一眼看到的东西是一只大匣子。她问的第一个问题是："埃皮迈索斯，匣子里装的什么？"

"这是个秘密。"埃皮迈索斯回答说，"你别问任何关于这个匣子的问题。它放在这儿，是为了保险，连我也不知道它里面装的是什么。"

"可这是谁给你的呢？"潘多拉问，"它是从哪儿来的呢？"

"这也是秘密。"埃皮迈索斯说。

"真不讲理！"潘多拉嚷着，噘起了小嘴，"这讨厌的匣子别挡在路上该多好！"

"别想它了，咱们出去玩玩去。"埃皮迈索斯赶紧说。

他们俩出去玩了。一会儿，潘多拉就把匣子的事给忘了。可一回到屋里，她又忍不住想起这件事了。

“这匣子打哪里来的呢?”她不住地问自己，又问埃皮迈索斯，“你说它里面到底装些什么呀!”

“我都告诉你有五十次了，我不知道里面装的是什么。”埃皮迈索斯说。

“可你能打开它，”潘多拉坚持说，“那样，我们就可以看到它里面装的是什么啦。”

“潘多拉，你想什么哪!”埃皮迈索斯喊道，他被潘多拉的这个想法吓坏了。

“那你得告诉我，这匣子怎么来的。”

“好吧，拿你真没办法。就在你来之前，有一个人，披着一件奇怪的斗篷，把这匣子放在门口。这个人还戴着一顶帽子。帽子上有一块是用羽毛做的，看起来就像帽子上长了翅膀似的。”

“噢，我认识他，”潘多拉说，“他是奎克斯立瓦，是他把我带到这儿的，没错，准是他想把匣子送给我。也许，匣子里装的是给我准备的漂亮衣服，要不就是给咱俩准备的玩具，或者是为我们准备的好吃的。”

“也许是这样，”埃皮迈索斯说，“可是只有在奎克斯立瓦回来后，我们才能打开它。而现在，我们是无权打开它的。”说完，他就到外面去了。

“真是个傻孩子。”潘多拉咕哝着。

潘多拉一直站在那儿盯着这只匣子。它是用一种非常漂亮的深色木头做的，亮得潘多拉都能照见自己的脸庞。

这张非常漂亮的脸，映在匣子盖的中央。潘多拉看了无数次这张脸，它也看了潘多拉那么多次，它一会儿冲潘多拉微笑，一会儿又严肃得让潘多拉害怕。

这只匣子不像别匣子有锁和钥匙，而它是用一根金锁链捆住的。

潘多拉自言自语地说："也许我能解开这根链子，还能再把它捆上，这样做不要紧的，我不打开匣子就是了，就是锁链开了，我也不打开它。"

正想的当儿，潘多拉不小心轻轻碰了一下锁链的扣儿，这个金锁链就自己开了，真像变戏法似的，匣子上突然什么拴的东西也没有了。

天哪，潘多拉想，埃皮迈索斯看见匣子上的扣儿开了，他会说什么呢？他一定认为是我弄开的。我怎么才能使他相信，我没往匣子里看呢？

这时她又想，既然埃皮迈索斯会觉得自己已经看了里面的东西，我干吗不偷偷地看看呢？

匣子盖上的脸冲她笑着，好像在说：打开吧，没关系！这时，潘多拉觉得她能听见匣子里有很小的声音在说：

"放我们出去吧，好潘多拉，求求你了，让我们出去吧！我们会做你的好伙伴的！"

这是怎么回事？潘多拉觉得奇怪，匣子里有活的东西吗？我就看一眼，然后就把匣子盖像以前那样牢牢地拴住。看一眼恐怕不会出事的。

埃皮迈索斯刚才一直在跟别的孩子玩，这会儿，他想回去找潘多拉。他在路上停了一会儿，采了些花——玫瑰、百合和黄色的菊花——编了一个大花环，想把它送给潘多拉。埃皮迈索斯走到家门口，轻轻地进了屋，想吓潘多拉一跳，就在这时，潘多拉已经把手放在匣子盖上，正要打开它。要是埃皮迈索斯大喊一声，她的手也许会放下的，可是埃皮迈索斯只是小声地说了一句，因为他和潘多拉一样好奇，也想看看匣子里到底装了些什么。如果里面有好东西，他得拿走一半。这样，他同潘多拉一样的傻，差不多要受一样严厉的责备了。

门外雷声隆隆地响着，可潘多拉根本就没听见。她掀开盖往里一看，突然，她看到好像是一群带翅膀的虫子从匣子里飞了出来，擦身而过。这时，她听到埃皮迈索斯好像很痛苦地喊着：

“哎哟，真疼死我了！可恶的潘多拉，谁叫你把匣子打开的？”

潘多拉急忙放下匣子盖，想过去看看埃皮迈索斯怎么了。这时，她听到一种嗡嗡的声音，声音很大，好像有很多很多的苍蝇蚊子到处飞。一会儿，她看清了这群丑恶的小东西，它们的翅膀像蝙蝠，尾巴上有一根可怕的长长的刺，就是这刺蜇得埃皮迈索斯嗷嗷直叫。不一会儿，潘多拉也疼得嚷起来了，一只飞虫落在她的前额上，要不是埃皮迈索斯过来把它轰走，它准会狠狠地蜇潘多拉一下。

孩子们没有谁知道这些东西，它们是整个人类的祸害。它们叫坏脾气、担心和一百五十个哀愁，还有许多疾病。它们的罪恶比用处多多了。所有的忧愁和担心，都被封在这只神秘的匣子里，让埃皮迈索斯和潘多拉保存，好使世界上许许多多幸福的孩子们不再被伤害。从他俩看守匣子到现在，世界上的大人们没有悲伤，孩子们没流过一滴眼泪。

可是现在，这会飞的烦恼飞出了窗外，飞到了世界各个角落，它们给人们带来了哀愁。

这时，潘多拉和埃皮迈索斯又回到了小屋里。埃皮迈索斯坐在墙角，背冲着潘多拉。潘多拉趴在匣子上，非常伤心地哭着。

突然，她听到匣子里有什么东西轻轻地敲匣子盖。

“什么东西？”潘多拉抬起头来。

“你是谁?”潘多拉又问。

一个细细的声音从里面传出来:“你打开盖,就知道了。”

“不,不,”潘多拉说,“我已经开过一次匣子了,你的那些可恨的兄弟姐妹们在世界上到处害人。”

“噢,”那声音又说,“它们不是我的兄弟姐妹。打开盖儿吧,好潘多拉,我保证你会欢迎我的。”

这声音又悦耳又动听,潘多拉和埃皮迈索斯不约而同地打开了盖,这时,从里面飞出一只快活的、微笑着的、漂亮的小虫子。它飞到埃皮迈索斯那儿,在刚才被烦恼蜇过的地方,轻轻一碰,立刻就不疼了。然后,它又吻了潘多拉的前额,她的疼痛也立刻消失了。

“请问,漂亮的飞虫,你是谁呀?”潘多拉看看这个快活的小东西,惊奇地问。

“我叫‘希望’,”这个被阳光照耀着的小东西说,“当世界上的家庭从烦恼中摆脱出来时,我就被装进了这个匣子,用来安慰人们。”

“你永远永远和我们在一起吗?”埃皮迈索斯急着问。

“你们活多久我就和你们在一起多久,”希望说,“我保证再也不离开你们了。有时,你们看不到我,以为我不在了,可也许在做梦时,你们会看到我在你家的房顶上,我的翅膀在发光。”

从那以后,烦恼就在世界上到处乱飞,给人们制造痛苦,可是希望呢,这个带着彩虹般翅膀的小东西,总是给人们医好烦恼,带来舒适。

(卜卫、杨栩、吕辉　译)

雪姑娘

[俄] 弗·达利

从前，有一个老公公和一个老婆婆，他们没有儿女，也没有孙儿孙女。有一天过节，他们走到大门外去，看别人家的孩子滚雪球、打雪仗玩。老公公捡起一个雪球，说道：

“老婆婆，要是你我有一个女儿，这么雪白，这么圆乎乎的，多好！”

老婆婆瞅瞅雪球，只摇了摇头，说道：

“有什么办法呢！——不行啊，没处找去啊！”

老公公将雪球拿进屋，放在一只陶瓷罐里，盖上一块破布，搁在窗台上。太阳出来了，把陶瓷罐晒得暖烘烘的，雪就开始融化。老公公和老婆婆忽然听见陶瓷罐里，破布底下，有什么在尖声叫唤。他们走到窗口去一瞧，陶瓷罐里躺着一个小姑娘，像雪一样白，像雪球一样圆，她向他们说：

“我是雪姑娘，我是用春天的雪滚成的，被春天的太阳晒暖了，涂上了胭脂。”

老公公和老婆婆别提有多高兴了，他们把她从罐里拿了出来。老婆婆赶紧给她裁衣裳，缝衣裳。老公公用一条手巾把她包起来，抱在怀里照看着，唱道：

睡吧，我们的雪姑娘！
甜蜜蜜的小胖胖！
你是用春雪滚成，
被春天的太阳晒得暖洋洋。
我们给你吃，
我们给你喝，
给你穿上花衣裳，
还教给你聪明才智！

雪姑娘渐渐长大了，老公公和老婆婆心里很喜欢。她是那样聪明，那样有智慧，可以说只有童话里才有这种人，现实生活中是没有的。

老公公和老婆婆的一切都非常顺利，屋里挺好，院里也不错，牲口平平安安过了冬，该把家禽放到外面去了。可是刚把家禽从屋里移到畜栏里去，就出了一件倒霉事儿，狐狸来找老公公的看家狗朱奇卡。它假装有病，拼命央求朱奇卡，它用很尖很尖的小细嗓子恳求道：

“朱切恩卡！朱巧克[①]！小白脚，丝绸般的尾巴，放我到畜栏里去暖和暖和吧！”

朱奇卡随着老公公在树林里跑了整整一天，不知道老婆婆把家禽撵到畜栏里去了。它对患病的狐狸产生了怜悯心，就放狐狸进去了。狐狸咬死两只鸡，拖回家去了。老公公知道这件事后，打了朱奇卡一顿，把它从院里赶了出去。

“你乐意上哪儿，就上那儿去吧！”他说，“你不配给我看家！”

---

① 朱切恩卡和朱巧克都是朱奇卡的爱称。

朱奇卡哭哭啼啼地离开了老公公家的院子，只有老婆婆和雪姑娘心疼朱奇卡。

夏季来临了，浆果开始成熟，雪姑娘的女友们邀她一同到树林里去采浆果。老公公和老婆婆连听都不乐意听这种话，他们不放雪姑娘去。女孩子们许下诺言说，她们绝对不让雪姑娘离开她们；雪姑娘自己也要求老公公和老婆婆放她去采浆果，去看看树林。老公公和老婆婆只好给了她一只篮子和一块馅饼，让她去了。

女孩子们和雪姑娘手挽手跑去，可是一到了树林里，一看见浆果，就把什么都忘得一干二净。大家你往东，我往西，只顾采浆果和在树林里“啊呜、啊呜”地互相召唤。

女孩子们采到不少浆果，可是在树林里把雪姑娘给丢了。

雪姑娘叫唤着女友们——没有人答应。可怜的雪姑娘哭开了，她寻找回去的路，可怎么也找不到路了。她爬到一棵树上，高声喊着：“啊呜！啊呜！”

一只熊走过来，把干树枝踩得劈啪地响，把灌木丛压得直往下弯。熊说：

“美丽的姑娘，什么事儿？什么事儿？”

“啊呜！啊呜！我是雪姑娘，我是用春雪滚成的，春天的太阳给我涂上了胭脂。我的女友们求老公公和老婆婆放我出来，他们同意了；女友们把我带到树林里来，可是她们丢下我不管了！”

“下来吧！”熊说，“我送你回家去！”

“熊呀，我可不干。”雪姑娘回答道，“我不跟你去，我怕你——你会把我吃掉的！”

熊走了。

跑来一只大灰狼，说道：

“怎么啦？美丽的姑娘！你哭什么？”

“啊呜！啊呜！我是雪姑娘，我是用春雪滚成的，春天的太阳给我涂上了胭脂。我的女友们求老公公和老婆婆放我到树林里来采浆果，他们同意了；女友们把我带到树林里来，就丢下我不管了！”

“下来吧！”大灰狼说道，“我送你回家去！”

“狼呀，我可不干。我不跟你去，我怕你——你会把我吃掉的！”

狼走了。狐狸过来了，说：

“怎么啦？美丽的姑娘！你哭什么？”

“啊呜！啊呜！我是雪姑娘，我是用春雪滚成的，春天的太阳给我涂上了胭脂。我的女友们求老公公和老婆婆放我到树林里来采浆果，他们同意了；女友们把我带到树林里来，就丢下我不管了！”

“哎呀！美人儿！哎呀！聪明伶俐的姑娘！哎呀！我的不幸的姑娘！快下来吧！我送你回家去！”

“狐狸呀！我可不干。你说的全是甜蜜讨好的话。我怕你——你会把我带到狼那儿去的，你会把我交给熊的……我不跟你走！”

狐狸开始绕着那棵树走，不断地瞧雪姑娘，想把她从树上引诱下来，雪姑娘怎么也不下来。

“汪，汪，汪！”一只狗在树林里叫了起来。

雪姑娘高声喊道：

“啊呜！啊呜！好朱奇卡！啊呜！啊呜！我的亲爱的！我在这儿——我是雪姑娘，我是用春雪滚成的，春天的太阳给我涂上了胭脂。我的女友们求老公公和老婆婆放我到树林里来采浆果，他们同意了；女友们把我带到树林里来，就丢下我不管了。熊想把我带走，我没有跟它去；狼想把我带走，我拒绝了；狐狸想引诱我，我没上当。朱奇卡！我跟你走！”

狐狸一听见狗叫声，立刻将蓬松的大尾巴一晃，就溜走了！

雪姑娘从树上爬了下来。朱奇卡跑过来，跟她亲吻，把她的小脸蛋都舔遍了，然后带她回家去了。

熊站在树墩后面，狼站在树木间，狐狸往灌木丛里乱钻。

朱奇卡汪汪地叫个不停，大家都怕它，谁也不敢过来。

朱奇卡带着雪姑娘回到家里，老公公和老婆婆都高兴得哭了。他们给雪姑娘吃饱了，喝足了，让她躺下睡觉，给她盖上被子，唱道：

睡吧，我们的雪姑娘！
甜蜜蜜的小胖胖！
你是用春雪滚成，
被春天的太阳晒得暖洋洋！
我们给你吃，
我们给你喝，
给你穿上花衣裳，
还教给你聪明才智！

他们原谅了朱奇卡，给它牛奶喝，对它表示欢迎，把它放在老地方，叫它看院子。

（王汶　译）

金河王

［英］罗斯金

（金河河谷本来是风调雨顺、五谷丰登的美丽谷地，因为斯瓦茨和汉斯两兄弟心怀不善，“祖传的家园变成了一片沙漠，”迫使两兄弟另谋生计。）

“咱们改行当金匠好吗？”有一天，他们来到一个大城市，斯瓦茨对汉斯说，“这可是发大财的好买卖啊！咱们可以在金子里掺上好多黄铜，谁也认不出来。”

这条妙计就这样商定了。他们租来一个炼金炉，便当上了金匠。但是，有两件小事却影响了他们的生意：一是顾客对掺铜的金子瞧不上眼；二是两位兄长只要卖得点钱，就到隔壁酒馆去大喝大灌，直到把钱花光才算完事儿，照看炼金炉的活计总是推给小格拉克一个人。就这样，他们把仅有的金属都熔化完啦，也没有赚下足够的钱再去买金子。最后，只剩下一个偌大的金口杯，那是小格拉克的的一位叔叔送给他的。他对杯子非常喜爱，本来说什么也是不肯割舍的，虽然，他只用那个杯子喝水、喝牛奶，没有派过别的用场。杯子的样子很奇特：把儿是两个镶嵌上去的花环，花环是用飘飘洒洒的金丝编成的，做工很精细，看起来不像金属制的，倒像是丝绸锦缎做的；花环的缕缕金丝垂下来，和做工同样精致的须髯相连在一起，勾画出一张挂满了络腮胡子的脸庞；谁也想像不出这张脸用多纯多纯的金子做的啊！它活现出一副凶神恶煞的模样，又正好不偏不倚地镶在杯子的正前方；脸膛上的一双眼睛似乎在监视着四方，每当人们用杯子的时候，必然要遭到那双眼睛强烈的斜视。斯瓦茨一口咬定，有一次，他用那个杯子一连喝下满满十七杯莱茵酒，竟然看见那双眼睛直眨巴。如今，该轮到把这只杯子打成金勺啦！这一下，可把小格拉克的心呀，都快要急碎了。可是两个哥哥却只管讥笑他，把杯子扔进坩埚里，就趔趔趄趄地奔啤酒馆去啦。和往常一样，只有格拉克一个人留在家里，等着金子炼好，浇铸金条。

哥哥走了以后，格拉克低头看看坩埚里的老朋友，和他告别。老朋友蓬松的头发已经全熔化了，就剩下那个通红的鼻子和那双炯炯有神的眼睛。这双眼睛看上去比任何时候都更加凶恶。“唉！遭到这样的对待，也难怪他啊！”格拉克这样想着。为了避开熔炉烤人的热气，他闷闷不乐地溜达到窗前，坐下来呼吸呼吸傍晚的清新空气。——我前面已经向你们介绍过，从这扇窗户直接往外瞭望，雄踞宝谷之上的座座山峦，特别是那金河源头的峰顶，历历呈现在眼前。这时，正是黄昏时分。格拉克坐下来凭窗眺望：只见群山嶙峋的峰顶在夕照中披上了深红透紫的霞光，一片片耀眼的火烧云在群峰之间燃烧，一闪一闪地跳跃着；比这一切更加璀璨辉煌的金河直泻而下，她那金波粼粼的水涟，从一个悬崖飞到另一个绝壁，一道宽宽的彩虹煞似一座双层拱桥架在金河之上；她珠花飞溅，犹如五彩缤纷的花环，俄而迸出，倏忽消逝。

“唉！”面对金河，格拉克凝视遐想了一会儿，不禁感叹道：“那条河呀，要是真的全是金子，该多美呀！”

“不，格拉克，那不可能！”一个金属般的、清晰的声音在他耳边铿然说道。

“天哪！这是什么呀?!”格拉克大惊失色地跳起来嚷道。周围不见一个人影。他把屋子四周，桌子底下全找遍了，还再三再四地回头向身后张望，确确实实没有一个人啊！他又坐在窗前。这回，他再不吭声了，可是不一会儿，心不由已地又想：“那条河要真的全是金子的，那就太方便啦！”

“根本不可能，我的孩子！”仍然是那个声音在说，但比上一回更洪亮了。

“天啊！”格拉克又说，“这到底是什么呀?”他又仔仔细细地看了看屋子各个角落，还打开碗橱查找，心想准是有人藏在他身后，于是他便在屋子中间转起来。转呀，转呀，转得没法再快啦！这当口儿，那声音又在耳边响了起来，竟然欢乐地唱开啦：“拉拉里瑞拉！”不过，唱的并不是什么歌词，仅仅是一股气泡流动的旋律，轻悠悠地震颤着，有点像水壶烧开的声音。格拉克看了看窗外，不，不在外面，肯定就在屋子里。不过，是在楼上还是在楼下？都不是。肯定，就在这个屋子里。转瞬间，声音的节奏变得越来越快，音调也越发清楚了。“拉拉里瑞拉！”蓦然，格拉克发现，熔炉附近声音更响。他跑到炉门跟前，往里张望。对，他猜着啦。声音似乎不单是从熔炉里传出来的，而且还是从坩埚里发出来的。他把锅盖打开，惊吓得什么似的，掉头就跑，因为埚里确确实实在唱个不停啊！格拉克站到离熔炉最远的墙角落，双手举着，嘴巴张得大大的，怔怔地呆了一两分钟。这时，歌声停了，变成了清清楚楚的说话声。

“喂，你好！”那声音说道。

格拉克没有答话。

“喂，格拉克，我的孩子！”坩埚里又开腔了。

格拉克鼓足全身的劲儿，径直走到坩埚跟前，把坩埚从熔金炉里拖了出来，往里看去。埚里的金子全都熔化了。金水的表面像一条小河那样光滑、锃亮。可是，格拉克再定睛一瞧，却没有照见自己的脑瓜儿。透过金水，倒一眼看见了杯子上的老相识的红鼻子和那双敏锐的眼睛。这比他以前见过的那个红鼻子可要红好多倍啊！那双眼睛也比过去神气千百倍哩。

“格拉克，我的孩子，过来！”那声音从坩埚里再一次招呼道，“我很好，把我倒出来吧！”

但是，格拉克吓得慌了神儿，不知怎么办才好。

“喂，快把我倒出来呀！”那声音有点粗暴地说。

格拉克仍旧一动不动。

“请把我倒出来，行吗？”那声音深情地催促道，“我实在太热啦！”

格拉克摩拳擦掌，使出全身劲儿，端起坩埚倾斜着慢慢地倒下去。可是流出来的却不是金水，而首先是一双逗人喜爱的黄灿灿的小腿，接着是上衣后摆，再后是叉在腰上的两只胳膊，末了出来的是杯子上那位老朋友的头——这是大家早就熟知了的。身体的各个部分一流出来，便立刻连接在一起，变成一个一英尺半高的金晃晃的小矮神。他神气十足地站在地上。

“这下可好啦！”矮神说着，首先踢踢腿，伸伸胳膊，然后上下左右一个劲儿地转着脑袋，直到往后转不动为止。他这样不停地摇晃了足足有五分钟的光景，显然是要看看身体的各个部分是不是安装得严丝合缝。格拉克在一边，注视着矮神的一举一动，惊讶得说不出话来。矮神穿着一件用金丝制成的开衩紧身上衣，紧身衫质地精美，好像珍珠母一样，闪烁着五光十色的异彩。他波浪式的头发和胡须披散在华丽的紧身衫上，一直垂到腰际，并且是那样优美、纤细，以致格拉克很难看出来头发和胡须的末梢在哪里，最后仿佛是飘飘忽忽地不见了。但是，他的面貌可不像衣着那样秀丽高雅，而是相当地粗犷。面色是浅铜色的。这表示，也就是说，显示出矮个子主人的性格非常固执、倔强。矮神自己打量了一阵以后，便转过身，用那双锐利的小眼睛直直地盯着格拉克，深情地凝视了一两分钟，末了，他说："不，格拉克，我的孩子，那是不可能的！"

这实在是一种相当唐突，叫人莫名其妙的谈话方式。他所说的也许真的指格拉克一连串的想法。那是矮神早在坩埚里就观察到的。不管矮神说的是什么意思，格拉克都不打算反驳，只是很温和地，并且真正顺从地说道："先生，您是说，那是不可能的吗？"

"是的，"矮神斩钉截铁地说，"是不可能。"说着，把帽子往下拉到眉毛上，在屋子里来回转了两圈儿，每圈不过三尺大小，随后高高抬腿，使劲儿跺脚，噔噔地来回踱着。这时格拉克才有工夫定定神，前思后想一番。他觉得，再害怕这位矮小的来客实在没有道理呀。好奇终于占了上风，格拉克不再担惊受怕，便壮起胆子提出了一个叫人特别为难的问题。

"先生，"格拉克犹豫片刻，问道，"请问，您是我的杯子吗？"

听到这番问话，矮神蓦地转过身来，径直走到格拉克跟前，挺着身子回答说："我吗？我是金河王。"格拉克听了矮神的自我通报，大吃一惊。为着让这位听者能有工夫从惊恐中平静下来，矮神回过头来，又转了两圈，这次每圈有六尺大小。随后，矮神又走到格拉克跟前，一动不动地站着，似乎等待他通名报姓后引起的反应。

格拉克打定主意，无论如何也要说些什么了，于是冲口说道：“祝陛下身体健康！”

“知道吗？”矮神并没理会格拉克有礼貌的祝愿，只顾往下说道，“我就是你们这些凡人称之为金河的皇帝。一个更厉害的君主谋害了我，我才变成了如今你见到的这副模样。是你营救了我，及时把我从他的妖术中解救出来的。我亲眼看到你的所作所为和你对两个黑心肠哥哥的态度，因此，我愿意为你效劳。好好听着我告诉你的话：不论任何人，只要登上那座高山之巅——就是能俯视我这条金河源头的那座山顶，在金河源头，朝河里滴三滴圣水①，那条河则将为他，也仅仅为他这样的人，变成金子。但是，不管是谁，第一次失败，就再也不能成功。不论是谁，若将不洁之水滴进金河，则将被水溺死，变成黑石。”说着，金河王转过身去，从容不迫地迈进那灼热灼热的熊熊炉火中去了。不久，他全身烧得通红，进而变得白晃晃的，通体透明，光艳夺目——那是燃烧火焰射出来的强烈火光——随后，烈焰腾空而起，扶摇直上，缓缓消失，金河王就这样化气飘然而去。

“哎呀！”可怜的小格拉克跟着跑过去，朝烟囱里看了又看，哭着喊道，“哎呀，天哪！我的天啊！我的杯子呀！杯子！”

（格拉克两个哥哥因贪金而被金河王惩罚而变为两块黑石头，长年在河中被冲荡。）

格拉克不见斯瓦茨回来，心里很难过，不知怎么办才好。他手边一个钱也没有，只好再去给那个金匠干活。金匠拼命地

① 天主教神父祈祷所赐予的水，用以降福，或驱鬼或治妖。

使唤他，给他的工钱却少得可怜。格拉克在金匠那儿干了一两个月光景，便累得实在吃不消了。他决定去金河碰碰运气。他想："那个小金河王看上去很善良，我看他是不会把我变成黑石头的。"于是，他去找神父要圣水。格拉克刚一开口，神父便爽快地给了他。格拉克把那瓶圣水和一些面包放在篮子里装好，一大清早，就直奔山里去了。

过去，格拉克的两个哥哥跨越冰河，累得精疲力竭，狼狈不堪，如今，对格拉克来说，这更是难上加难，还要糟糕二十倍。因为，他既不如两个哥哥身强力壮，又不像他们那样有登山越岭的经验。在冰河上，他接连摔了好几个大跟头，篮子和面包也统统给摔丢了。冰层下面，奇怪的嘈杂声吓得他惊恐不安。他好容易跨过冰河，在就近的一块草地上歇了好一阵，紧接着，又开始往山上爬去。可巧这是一天最酷热的时候。他爬了个把钟头，嘴里渴得要命。像两个哥哥一样，他正要拿水喝的当口儿，忽然看见一个衰弱不堪的老人拄着拐棍从上边迎面走来。

"我的孩子，"老人说，"我渴得快昏倒啦！把瓶子里的水给我喝点儿吧！"格拉克抬头看去，只见他脸色苍白，形容憔悴，便把水递给他，并说："只是，请不要把水全喝光呀！"老人却喝了个够，把瓶子还给格拉克时，里边的水只剩下三分之一。喝完水，老人祝福格拉克马到成功。格拉克又高高兴兴地继续往前赶路。顿时，他觉得脚下变得轻松起来，路也好走多啦；路上还出现两三棵青草，路旁的山坡上蚱蜢唱起了山歌。格拉克还从来没听到过这样欢乐的歌声哩。

他又走了个把钟头的光景，口渴得越发厉害，不喝点水实在不行啦！可是，当他刚刚拿起水瓶，就看见一个小不点儿的孩子气喘吁吁地躺在路旁，可怜巴巴地叫着要水喝。格拉克极力克制自己，决心再忍耐一阵儿，便把水瓶放到孩子嘴边。小孩儿咕咚咕咚险些把水全喝光，只剩下了几滴。孩子冲着格拉克笑笑，爬起来便往山下跑去。格拉克目送着他，直到他的背影小得像一星点，这才转身又继续往山上爬去。随后，各色各样的鲜花在山岩上竞相开放，香气飘溢。翠绿的藓苔上，朵朵粉红色的小花犹如点点繁星；铃铛般的，娇嫩的龙胆花蓝湛湛的，比蔚蓝的晴空还要蓝；纯净洁白的百合花晶莹夺目；绚丽的彩蝶满山飞舞；明媚的阳光洒满大地；格拉克享受到了从未有过的欢乐和幸福。

可是，格拉克爬了一个钟头，又渴得难以忍受了。看看水瓶里，只剩下五六滴水，他实在不能贸然喝掉啊！他正要把水瓶挂回腰带上，却看见一条小狗躺在石头上，喘不过气来——正像汉斯上山那天所看到的情景一样。格拉克停下来看看小狗，然后又瞧瞧离他已经不到五百尺的金河，立即想起矮神的告诫："不论是谁，第一次失败了，便再也不能成功。"因此，他想尽量径自从小狗身边过去。但是，小狗呜呜的叫声是那样凄厉悲伤，格拉克又停下脚步，自言自语说道："可怜的小东西啊，我要是不救它，等我打山上回来，它准会死掉的！"说完，他凑近小狗看看。小狗两只眼转过来凄惨地看着他。格拉克不忍心见死不救。"唉，讨厌的金子！该死的金河王！去你的吧！"他说着，便打开水瓶，把所有的水一古脑儿往小狗的嘴里倒了进去。

小狗猛地用后腿站起来，忽而，狗尾巴不见了；耳朵不断伸长，变成了银色的，又变成金色的。狗鼻子变得通红通红，眼睛在炯炯闪光。前前后后不过三秒钟的工夫，小狗就无影无踪，当下，出现在格拉克眼前的却是老朋友金河王。

"谢谢你，"矮神说道，"但是别害怕，一切都很顺利！"格拉克没料自己刚才说的话会得到这样的回答，吓得够呛。矮神接着又说："你为什么不早来呢？竟然让你两个坏蛋哥哥来这儿给我添麻烦，让我费事把他们变成石头！他们已经成了硬邦邦的石头啦！"

"哎呀！天哪！"格拉克说，"你真那么狠心吗？"

"狠心?!"矮神说，"他们把不干不净的水倒进我河里，你想想，我能允许他们这样干吗？"

"说哪里的话呢？"格拉克分辩道，"先生，我是说，陛下，我向您保证，他们是从教堂圣水盆里搞到的圣水啊！"

"那倒很有可能。"矮神回答说，"但是，"他说着说着，脸色变得严峻起来，"水，不用来救困扶危，即使出自天国圣人的赐予，也不是圣洁的。装在真正的慈善盆里的水，即使给脏东西玷污了，也是圣洁的。"

矮神说着，俯下身去，在脚跟前摘下一朵百合花。雪白的花瓣上挂着三滴亮晶晶的露水。矮神摇摇花瓣，把三滴水倒进格拉克手里的瓶子里，叮嘱道："把这几滴水滴到金河里，然后从山那一边翻过去，到宝谷去。祝你成功！"

说着说着，矮神身子变得模糊起来。他那件色彩斑斓的长衫化作了五光十色的晶莹雾霭，薄得像轻纱，宛如一条宽宽的虹霓环绕着矮神。他逗留片刻，彩雾渐渐变得淡薄，轻飘飘地向上升去，最后，矮神悄然不见了。

格拉克登上金河岸边，滔滔河水像水晶那样透明，太阳那样光亮。格拉克把三滴露水滴进河里，在露水滴落的水面上，立即漾出了小小的漩涡。河水随着悠扬的乐声，向漩涡汩汩流去。格拉克伫立岸边，看了好一会儿，感到大失所望，因为河水不但没有变成金子，反而连水流也仿佛大大地减弱了。但是，格拉克仍然依照他的老朋友矮神的吩咐，从山的另一侧转回宝谷去。一路上，他仿佛听到河水在地下潺潺地流动。他走近宝谷，啊！真出乎意外！竟发现宝谷山岩上新裂开了一道缝隙，好似金河的一条河水从那里倾注下来，化作无数溪水，流进一堆堆干旱的赭色沙土中。格拉克定睛望去，只见新出现的溪水畔，芳草吐绿，蔓藤丛生，匍匐在滋润的土地上。沿河两岸顷刻间朵朵花苞竞相开放，犹如暮色渐浓，繁星闪烁。一簇簇桃金娘和葡萄藤茁壮地长着，漫山满谷洒下一片片修长的树阴。宝谷重新成为美丽的花园了。过去因为残暴狠毒毁掉的这块祖传家园，如今由于仁慈博爱而得到了新生。格拉克搬回山谷来啦。穷苦的人们来到他家，再也不被赶出大门。很快，格拉克家里便五谷满仓，金银满库，矮神履行了自己的诺言：那条河为格拉克变成了一条金河。直到如今，宝谷里的居民还能指出圣洁的三滴圣水洒进河里的地方，并且还探寻金河从地下流进宝谷的河道。在金河的源头，依然能看见两块黑石头。每天黄昏时分，河水绕过黑石的时候，总要发出阵阵凄楚的哀号。山谷里的人们至今仍把那两块石头叫做“黑兄弟”。

（吴国真　赵经民　译）

盐比金子贵

[捷克] 聂姆佐娃

从前有个国王，他有三个女儿，他对她们全都爱如掌上明珠。当他鬓发苍白如雪，四肢开始萎缩的时候，便时常思量着：在他死后，当由哪一个女儿当女王。这事使他颇费踌躇，因为他对三个女儿都一样的疼爱。想来想去，最后想出了一个主意：哪个女儿爱父最深，就确定哪个女儿为女王。他于是把三个女儿喊到身边，对她们说道："孩子们，我已经老了，不知还能跟你们在一起活多久。所以我想在你们当中选定一个女王，好在我死后接替我的王位。不过，孩子们，我首先想了解一下，你们对老父的感情有多深。这么吧，大女儿，你先说一说，你是怎样地爱老父的！"国王转过脸去问大女儿。

"啊，我的父亲，我爱您胜过金子。"大女儿回答说，并拿起父亲的手亲了一下。

"好。二女儿，你是怎样地爱老父的？"国王又把脸转向二女儿问道。

"啊，亲爱的父亲，我像爱我头上的珠翠一样爱您！"二女儿搂住父亲的脖子说道。

"好。三女儿，你说说，你是怎样地爱自己的老父的！"国王问小女儿玛鲁什卡。

“亲爱的爸爸，我爱您如爱盐一样！”玛鲁什卡甜甜地看着父亲答道。

“唉，你这没心没肝的东西，原来你对父亲的感情这么淡呀？”两个姐姐大声嚷起来。

“不，我像爱盐一样爱我的父亲！”玛鲁什卡再次明确地说道，同时以更加亲切的目光望着父亲。

但是国王一听气极了。盐是极普通、低级的东西，家家户户都有盐，谁也不希罕它。“如果你只像爱盐一样爱我的话，那你趁早给我滚！”国王冲着玛鲁什卡怒吼道，“滚吧，等到将来盐比金子、宝石还要珍贵的那一天，你再回来见我，那时就让你当女王。”

国王当然认为那一天是永远不会有的。玛鲁什卡一贯听从父命，所以她立即离开了宫堡。她两眼泪汪汪的，心中无比伤心，感到十分委屈，因为父亲撵她出来的时候，竟然看不出她对父王的感情丝毫不亚于两个姐姐。她不知去哪儿好，风朝哪里吹，她就往哪儿走，越过几座大山，一直走进了森林深处。突然间，神不知鬼不觉地走出一个老婆婆来，站在她面前挡住去路。玛鲁什卡热情地向她请安问好，老婆婆道声谢，见她两眼哭肿了，便问她为何这样伤心。

“唉，老奶奶，您没法帮我的忙，告诉您有什么用呢？”玛鲁什卡回答道。

“噢，姑娘，你就说给我听听吧，我兴许能替你出个主意哩，年纪大，见识多嘛！”老婆婆说。

玛鲁什卡含着泪把心中的委屈告诉了老妪，说她自己并不想当什么女王，只希望父亲知道，她确实是爱自己的爸爸的。老妪相信玛鲁什卡说的都是实话，其实在她开口以前，老妪就知道她要说什么了，因为她是无所不知的“神女”。她握住玛鲁什卡的手，问她是否愿意到她家去找个活儿干。玛鲁什卡欣然同意了，因为她现在连个栖身之处也没有。“神女”把她带到自己的木屋，一进门就拿出饭菜给她吃。玛鲁什卡正饿得慌哩！等她喝足吃饱之后，老妪才开口问她：

“你会放羊吗？会不会挤羊奶？学没学过纺纱或织布？”

“都不会，”玛鲁什卡说道，“不过只要您教给我怎么干，我能学会的。”

“好，只要你听话，我什么都愿教会你，一旦时来运转，说不定对你很有用哩。”“神女”对玛鲁什卡说道。玛鲁什卡呢，不仅答应一定好好听她的话，而且说完就动手干起来，因为她是个非常勤快、温顺的姑娘。

当玛鲁什卡在“神女”那儿放牧纺纱的时候，两上姐姐却在宫堡里过着纸醉金迷的生活。她们在父亲面前只会撒娇献媚，天天向他要这要那。大女儿成天穿金戴玉，打扮得妖妖艳艳，二女儿是个舞迷，一天玩到晚还嫌不够；她们今日一大宴，明日一小宴，只顾一个劲地纵情欢乐。不久，父亲终于觉察出来，大女儿爱金子远远胜过爱老父；二女儿只想嫁个如意情郎，心里也没有他这个父亲。国王明白过来以后，越发想念玛鲁什卡了。玛鲁什卡可一向都是真心体贴、关心父亲的，他现在多么愿意见到她当女王啊！要是知道她在哪儿，也好马上派人去把她找回来呀！但是她杳无音讯。不过呢，只要他一想起那句“爱父如爱盐”的话来，对她仍有一肚子气。

一天，宫廷里正在忙着准备盛宴，厨师忽然慌忙跑来禀告国王：“陛下，大事不好，所有食盐突然全部融化消失了。没有盐，我怎能做出有味的菜来呢？”

“咳，你们不能叫人去买吗？”国王说道。

“噢，陛下，派人到国外去买盐，路上来回要走很久。在运回以前，我拿什么做出有咸味的菜来呢?”

“哦，那就用别的什么代替一下吧!”国王说。

“陛下，什么东西能代替盐呢?”厨师又问国王。国王答不上来，因为他从来没有想过，人的身体没有盐就支持不住。国王勃然大怒，呵斥厨师退了出去，说没有盐就别做咸的。厨师心想，国王既然愿意吃淡的，我去照做就是了。他于是遵命做了一顿别出心裁的无盐筵席。

满桌的菜做得倒很中看，但是客人一尝直摇头。国王十分扫兴，只得派人到各处去找盐。然而一个个都空着手回来了，说各地的盐栈都是空的，到处都在闹盐荒，谁家里有一点儿盐，你就是拿出金子、珠宝来，他也不肯换给你。国王无可奈何，只好又派车队到国外去购买。在车队回来之前，国王吩咐厨师，在无盐的情况下要争取做出好菜来。厨师心想，只要国王愿意吃，我做就是了。他做了各种各样的甜食，尽管甜食做得无话可说，但是客人还是咽不下去。当他们听说端上的都是无盐食物时，纷纷向国王告辞离开了。这样一来，两个女儿可苦了。有什么法儿呢?客人应邀赴宴，连一块咸面包都吃不到，所以国王只好停止宴请活动。在平时的餐桌上，天天端上来的也都是无盐食物，人们的食欲早就没有了，大家对盐朝思暮想的馋得要命。由于各处缺盐，甚至牲口也吃不下东西了，牛羊出的奶越来越少。盐荒给世间生物都带来了灾难。人们的脸憔悴、枯萎起来，病卧在床的人越来越多，国王和两个女儿也倒下了。盐，它如今已变得如此珍贵，哪怕是一丁点儿，人们也愿拿出无价之宝跟它换。

国王现在才明白，原来他不屑一提的盐竟然这么珍贵。他的良心蒙受着很大的痛苦，因为他为了这事伤害了玛鲁什卡的一颗好心。

这期间，玛鲁什卡在林间木屋里过得很愉快，一点儿也不知父亲和姐姐在家受罪的情形。但是，“神女”对天底下的事却了如指掌。一天，她对玛鲁什卡说：“我的孩子，我跟你说过，一个人总有时来运转的时候。现在你的时运到了，可以回家看看啦。”

“啊，我的好奶奶，父亲不愿见我，我怎好回去呢？”玛鲁什卡说着哭起来。“神女”告诉她，在她走后家里已发生了很大变化，眼下食盐比金子和宝石珍贵得多，所以她可以回家见父亲了。玛鲁什卡非常敬爱“神女”，跟着她学会了许多东西，实在舍不得离开她，可是又十分想念自己的父亲。

“玛鲁什卡，你在我这儿做事干活一向很勤奋，”老婆婆说道，“我要好好酬谢你。说吧，你想要些什么？”

“老奶奶，您待我太好了，教会了我许多东西。我自己什么也不需要，只想带把盐给我父亲。”

“啊，你不想再要些其他东西吗？任何要求我都可以满足的。”“神女”又问了她一次。

“除了盐，我什么也不需要。”玛鲁什卡答道。

“你对盐这么珍惜，应当叫你一生一世不缺盐。我把这根柳条给你，等到某天中午起风的时候，你就顺着风向走，越过三块盆地和三座山岗，你就停住站在那里，拿柳条抽打地面，在你抽打过的地方，地门会立即打开。你只管走进去，见到什么拿就是了，那都是我送给你的陪嫁。”

玛鲁什卡接过柳条，一面谢谢老婆婆，一面把它藏进怀里。老婆婆另外又给了她一罐盐。玛鲁什卡收拾好后上路了。她一边哭，一边走出木屋，老婆婆一直把她送出森林。玛鲁什卡说，以后她要来把老婆婆接到宫堡去，老婆婆听了只是笑。

“你要永远保持这颗善良的心，你会永远幸福的。”当她们走到林边分手的时候，“神女”说道。玛鲁什卡刚想说声谢谢，老婆婆突然不见了。玛鲁什卡不胜惊异，因为思父心切，所以没有多耽搁，立即匆匆赶路回家了。她身穿粗布衣衫，头扎粗布头巾，宫堡里的人见了她都认不出来。他们说国王病了，不能放她进去见他。

“哎，就让我进去吧！”玛鲁什卡央求道，“我给国王陛下带来了一件礼物，它比金子珍贵，还能治国王的病哩！”

他们又去禀报了国王，国王命令她进去见他。她走近国王，首先要求他赐给一个面包。国王叫人拿来了面包，然后说道：“可惜面包是淡的，我们没有盐。”

“盐呀？我有！”玛鲁什卡说着切下一片面包，从罐子里取了些盐撒在上面，然后连同那罐盐一并递给国王。

“盐！”国王高兴地说道，“噢，姑娘，这礼物太珍贵啦，我要好好酬谢你。说吧，无论你要什么东西，只要说一声就能得到。”

“爸爸，我什么也不需要，只希望您能像爱惜盐一样疼我就满意了。”玛鲁什卡用非常自然的声调答道，同时把裹在头上的布巾取下来。父亲兴奋得差点儿晕过去了。他请求女儿原谅，但是玛鲁什卡只顾亲亲热热地安慰他，并不提起他过去的不是。

这消息一下在宫堡内外传开了。人们得知国王的小女儿带盐回来了，都感到非常高兴。不过两个姐姐除外，她们虽然渴望得到盐，但并不想见到小妹妹，因为她们的心地不好，说过她不少坏话。但是玛鲁什卡从来不念旧恶，见了谁都亲亲热热的，不论是父亲还是其他人，她都乐于相助。谁来了，她都取把盐送给他。父亲生怕再断了盐，因此一再提醒她不要把盐送光了。但是她总是笑眯眯地说道：“爸爸，盐多着哩！”真的，散发了那么多，罐子里的盐仍不见少下去。

国王的病一下就没了。由于他对小女儿真心喜欢，所以立即召开了元老院会议，把玛鲁什卡立为女王。这事得到了全体人民的拥护。加冕大典刚刚结束，玛鲁什卡忽然感到有股暖风从高空吹来。时值正午，她立即想起了老婆婆的嘱咐。她先对父亲细说了一遍，然后自己就带着柳条上路了。她依照老婆婆的叮嘱随着风向走，越过了三块盆地和三座山岗，然后停住站在那里，用柳条朝地面抽去。柳条刚一抽打在地面上，地门忽然大开，玛鲁什卡从容地走了进去。

她首先来到了大厅，大厅和地板都是白色的，像冰一样晶亮。出了大厅是宽敞的走廊，一批个儿很小的盐民迎过来对玛鲁什卡说："欢迎您，女王陛下。遵照我们主人的吩咐，我们在这里已经恭候多时了。等您光临时，主人要我们领您到各处看一下，这里的一切都是主人赠给您的陪嫁。"盐民们围着她蹦蹦跳跳，说这说那，前呼后拥地带着她参观。在灿烂的灯火中，四面的墙壁像宝石一样放着光芒，走廊的天花板上吊满了明亮的银灯。这里的一切使玛鲁什卡眼花缭乱，惊叹不已。她从走廊走到花园，花园里开满了红艳艳的玫瑰和各种奇花异草。盐民摘下一朵玫瑰献给女王。玛鲁什卡用鼻子闻了闻，但是没有任何香味。

"你们告诉我，这是什么花?"女王问他们，"我从来没有见过这么奇妙的美景。"

"这里的一切都是盐!"盐民们答道。

"真的? 这里产盐?"女王十分惊诧，对这贵重的礼物更喜欢了。她心想，要是把这么美的奇景破坏掉，那多可惜呀！盐民们一眼看出了她的心事，于是告诉她完全不必过虑，需要多少盐只管来取好了，因为这里的盐是取之不尽的。不过有一样他们得如实告诉她，那就是千万不可损坏用冰雕成的大厅。

玛鲁什卡从山中出来后，地门仍然敞开着。回到家里，她拿出玫瑰给父亲看，又把见到的一切讲给他听，父亲这才知道，老婆婆送给女儿的陪嫁，远比他本人送的珍贵。玛鲁什卡时常惦记着老婆婆，因为以前说过要把她接到宫堡来，所以立即吩咐手下人套好马车，和父亲一道出发接她去了。然而，尽管玛鲁什卡记得老婆婆的木屋位置，但是他们寻遍了整个森林也没有找到。这时玛鲁什卡才如梦初醒，终于猜测到了老婆婆的来历。

盐罐虽然空了，但是玛鲁什卡知道哪儿产盐，而且不管取多少也不会完。两个姐姐见玛鲁什卡这么走运，非常妒忌，但是有什么用呢？父亲爱她如掌上明珠，人民感激她，爱戴她。不过女王仍和以前一样，待人始终那么谦恭、厚道，至死都记着恩重如山的老婆婆。

（徐哲　译）

风和太阳

[俄] 乌申斯基

有一天，太阳和凶恶的北风争论起来，争论它们俩谁的力量大。它们争论了很久，最后决定在一个旅人身上比比力量。这时，这旅人正骑马走在大路上。

“你瞧着，”风说，“我怎样朝他猛扑过去——一眨眼的工夫，我就扯下披在他身上的外套。”

风说完，就开始拼命地吹。但是它劲使得越大，那个旅人把外套就裹得越紧——他不停口地抱怨天气太坏，不过还是接着往前走。风大发脾气，狂暴地猛刮着，把雨雪撒在可怜的旅人身上。旅人一边咒骂风，一边穿上袖子，还系上一条腰带。这回，风自己也确信扯不下这件外套了。

太阳看到它的对手束手无策了，笑了笑，从云后露出头来，晒暖、晒干了大地，同时也晒暖了冻得半死的可怜的旅人。旅人感觉到阳光的温暖，立刻精神振奋，说了几句赞美太阳的话，亲手脱下自己的外套，将它卷起来，绑在马鞍上。

“看见了吗?”温和的太阳对凶恶的风说，“爱抚和仁慈的力量，远远超过愤怒。”

（王汶　译）

聪明绝顶的鮈鱼

[俄] 萨尔蒂可夫·谢德林

从前有一条鮈鱼。它的父母都很聪明，安分守己、平平静静地在河里生活了一辈子，没有被炖作鱼汤，也没有被梭鱼吞进肚里，它们嘱咐儿子也照它们这样做。老鮈鱼临死前对儿子说：“孩子，注意，要是你想一辈子过平平安安的好日子，那就得时刻留神！”

这条小鮈鱼非常聪明，于是它开始依靠自己的智慧分析情况。它发现，不论把身子转向哪里——到处是绝境。水里，周围尽是些大鱼游来游去，数它最小；随便哪条鱼都能吃掉它，它却吞不下任何一个水生动物。而且它也不懂：干吗要去吞它们？虾能用螯把它夹成两段；蚤能叮它的脊背，把它折腾死。连它自己的鮈鱼弟兄都是那样，只要看见它捉住一只蚊子，马上成群结队地扑过来抢夺。它们把蚊子夺过去后，乱哄哄打作一团，把蚊子抢了个稀烂。

还有人呢，那才叫阴险透了！为了使鮈鱼白白地送命，人能琢磨出各种各样的阴谋诡计，会使用什么大鱼网、小鱼网、捕鱼篓，还有……钓鱼竿！好像没有比钓鱼更愚蠢的玩艺儿了——只不过是一根线，线上拴个鱼钩，钩子上装一条蚯蚓或苍蝇……而且是怎样放上去的呢？……可以说是以顶不自然的方式钩在钩子上！但是被人钓上去的，数鮈鱼最多！

关于钓鱼竿的事情，老鮈鱼爸爸警告过它不止一次。“你最应该当心的，是钓鱼竿！”老鮈鱼爸爸说，“因为，虽然这种工具最愚蠢不过，可是我们鮈鱼，越是愚蠢的东西，越信任。人家给我们扔下一只苍蝇，好像对我们表示亲热似的；你要是咬住它，那可就要为一只苍蝇送命了！”

老鮈鱼还讲了，怎样有一天它差点被炖了鱼汤。那时是大量捕捞它们。用跟河一样宽的大渔网，顺着河底一直拉了两俄里远。好家伙！多少鱼都被捞上去了！梭鱼、鲈鱼、大头鲂、斜齿鳊、嘉鱼，甚至还有石斑鱼，都被人从河底的淤泥里拖了出来！被捞走的鮈鱼，更是多得不计其数。当老鮈鱼被渔网在河底上拖着走的时候，真吓坏了——那种恐惧，在童话里讲不出来，也难以用笔墨形容。它只感觉自己被拖着走，完全不知道被拖到什么地方去。它看到自己的这边是条梭鱼，那边是条鲈鱼，心想：不是这条，便是那条，马上会将自己吃掉，可是它们连碰也没有碰它……“那会儿可顾不上吃了！”大家只想着一件事，那就是：难免一死！至于怎么回事儿？为什么得死？——谁也不明白。最后，人们开始收网，把网里的鱼往草上倒。那时老鮈鱼才懂得了什么是鱼汤。只见沙地上有个红东西在时明时暗地抖动，那红玩艺儿上面冒起一团灰蒙蒙的云，烤得老鮈鱼热极了，它感到浑身无力。没有水已经够难受的，加上热就更不好过了……它听见有人说，那是“篝火”。“篝火”的上头，架着个黑玩艺儿，里面有水在翻腾着，就像起大风浪时的湖水一样。它听见人说，那是“锅”。后来，有人说：把鱼放在“锅”里炖“鱼汤”吧！就开始把鱼大哥往锅里放。人把一条大鱼放在锅里，那条大鱼先往下一沉，然后像疯了似地往上一蹦，又重新沉了下去，再也不动弹了。就是说，它尝到了“鱼汤”的滋味了。起初人们不加选择地往锅里放鱼，后来有个老头儿看了老鱼一眼，说：“这么个小不点儿，对鱼汤有什么用处！让它呆在河里再长大一些吧！”这老头儿说着，抓住老鮈鱼的鳃，就扔回河里了。老鮈鱼可不傻，急忙拼命逃回家里去！等逃到了家，看见鱼老伴吓得半死不活地正从洞里朝外张望呢……

结果怎样呢！不论当时老鮈鱼怎么解释鱼汤是什么东西，那里面有什么，但直到如今，河里还很少有谁对鱼汤有个正确的概念！只有老鮈鱼的儿子小鮈鱼牢牢记住了父亲的教导，永远不忘。它是条知识渊博的鮈鱼，又是个温和的自由主义者，它非常懂得，想平平安安过一辈子，很不容易。“必须那样安排生活——让谁也别注意自己，”它对自己说，“不然就没有命了！”于是它开始那样生活。首先，它决定挖个只有自己能进去的洞，别的动物都进不去！它用嘴挖这个洞，整整挖了一年。一年之中，它有时钻在泥里过夜，有时躲在水牛蒡底下过夜，有时藏在芦苇丛间过夜，经历了无数惊险。最后，总算挖成一个挺不错的洞，干干净净，整整齐齐，刚好能容下它独自一个。其次，它决定这样安排自己的生活：夜里，当人类、飞禽、走兽和鱼都睡觉的时候，它出来散步；白天，它战战兢兢地躲在洞里。不过，完全不吃不喝是不行的。它既没有薪俸，也没有仆人，所以它决定约莫在中午，等所有的鱼都吃饱了的时候，跑出洞去碰碰运气，上帝保佑，也许能捉到一只小昆虫。如果捉不到小昆虫，只好饿着肚皮再躺回洞里去发抖。宁可不吃不喝，也比吃得饱饱的丢掉性命强。

它就这样做了。夜里出来散步，在月光下洗澡，白天钻在洞里发抖。只中午跑出洞去捉点什么吃——可是，中午能捉到什么呢！中午连蚊子都躲到叶子底下避暑去了，小甲虫藏在树皮底下。它只好喝几口水，就算了！它白天躺在洞里，夜里睡眠不足，经常挨饿，总是一个劲儿地想："好像我还活着？明天会怎样呢？"

有一回，它身不由己打了个盹，竟做了中彩票的梦，赢了二十万。它欣喜若狂，简直忘乎所以了，翻了个身——再一瞧，自己的半个脸都伸到洞外去了……万一这当口附近有条小梭鱼怎么办！那条小梭鱼准能把它从洞里拖出去！

一天，它醒来时发现，就在它的洞对面，站着一只虾。那只虾仿佛中了妖术似的，一动也不动，朝它瞪着两只算盘珠似的眼睛，只有须子随着水流微微颤抖。可把它吓得够呛！那只虾足足守候了半天工夫，一直守候到天黑，吓得它不停地发抖，不停地发抖。

还有一次，黎明前它刚回到洞里舒舒服服地打了个大哈欠，感到睡意朦胧时，一眼瞅见不知打哪儿来了一条梭鱼，停在洞口，把牙齿咬得咯咯作响。这条梭鱼也守候了它整整一天，就好像光看也能看饱似的。它把这条梭鱼也给糊弄过去了，它干脆没出洞。

这种事情，它遇过不是一次，也不是两次，而差不多天天遇到。每天它都哆哆嗦嗦地躲过去了，得到了胜利，每天它都欢呼道："谢天谢地，我还活着！"

这还不算——它没有结婚，没有子女，虽然它父亲曾经有个颇大的家庭。它是这样考虑的："父亲闹着玩似的就能混过一辈子！那个时代，梭鱼比现在善良，鲈鱼对我们这种小鱼根本不垂涎。虽然有一天父亲差一点被炖了鱼汤，可是毕竟还是碰见一个小老头，把它救了！如今河里的鱼越来越少，简直要绝迹了，所以鮈鱼也受到了抬举。这会儿可顾不上成家，自己能够保住性命就不错！"

这条聪明绝顶的鮈鱼，就像这样活了一百多岁。这一百多年，它一直是战战兢兢的，哆里哆嗦的。它无亲无友，从来不去找谁，也没有谁来找它。它不打牌，不喝酒，不吸烟，也不追求漂亮姑娘——它成天提心吊胆地只想一件事情：“谢天谢地！好像我还活着！”

后来连梭鱼都开始夸它，说：“要是都像那样生活，河里才安静哩！”不过，这话它们是故意说的，以为一夸它，它准会出门自我介绍一番，说：“喏！说的就是我！”那时乘机抓住它。但是，这个当，它也没上，又一次用智慧战胜了敌人的阴谋诡计。

一共过了一百零几年，没有人知道，总之聪明绝顶的鮈鱼要死了。它躺在洞里想道：“谢天谢地，我是寿终正寝，跟我的父母一样。”这时，它想起梭鱼的话：“要是都像聪明绝顶的鮈鱼那样生活……”果真那样的话，情况会怎样呢？

它非常聪明，所以开动脑筋，琢磨这问题。忽然好像有谁向它低声耳语似的说道：“要知道，像那样，可能鮈鱼早就绝种了！”

因为为了让鮈鱼传宗接代，首先得有家庭，它却没有。光有家庭还不够——为了使鮈鱼的家庭巩固和兴旺，为了使家庭成员个个身体健康，精神饱满，它们必须在自然环境里成长，而不能总呆在洞里，因为洞里永远很黑，它总呆在洞里，眼睛都快瞎了。必须让鮈鱼们得到充分的营养，而且不能脱离社会，应该常常彼此来往，互相学习美德和优良品质。只有这种生活，才能使鮈鱼的种日益完善，不致退化。

谁要是认为，只有那些因为吓破了胆，所以战战兢兢地躲在洞里的鮈鱼才是可尊敬的先生，他算想错了。不是的，这种鮈鱼不是什么好公民，而是最无用的。从它们那儿既得不到温暖，也不会受到冷淡；既得不到敬意，也不会受到屈辱……它们活在世上，只不过白白占块地方，白吃饭……

这一切是那样的清清楚楚，明明白白，使得它突然生出一个强烈的愿望：“我要钻出洞去，昂首阔步在河里，从这一头游到那一头！”但是它刚这样一想，就吓了一大跳。于是它战战兢兢地等死。活的时候是战战兢兢地活着，死也是战战兢兢地死。

刹那间，一生的事情都在它脑海中闪过。它有过什么欢乐？它给过谁安慰？它给谁出过好主意？向谁说过一句好话？它收容过谁？给过谁温暖？保护过谁？有谁听说过它的事情？有谁记得它的存在？

对于所有这些问题，它只能回答：“谁也没有。”

它哆里哆嗦地过了一辈子——这就是全部经历。甚至现在，它快要死了，可是还在发抖，自己也不知因为什么。它的洞里又黑又挤，连转个身的地方都没有，阳光照不进去，洞里永远阴冷阴冷。它就躺在这潮湿的黑暗里，两眼什么也瞧不见，疲惫不堪，谁也不需要它，它就那样躺在那儿等死：让它彻底摆脱这毫无意思的生存吧，到底什么时候才能饿死？

它能听见别的鱼从洞口迅速游过——也许那些也是跟它一样的鮈鱼——没有谁对它感兴趣，谁也不会想到：“让我去问问聪明绝顶的鮈鱼，它到底用什么办法活了一百多岁？梭鱼没有把它吞进肚里，虾没有把它用螯夹断，渔人没有把它钓上去。”那些鱼游过洞口，说不定根本不知道聪明绝顶的鮈鱼正在这洞里结束生命！

而最委屈的是：甚至没有听见过有谁夸它聪明绝顶。鮈鱼们光是说：“您听说过一个傻瓜的事情吗？——这傻瓜不吃、不喝，谁也不见，跟谁也不来往，只顾保住自己的一条小命。”

许多鮈鱼干脆叫它蠢家伙和无耻的家伙，而且感到惊讶：河水怎能容忍这样的笨蛋住在里面。

聪明绝顶的鮈鱼就这样一面思考，一面打盹儿。实际上，它也不是打盹儿，而是已经开始昏迷了。它的耳朵里响起临终的嗫嚅，它感到全身疲倦无力。它这时又做了个以前做过的那个富于诱惑力的梦。它梦见赢了二十万，身子长了整整半俄尺，自己在吞食梭鱼。

它正做这梦的时候，脸渐渐从洞里探了出去。

忽然，它消失得无影无踪了。究竟发生了什么事情——是梭鱼把它吞进肚里了？是虾用螯把它夹断了？还是它寿终正寝后漂到水面上去了？没有人证明此事。最可能的，还是它寿终正寝了，因为对梭鱼来说，吃这样一条病歪歪的垂死的鮈鱼，而且还是聪明绝顶的鮈鱼，有什么乐趣呢？

（王　汶　译）

树木怎样会走动

［俄］列·托尔斯泰

有一次，我们在池塘旁边小丘的斜坡上，扫除一条长满了野草的小路。我们砍掉了许多野玫瑰、柳枝和白杨，接着砍倒一棵野樱树。这野樱树是长在小路当中的，长得又老又粗大，看样子至少有十年了。我知道这花园在五年前曾经整理过一次。我怎么也不明白，这里怎么会长出一棵这么老的野樱树来。我们把它砍倒了之后，再往前走。前边另外一座丛林里也有一棵同样的野樱树，而且长得还要粗。我研究了一下它的根，发现这棵野樱树本来是长在一棵老菩提树下面的。菩提树的枝叶妨碍了它的生长，因此野樱树使一根笔直的茎，从地里伸展到大约五俄尺远，到了有阳光的地方才露出头来，发育长大起来了。我动手从根上砍它，真奇怪，野樱树是很茂盛的，怎么它的根是枯烂的呢？我把它的根砍断了，我跟伙伴们一起搬它，可是怎么也搬不动。它好像在地上钉牢了似的。我说："瞧瞧有什么地方卡住了没有？"一个工人爬到树下面，大声说道："它还有一条根呢，就在这条小路上呀！"我走过去一看，这的确是真的。

野樱树为了不让菩提树妨碍它的生长，就从菩提树下面移到离开老根三俄尺的小路上去。刚才给我砍断了的那条是枯烂了的老根，而这条新长起来的根是鲜嫩的。看样子，它觉得自己在菩提树下面日子过不下去了，便伸出嫩枝来，扎进土里，使嫩枝变成了根，然后把那条老根放弃了。这会儿，我才明白刚才路上那棵野樱树是怎样长起来的。其实它也是这个样，不过早就完全脱离了老根，所以我找不到它那条老根了。

熊是怎样被逮住的

[俄] 列·托尔斯泰

尼席哥罗德省熊很多。乡下人捉到了小熊，把它们养起来，教它们跳舞。教会了以后，他们就把熊带出去表演。一个牵着熊，一个扮作羊，一边跳舞，一边打鼓。

有个乡下老头儿牵了一只熊到市场上去。他那扮羊的侄儿带着一面鼓跟他一道去。市场上很热闹，看熊表演的人都拿出钱来给他。

黄昏的时候，乡下老头儿牵了熊来到一家酒铺子门前表演。有给他钱的，也有请他喝酒的。乡下老头儿喝完了酒，叫他的侄儿也喝了，又给熊满满地喝了一杯。

天黑的时候，乡下老头儿带着侄儿和熊到郊外去过夜，因为人家都怕把熊放到自己的院子里啊。他带着侄儿和熊走出了村子，就躺在树下睡觉。

乡下老头儿把熊的链条拴在自己的腰带上，然后躺下来。他已经有点儿醉啦，一会儿就呼噜呼噜地睡着了。他的侄儿也睡着了。

他们睡得多么畅快呀，一觉睡到天亮，连一次也没醒过。

第二天早上，乡下老头儿睡醒了，发现身边的熊已经不在了，慌忙叫醒他的侄儿，带他一起去找熊。草长得很高，在草丛里发现了熊的脚印。熊是越过田野逃进树林里去的。他们就跑去追它。树林十分茂密，要穿过这样茂密的树林，实在不容易。侄儿说："叔叔，我们找不到它的。就算找到了，也逮不住它的，我们回头走吧。"但是乡下老头儿不答应。

他说："我们是靠熊混饭吃的，要是找不着它，我们就得讨饭去啦。我不回头走，一定要尽我的力量把它找回来。"他们继续往前走，傍晚的时候才走到树林里的空地上。

天快黑了，他们俩都已经累了，便坐下来休息休息。

他们乍听到附近有链条的声响，乡下老头儿连忙站起来，轻轻地说："这就是它，要悄悄地去捉它。"

乡下老头儿朝发出链条声响的方向走去，果然看见一只熊。

熊用爪扯着链条，想把它脱下来。它一看见乡下老头儿，就恐怖地叫了起来，龇着牙。

小侄儿吓得正想逃跑，但是乡下老头儿抓住他的手，带他一起走过去。

熊叫得更厉害了，直往树林里跑。

乡下老头儿眼看逮不着它了，就叫他的侄儿马上扮羊，叫他一面跳舞，一面打鼓，他自己却提高嗓子唱着要熊表演的调子。

熊突然停在丛林里，留心听清楚主人的声音，就站起来，摆动身体。

乡下老头儿越走越近，还不住口地唱着。

小侄儿也不停地跳着舞，打着鼓。

乡下老头儿在离开熊很近的时候，猛地扑到熊身边，把链条抓住了。

这时候，熊大叫起来，拼命想逃跑，可是乡下老头儿再也不会让它逃走了，重新牵着它到处表演去了。

（吴棶之　译）

严寒哥哥和严寒弟弟

[俄] 米哈伊洛夫

严寒哥哥和严寒弟弟，亲哥儿俩在旷野里游逛。手拉手，一步一步向前蹦跶。

严寒弟弟对严寒哥哥说：

“红鼻子哥哥！咱们何不寻个开心——让人挨挨冻呢?”

严寒哥哥回答：

“蓝鼻子弟弟！要是想让人挨冻，咱们就不应该在旷野里游逛。田野整个被雪覆盖上了，所有的大路都给掩埋了——谁也不会步行走过这里，也不会骑马、乘车走过这里。咱们还是快点到松林里去吧！那儿虽然空地方少一些，但是有意思得多。在路上总可以碰到个人。”

说到就做到。严寒哥哥和严寒弟弟跑到松林里去了。他们一边跑，一边找乐趣。脚蹦蹦跳跳，手不时弹弹松树和云杉。老云衫树林被他们弹得喀嚓咯嚓地响，小松树林被他们弹得咯吱咯吱地响。他们跑过松软的雪地——雪地上就结起一层冰壳；如果有一棵小草从雪底下探出头——他们只消吹一口气，立刻使它仿佛布满了珍珠。

他们听见从一个方向传来铃铛的声音，从另一个方向传来板鼓的声音。发出铃铛声的，是一位老爷乘车过来了；发出板鼓声的，是一个庄稼汉赶雪橇过来了。

严寒哥哥和严寒弟弟开始考虑和商量，谁去追谁，谁去冻谁。

蓝鼻子弟弟年纪小一些，所以他说：

“我去追庄稼汉吧。可以快一点把他冻死。他身上的短外套很旧，打了补丁，帽子上尽是窟窿，脚上除了一双树皮鞋之外，什么也没有穿。他好像是去砍柴的。哥哥，你的力气比我大，你去追那个老爷吧。你瞧，他身穿熊皮大衣，头戴狐皮帽，脚蹬狼皮靴。我怎么对付得了他呢？我可驾驭不了他。”

红鼻子哥哥只是嘲笑他。

“弟弟，你还年轻……好吧，就依你的吧。你去追庄稼汉，我去追老爷。傍晚，我们碰头的时候，就可以知道，谁的工作容易一些，谁的工作困难一些。那么，再见吧！”

“再见，哥哥！”

他们呼哨一声，打了个榧子，就跑了。

太阳刚刚西落，他们又在旷野里相遇了，彼此打听各自的情况。

“果然如此啊，哥哥。我想，你对付那个老爷一定累坏了，”弟弟说，“可是一定什么结果也没有。哪儿冻得透他呢！”

哥哥暗自好笑。

“嗐！”他说，“蓝鼻子弟弟，你还太年轻，头脑简单！我把他给冻坏了，保管一个钟头也暖和不过来。”

“那么，皮大衣呢？帽子呢？皮靴呢？”

“没有用。我钻进他的皮大衣里去，钻进帽子里去，钻进皮靴里去，拼命冻他！他一会儿缩成团儿，一会儿把衣服裹得严严的。他想：我一动也不动，连一个关节也不动弹一下，那就不怕冻了。才不是那样呢！这正合我的心意。我拼命地收拾他，等马车进了城，他已经冻得半死！说说，你把你那个庄稼汉冻得怎样了？”

“唉，红鼻子哥哥！你跟我开了个恶意的玩笑，没及时开导开导我。我以为我能把庄稼汉冻坏，结果反而差点被他把腰打断。”

“怎么会这样？”

“事情是这样的，你也看见了，他是赶着雪橇去砍柴。本来在半道上我就想冻他，可是他总也不害怕——嘴里还直骂：可恶的严寒长，可恶的严寒短的。我甚至难过起来。我动手更狠地掐他，打他。不过，我这样取乐的时间并不长。他到了地方，走下雪橇，用斧子砍起柴来。我心想：我现在冻他吧，就钻进他的短皮袄，开始冻他。可是他只顾抡斧子，只见木屑向四面飞扬。他居然出汗了。我一看，情况不妙——我在短皮袄里呆不住了。后来，他身上都冒热气了。我赶紧逃命，心想：怎么办呢？那个庄稼汉还不停地干活儿。他不但不冷，还热起来了。我一瞧：他脱下了短皮袄。我高兴极了，说：‘你等着吧，现在我可要让你看看我的厉害！’短皮袄整个湿透了。我钻进去，把它冻了个邦邦硬。这回你穿上试试看吧！庄稼汉干完活儿，向短皮袄走去。我别提有多高兴了，心想：这回可乐了！庄稼汉瞧了瞧，然后对我破口大骂——什么难听的话都骂到了，没有更难听的了。我心想：‘你骂吧！骂吧！反正你受不了我！’他光骂，还不够，找了根长一点、节多一点的大木头，朝短皮袄砰砰乱敲起来！他一边敲打短皮袄，一边不住口地骂我。我本想快点逃命，可是陷在毛里出不来了。他却不停地打着、打着！我好容易才逃出来。我想，我浑身骨头都散了。到现在腰还痛呢。我再也不去冻庄稼汉了。”

“这才明白啦！”

（王汶　译）

自私的巨人

[英] 王尔德

每天下午放学以后，孩子们总是喜欢到巨人的花园里去玩。

这是一个可爱的大花园。园里长满了柔嫩的青草，美丽的花朵像星星一样点缀在草地上。花园里还有十二棵桃树，每当春天到来，树上都开满粉红色和珍珠色娇嫩的花儿，到了秋天，丰硕的果实挂满了枝头。鸟儿在树枝上歌唱，它们唱得动听极了，孩子们往往为了听歌儿而停止了游戏。“我们在这儿有多开心啊！”孩子们互相欢叫着说。

有一天，巨人回来了。他是从他的朋友——康沃尔郡的吃人妖魔那儿回来的。他在那儿住了七年。他不擅言谈，七年过后，他想说的话都说尽了。于是，他决定回自己的家。当他到家时，看到孩子们正在花园里玩呢。

“你们在这儿干什么？”他恶狠狠地叫道，孩子们都被吓跑了。

“我自己的花园就是我自己的花园，”巨人说，“人人都该明白这一点，除了我自己外，我不准任何人在这儿玩。”于是，他在花园周围筑了一道高高的围墙，还竖起了一个公告牌。

擅入者将遭严惩

他是一个非常自私的巨人。

可怜的孩子们现在找不到玩的地方了。他们在马路上玩过，可马路上尘土飞扬，到处都是坚硬的石头，他们不喜欢那地方。每天放学后，他们常常围着高墙徘徊，谈论着里面美丽的花园。“我们以前在里面玩得多快活啊！”他们互相说。

春天来了，花儿开满了乡间，鸟儿到处欢唱，只有自私的巨人的花园里仍然是萧索的冬天。鸟儿不肯到他的花园里唱歌，因为那里没有孩子们，树木也忘记了开花。有朵美丽的花儿曾经从草丛里探出头来，可是一看到那块公告牌，心里很为孩子们感到难过，便马上缩回到土里，又去睡觉了。只有雪和霜两个人特别高兴。“春天已经忘掉了这个花园，”他们大声说，“我们可以整年住在这儿了。”雪用她那白色大氅盖住了草地，霜把所有的树木都涂上了银白色。后来，他们又邀请北风前来做客，北风果然来了。他身上裹着皮衣，整天在园子里怒吼，把烟囱的风帽都吹掉了。“这是一个讨人喜爱的地方，”他说道，“我们一定邀请冰雹也来一趟。”冰雹果然来了，他每天有三个钟头，把房顶敲打得乒乓乱响，把大部分瓦片都打碎了，然后他又以最快的速度在园子里绕着圈疯跑。他的衣服是灰色的，他的气息像冰一样凉。

“我真不明白，为什么春天到现在还不来，”自私的巨人坐在窗前，望着窗外寒冷的白色园子说道，“我盼望天气很快就变好。”

然而，春天一直没有来，更不要说夏天了。秋天给每个花园都带来了丰硕的果实，但是，她没有给巨人的花园带来任何东西。“他太自私了，”秋天说。所以冬天一直留在他的花园里，北风、冰雹、霜和雪，轮番在园里的树丛中欢快地跳舞。

一天早晨，巨人醒来后躺在床上，一阵悠扬的乐声传进他的耳朵里。这乐声听起来是那样的悦耳，他想这一定是国王的乐队经过这里。其实呢，那只是一只小小的红雀在他的窗外唱歌。但是，由于他很久很久没有听到鸟儿在他园里唱歌了，所以这歌声对于他竟像是世界上最动听的音乐。这时，冰雹停止了在他头上跳舞，北风也停止了怒吼，一股宜人的芳香从开着的窗子飘进房间。“我相信春天终于来了，”巨人说。他从床上跳了起来，赶忙向窗外张望。

他看到了什么呢？

他看到了一幅奇异的景象。孩子们穿过围墙上的一个小洞，爬进了园子里。他们都坐在树的枝杈上。他看到每棵树上都有一个小孩。那些树看到孩子们回来了十分高兴，都用花朵把自己打扮起来。轻盈地在孩子们的头顶上挥舞着手臂。鸟儿快乐地飞来飞去，叽叽喳喳地叫。花儿在青草中扬起了头，在尽情地欢笑。这是一幅多么优美的图画呀。可是，在一个角落里，仍然是寒冷的冬天。那是园里最偏僻的一个角落，一个小男孩正站在那里。他长得太矮小了，够不着树枝。他在树旁转来转去，悲伤得直哭。那棵可怜的树仍被雪霜覆盖着，北风还在它上面呼啸、怒吼。“快爬上来，小男孩，”树一边说着一边把树枝尽可能地弯下来。可是，小男孩太矮小了，还是够不着。

看到这一情景，巨人的心被融化了。“我过去该有多自私呀！”他说，“现在我知道了春天为什么不到这儿来。我要把这个可怜的小男孩放在树顶上，然后，我要把围墙推倒，让我的花园永远成为孩子们的乐园。”他打心眼里为他过去做的事感到懊悔。

于是，他蹑手蹑脚地走下楼来，轻轻地打开楼门，走进了花园。可是，孩子们一看到他，便害怕极了，马上跑得无影无踪，花园里又成了冬天的景象。只有那个小男孩没有跑，因为他的眼里饱含着泪水，没看见巨人的到来。巨人悄悄地走到他的身后，轻轻地把他抱起来，放在了树顶上。这棵树立即就开出了花儿，小鸟也飞来落在枝头上欢唱。小男孩伸出双臂，搂住巨人的脖颈吻他的脸。别的孩子看到巨人不再像以前那样凶了，便一起跑回来，春天也跟着他们回到了花园。“孩子们，从今以后，这个园子就是你们的了。”巨人说。他拿起了一把大斧，砍倒了围墙。中午人们赶集路过这里时，看到巨人正和孩子们在花园里玩，他们还从来没有见过这么美丽的花园。

孩子们玩了整整一天，到了傍晚，他们走到巨人跟前和他说再见。

“你们的小伙伴在哪儿?”巨人问道，“就是那个我把他抱上树的小男孩。”巨人最喜欢那个小男孩，因为他吻了巨人。

“我们不知道他在哪儿，”孩子们回答，“他已经走了。”

“你们一定要告诉他明天再来这里玩，”巨人嘱咐道。但是孩子们回答说他们不知道小男孩住在哪儿，以前也从来没有见过他。巨人听了十分难过。

打那以后，孩子们每天下午放学后，都到花园里和巨人一块玩。可是巨人最喜欢的那个小男孩却再也没有露过面。巨人对每个孩子都很好，然而，他始终都在惦记他的第一个小朋友，时常提起他。“我多想见到他呀!”他总是这样说。

许多年过去了，巨人渐渐老了，身体也虚弱了，不能再和孩子们一起玩了。于是，他就坐在一把大扶手椅上，一边看着孩子们玩，一边欣赏他的花园。“我有许多许多美丽的花儿，”

他说，“但是，孩子们是最美最美的花儿。”

一个冬天的早晨，他一边穿衣服，一边透过窗子向外看。他现在已不再恨冬天了，因为他知道这时春天只不过是在睡觉，而花儿也正在休息呢。

突然，他惊讶地揉了揉眼睛，向窗外看了又看。他看到了一幅奇异的景象。在园子最偏僻的那个角上，一棵树开满了可爱的白花，金色的树枝上挂着银色的果实，树下面站着他最喜爱的那个小男孩。

巨人兴奋极了，连忙从楼上跑下来进了花园。他急急忙忙地跑过草地，直奔小孩而去。当他来到小孩跟前时，他的脸色由于愤怒一下子变得通红。他问道：“是哪个胆大的家伙伤害了你?”因为他看到，在孩子的手掌上有两道伤痕，在孩子的小脚背上也有两道伤痕。

“是哪个胆大的家伙伤害了你?”巨人叫道，“告诉我，他是谁，我要用我的巨剑杀死他。”

“不，”孩子回答说，“这是爱的伤痕。”

“你到底是谁呀?”巨人问道。他突然产生了一种奇怪的敬畏的感觉，便跪在了小孩面前。

孩子微笑着对巨人说：“你曾让我在你的花园里玩过一次，今天我要带你去我的花园，那就是天堂。”

那天下午，当孩子们跑进花园的时候，发现巨人躺在一棵树下。他已经死了，身上盖满了白花。

（史津海　译）

快乐王子

[英] 王尔德

快乐王子的塑像站在一根高高的圆柱顶端，俯视着全城。他身上贴着薄薄的金片，眼睛是两粒闪亮的蓝宝石，手中的剑柄上一颗很大的红宝石熠熠生辉。

他确实受到人们的交口称羡。“他漂亮得像个风标。”一位市议员夸赞道，此人很想得到有艺术情趣的好名声。“只是没有多少实用价值。”他又补充了一句，生怕人们认为他不讲实际，而这位议员的确为人虚浮。

“你为什么不能像快乐王子那样？”一位有见识的母亲问哭闹着要月亮的儿子，“快乐王子从来不会又哭又喊地要任何东西。”

“世界上竟然还有一个十分快乐的人，这让我感到很高兴。”一个心情沮丧的人一边凝视着这尊令人惊叹的塑像，一边喃喃自语。

“他看上去真像个天使。”养育院的孩子们走出大教堂时说道，他们都披着鲜红的斗篷，戴着洁白干净的围嘴儿。

“你们怎么知道他像天使呢？”数学教师问道，“你们又从未见过天使。”

“啊，我们做梦时见过！”孩子们回答。数学教师皱起眉头，表情变得非常严肃，因为他不喜欢孩子们瞎做梦。

有一天晚上，一只小燕子飞临这座城市的上空。他的朋友们六个星期前都飞往了埃及。他由于热恋着最美的一根芦苇而落在了后面。他们相识于今年的初春。当时小燕子正沿河追逐一只黄色的大飞蛾，却一下子被芦苇她那纤纤的细腰吸引住了目光，于是便停下来跟她攀谈。

“我做你的恋人好不好?”小燕子说，这小燕子喜欢直截了当，芦苇则冲他深深地鞠了个躬。随后小燕子就绕着她飞来飞去，不时用翅膀触一下水面，引出银亮的涟漪。小燕子在用这种方式求爱，这情景整整持续了一个夏天。

“这种迷恋真荒唐。”其他燕子嘁嘁喳喳地说，“她没有钱，却有一大群穷亲戚。”河两旁确实到处都是芦苇。夏去秋来，其他燕子都飞走了。

伙伴们离去后，他感到很寂寞，并且对自己的情人开始厌倦。“她不言不语，”小燕子说，“而且我担心她喜欢卖弄风情，因为她总是跟风眉来眼去。”这可一点儿不假，每当风儿吹来，那芦苇就以最优雅的姿势频频屈膝致意。“我承认她很恋家，”小燕子继续说道，“可是我喜欢旅行，因此我的妻子也应该喜欢旅行。”

“你愿意跟我走吗?”他终于问道，芦苇摇了摇头，她一刻也不愿离开家。

“你一直在戏弄我。”小燕子喊道，“我要去埃及看金字塔了。再见。”说罢他就飞走了。

他不停地飞了一天。晚上，他来到了这座城市。“我在哪儿过夜好呢?”他说，“我希望这城里有合适的地方。”

这时，他看到了高高的圆柱上的塑像。

“我就在那上面过夜好了。”他喊道，“那个位置很理想，空气很新鲜。”于是他落在快乐王子两脚之间。

“我找到一间金色的卧室。”他一边举目环视，一边轻声自语，准备赶紧睡觉。可是正当他把头放到翅膀下面时，一大滴水珠掉在了他身上。“真奇怪！”他叫了起来，“天上没有一丝儿云，星星亮晶晶，可是却下起了雨。欧洲北方的气候真讨厌！芦苇倒是喜欢下雨，但那不过是她自私的表现。”

接着又有一滴水珠落下来。

“如果一座塑像连雨也遮挡不住，还有什么用呢？”他说道，“我必须找一处管用的烟筒帽。”他决定飞走。

然而他还没张开翅膀，又有一滴水珠落下来。他抬头一看，啊！你们猜他看见了什么？

快乐王子的眼中噙着泪水，热泪正沿着他那金色的脸颊流淌。月光下王子的面孔十分英俊，小燕子心中充满了怜悯。

“你是谁？”小燕子问。

“我是快乐王子。”

“那么你又为什么哭泣呢？”燕子问，“你的眼泪把我身上都搞湿了。”

“当我胸膛里的心还是有血有肉时，也就是当我活着的时候，”塑像回答，“我根本不知道眼泪为何物。因为那时我住在‘无忧宫’中，一切悲伤的事都不允许进宫。白天我跟伙伴们在花园里玩，傍晚我是娱乐殿里舞会上的主角。花园四周筑有高耸的墙，不过我并不想过问墙外的事。我周围的一切都非常美好。我的臣子们称我为快乐王子，如果享乐即是幸福的话，那么我的确幸福。我死了，他们把我高高地放在了这儿，结果我能看见这座城市里各种各样的丑陋和各种各样的不幸了。虽然我现在的心是铅做的，我却总是情不自禁地哭泣。”

“怎么，他难道不是纯金铸的？”燕子暗自思忖。他很懂礼貌，不愿把涉及个人的议论说出口。

“在离这里很远很远的一条小街上，”塑像用低沉悦耳的声音继续说，“有一幢破烂的房子。那房子有一扇窗子敞开着。我从窗子里看到一个女人坐在桌前。她的脸又瘦又憔悴。一双手又红又粗糙，手指上满是针刺出的伤痕，因为她是个女裁缝。她正在一条缎裙上绣西番莲，这是为下一次宫廷舞会上王后身边最美的一位侍女准备的服装。房间角落的一张床上躺着女裁缝生病的小儿子。孩子在发烧，想吃橘子。可是他妈妈却只能给他喝河里的水，于是孩子哭闹着。燕子呀，燕子呀，小燕子，你能不能把我剑柄上的红宝石带给她？我的脚被固定在这根柱顶上，想走也走不了。”

“我的朋友们正在埃及等我呢。”燕子说，“他们在尼罗河上飞来飞去，跟那些大朵的白莲花叙谈。他们很快就要去大法老的墓里睡觉。大法老自己躺在色彩艳丽的棺材中，身上涂着香料，裹着黄色亚麻布，脖子上戴着淡绿色玉链，双手像是枯树叶。”

“燕子呀，燕子呀，小燕子，”王子说，“你能不能在我这儿呆上一夜，给我当一次信使？那孩子口渴难挨，那位母亲愁肠百结。”

“我想我并不喜欢小男孩。”燕子回答，“今年夏天，我寄居在河滨，那儿有两个粗野的孩子，是磨坊主的儿子，他们总是朝我扔石头。当然，他们从来没有打中过我，我们燕子飞行技巧高超，而且我出生于一个以敏捷著称的家庭，他们才打不中我呢。可那毕竟是一种不尊敬的行为。”

然而快乐王子看上去那么悲哀，小燕子感到十分难过。“这儿可真冷。”他说，“不过我愿意留下来陪你一晚，给你当一次信使。”

“谢谢你，小燕子。”王子说。

于是燕子从王子的剑柄上取下那颗又大又红的宝石，用嘴叼着飞过城市成片的屋顶。

他从大教堂塔楼旁掠过，看到许多用白色大理石雕刻的天使。他从王宫旁经过，听到舞会上传出的欢歌笑语。一个美丽的姑娘同她的情人出现在阳台上。“天上的星星多么奇妙，爱情的力量多么美妙！”他对她感叹道。

“我希望在宫廷舞会之前我的衣服能早点做好。”她说，“我吩咐要绣上西番莲，可那些女裁缝太懒。”

燕子从河上飞过，看到船桅杆上挂着一盏盏灯笼。他从犹太人居住区上空飞过，看到几个老犹太人在互相讨价还价，用一台铜秤称银两。他终于飞到那幢破烂的房子跟前，探头朝里张望。孩子发着烧在床上翻来覆去，母亲疲惫不堪地趴在那儿睡着了。燕子跳进房间，将那颗很大的红宝石挨着女人的顶针放在桌上。随后他轻轻地绕着床飞来飞去，用翅膀给孩子的额头上扇风。“好凉快！”男孩说，“我的病可能快好了。”接着他酣然入梦。

燕子飞回快乐王子那里，告诉他自己都做了些什么。“真奇怪，”他说，“虽然天很冷，我现在却感到很暖和。”

“这是因为你做了件好事。”王子说。小燕子开始琢磨王子的话，没琢磨多久便睡着了。他一用脑子就会感到困倦。

天一亮，他飞到河边洗了个澡。“多么奇异的怪现象！”鸟类学教授过桥时说，“大冬天竟有燕子！”于是他给当地报纸写了封长信，论述这一现象。大家都在引用信里的话，而信里净是他们根本不懂的词句。

“今天晚上我就去埃及。”燕子说，想到埃及之行他满怀喜悦。他游览了这座城市所有的公共纪念碑，并且在教堂的尖顶上坐了很久。每到一处，麻雀们便会嘁嘁喳喳地互相说道："那个异乡人真是气度不凡!"因此他过得非常快活。

月亮升起时，他又飞回快乐王子身旁。"在埃及你有要我代办的事儿吗?"他喊道，"我就要出发了。"

"燕子呀，燕子呀，小燕子，"王子说，"你能不能在我这儿再呆上一夜?"

"我的朋友们正在埃及等我呢。"燕子回答，"明天他们将飞往尼罗河上第二大瀑布。那里的河马蹲伏在灯芯草丛中，门农神① 打坐在巨大的花岗岩宝座上。他整夜观望星斗，当启明星闪亮时他会发出一声高兴的欢呼，随后便缄默无言了。中午，黄色的狮子会到水边喝水。它们的眼睛像绿玉，它们的吼声比大瀑布的吼声还响亮。"

"燕子呀，燕子呀，小燕子，"王子说，"我远远地看到在城那边的一个阁楼上有个年轻人。他俯身在书桌前，桌子上铺展着一些手稿。他身旁一只平底酒杯里插着一束枯萎的紫罗兰。年轻人长着一头鬈曲的棕发，嘴唇红得像朵石榴花，一双大眼睛充满了梦想。他正竭力完成一个剧本，好交给剧院的导演。可是他实在冷得写不下去了，炉子里没有火，饥饿折磨得他头晕眼花。"

"那么我就再陪你一夜。"燕子说，其实燕子心肠很好，"是不是要我再给他送一颗红宝石?"

"哎呀！我已经没有红宝石了。"王子说，"现在只剩下了我的眼睛。它们是稀有的蓝宝石，是一千年前产自印度的珍宝。请你挖出一只，带给那位年轻人。他可以把宝石卖给珠宝

---

① 门农神：指埃及底比斯附近，阿孟霍特普三世的巨大石像，日出时会发出竖琴声，公元 170 年经罗马皇帝修复后不再发声。

商，买些木柴，完成剧本。”

“亲爱的王子，”燕子说，“我不能那么办。”说罢燕子哭了起来。

“燕子呀，燕子呀，小燕子，”王子说，“照我吩咐的去做吧。”

于是燕子挖出王子的一只眼珠，飞往年轻人的阁楼。进阁楼倒不难，因为屋顶上有个洞。燕子从洞里倏地一下钻了进去。年轻人正用双手捧着头，所以并没听见燕子翅膀的扇动声。他抬起头时，发现了放在枯萎的紫罗兰上的美丽蓝宝石。

“人们开始理解我、欣赏我啦。”他喊道，“这是某位了不起的崇拜者送来的礼物。如今我有条件写完剧本了。”他看上去非常快活。

第二天，燕子飞到码头上。他栖身于一条大船的桅杆顶，看水手们用绳子把一些大箱子拖出货舱。“用力拉呀，嗨哟！”每当一只箱子被拖上来时，他们都这么喊号子。“我要去埃及啦！”燕子喊道，但没有人理会他。月亮升起时，他又飞回快乐王子身边。

“我是来向你告别的。”他喊道。

“燕子呀，燕子呀，小燕子，”王子说，“你能不能在我这里再呆上一夜？”

“已经是冬天了，”燕子回答，“这里很快就要下起冰冷的雪。而在埃及，太阳会暖融融地照耀碧绿的棕榈树，鳄鱼卧在泥里懒洋洋地向四周张望。我的伙伴们正在太阳神的神殿里筑巢，粉红色和白色的鸽子一边咕咕叫，一边观望着。亲爱的王子，我必须走了，但是我永远不会忘记你。明年春天，我将给你带回两颗美丽的宝石，补上你送人的那两颗。我带回的红宝石会比红玫瑰更红，蓝宝石会像大海那么蓝。”

“在下面的广场上，”快乐王子说，“站着个卖火柴的小女孩。她的火柴掉进沟里了，那些火柴全糟蹋啦。她要是没能挣到钱回家，她爸爸会打她，因此她在痛哭流涕。她没有鞋，也没穿袜子，还光着小脑袋。请把我另一只眼珠挖出来交给她，这样，她爸爸就不会打她了。”

“我愿意再陪你呆上一夜。”燕子说，“但是我却不能挖出你的眼珠。那样的话你就完全瞎了。”

“燕子呀，燕子呀，小燕子，”王子说，“照我吩咐的去做吧。”

于是燕子挖出了王子的另一只眼珠，叼在嘴里倏地飞下去。他掠过卖火柴的小女孩，把宝石悄悄地塞到她的手心。“多可爱的一颗玻璃呀！”小女孩欢呼着，笑哈哈地跑回了家。

燕子又回到王子身旁。“现在你完全瞎了。”燕子说，“那就让我一直陪伴你吧。”

“不，小燕子，”可怜的王子说，“你应该去埃及。”

“我要一直陪伴你。”燕子说，随后他便在王子脚旁睡着了。

第二天，他一直蹲在王子的肩膀上，给王子讲他在异国他乡的见闻。他讲到了埃及的朱鹭，那些朱鹭在尼罗河两岸长长地排成行，用尖嘴捉金鲫鱼；讲到了狮身人面像，这个巨大的雕像跟世界本身一样古老，沙漠是它的家，世上的事它无所不知；讲到了商人们，他们手里拿着琥珀念珠，在自己的驼队旁缓缓而行；讲到了月亮山之国的国王，那个国王黑得像乌木，崇拜的是一大块水晶；讲到了睡在棕榈树上的一条绿色巨蛇，有二十个祭司用蜜饼喂它；还讲到了小矮人，他们以阔大的树叶当船，在一个大湖上航行，总是跟蝴蝶交战。

“亲爱的小燕子，”王子说，“你告诉了我许多令人惊奇的事，可是最令人惊奇的莫过于世上男男女女遭受苦难。神秘的事总赶不上苦难的事重要。小燕子，飞到我这座城市的上空，告诉我你都看见了什么。”

于是燕子飞到这座大城市的上空，看见富人们在漂亮的豪宅里寻欢作乐，而乞丐们却坐在他们的大门外面。他飞到阴暗的巷子里，看见了饥肠辘辘的孩子们，他们脸色苍白，有气无力地张望着又脏又黑的大街。在一座桥的拱洞里，两个小男孩为了取暖相拥而卧。“好饿呀！”他们说。“你们不能躺在这儿。”桥梁看守人喊道，他们只好漫无目的地冒雨走出桥洞。

燕子飞回去把他看到的告诉了王子。

“我身上贴满了纯金薄片，”王子说，“你把它们一片一片地取下来，送给那些穷人。活着的人总认为金子能使他们幸福。”

燕子一片一片地取下那些纯金薄片，最后王子看上去呆板灰暗，已毫无光彩。燕子再把纯金薄片一片又一片地分送给了穷人。孩子们的脸色开始变得红润，他们在街上开心地笑着玩耍着。“我们现在有面包吃了！”他们喊道。

后来，下雪了，接着是冰天雪地的严寒。街道闪闪发光，看上去好像是银子铺成的。长长的冰柱好似一把把水晶短剑挂在屋檐下。走动在大街上的人们都穿着皮衣，戴着鲜艳的红帽子的男孩们在溜冰。

可怜的小燕子感到越来越冷，可是他太爱王子了，不愿意离开他。小燕子只能趁面包师傅不注意，在面包房门口捡一点面包屑，并且不停地扇动翅膀使身体暖和起来。

然而他终于晓得自己要死了。他拼出最后一点力气再次飞到王子的肩膀上。“再见了，亲爱的王子！”他声音微弱地说道，“我能吻一吻你的手吗？”

"我很高兴你终于要飞往埃及了，小燕子。"王子说，"你已经在这儿呆得太久了。不过你一定要吻一吻我的唇，因为我爱你。"

"我要去的地方并不是埃及，"燕子说，"而是阴曹地府。死亡是睡眠的兄弟，对不对?"

他吻了吻快乐王子的唇，便跌落在王子脚边，死去了。

这时塑像内部发出劈啪一声怪响，似乎什么东西破裂了。实际上是那颗铅制的心啪的一声裂成了两半。当然这是严寒的天气造成的。

第二天一清早，市长在市议员们的陪同下漫步到广场。经过塑像的底柱时，市长抬头看了看塑像。"哎呀！快乐王子的样子竟然如此破烂不堪!"他说。

"破烂不堪，确实破烂不堪!"市议员们附和着嚷道，这些人总是随声附和市长，他们走上前去进一步查看。

"剑柄上的红宝石脱落了，眼珠子也不见了，他已经不再是贴金的塑像。"市长说，"其实，他简直像个乞丐!"

"简直像个乞丐。"市议员们跟着说。

"他脚边竟然还有只死鸟!"市长继续说道，"我们必须认真地发布一份公告，任何鸟都不允许死在这儿。"市政秘书将这项提议记录了下来。

随后他们拆掉了快乐王子的塑像。"因为他不再英俊，所以他不再有用。"大学里的美术教授说。

接着他们在熔炉里化掉了塑像，市长召开了一次市政会议，以决定如何处理那块金属。"当然，我们应该另外制作一尊塑像。"他说，"这应该是我的塑像。"

"应该是我的塑像。"每个市议员都接腔说道，因此他们吵起嘴来。据我最近所听到的消息，他们仍在争吵不休。

“真奇怪！”熔铸工场的监工说，“这颗裂开的铅制的心竟然不肯在熔炉里熔化。我们把它扔掉算啦。”于是他们把它扔在了垃圾堆上，死掉的燕子刚好也躺在那里。

“把这座城里最宝贵的两样东西给我拿走。”上帝对他手下的一位天使说。那位天使给他取来了铅制的心和那只死去的燕子。

“你没有取错。”上帝说，“因为在我的伊甸乐园里，这只小鸟儿会永远歌唱；在我的黄金城中，快乐王子会由衷地歌颂我。”

（史津海　译）

星孩

[英] 王尔德

从前有两个穷樵夫，也就是靠打柴为生的人，正穿过一片大松林赶回家去。时值隆冬，又是特别寒冷的晚上，地上积着很厚的雪，树枝上也盖着厚厚的雪，他们边走边听到严寒中的积雪折断两旁小树枝的劈啪声。他们来到一处瀑布脚下，只见她一动不动地悬挂在空中，因为冰雪国王吻了她。

天真是太冷了，甚至连动物和鸟儿都不知道该怎么办才好。

“嗬！”狼夹着尾巴蹒跚着穿过灌木丛，嗥叫着说，“这鬼天气糟透了。为什么政府就不管呢？”

“唠呀！唠呀！唠呀！”小绿雀啁啾地叫着，“古老的大地死了，他们把她用白裹尸布裹起来停放在灵床上。”

“大地要结婚了，这是她的白色结婚礼服。”斑鸠们交头接耳地说。虽然她们粉红色的小脚上冻伤累累，可是她们仍然感到有责任对眼下的情况持浪漫看法。

“无稽之谈！”狼咆哮着说，“我敢肯定这都是政府的错，如果你们不相信我说的话，我就吃了你们。”狼的头脑很实际，争论起问题来总是理直气壮。

“好啦，对我来说嘛，我根本不屑于去探究什么理论上的解释。如果某件事是这样的，那么它就是这样的。眼下的情况说到底就是冷得可怕。”啄木鸟说，啄木鸟是天生的哲学家。

天确实是冷得可怕。住在高大的冷杉树树洞里的小松鼠们不断地互相揉搓鼻子以保持身体暖和；野兔们在窝里个个都缩成一团，甚至不敢探头向门外望一望。惟一似乎喜欢这种天气的人是大角鸮。虽然他们的羽毛上结满了白霜，变得僵硬了，可是他们并不在乎。他们转动着黄色的大眼睛，在树林里不同的位置上彼此大声打着招呼：“嘀——喂！嘀——喂！嘀——嘍！这天气让人觉得真痛快。”

那两个樵夫走哇，走哇，不断地使劲用嘴中的热气哈着手指，在结成硬块的雪上跺着套在有金属包头的大靴子里的双脚。他们曾陷进深深的积雪里，爬出来时全身白得就像正在磨面的磨坊工人。他们曾在又硬又滑的沼泽冰面上滑倒，背上的柴捆摔散了，他们不得不把柴拾起来重新捆好。他们还曾觉得自己迷了路，心里怕得要命，因为他们知道“雪”对睡在她怀里的人是冷酷无情的。但是他们信任关照着所有行路人的慈悲的圣马丁①，又找到了原来的路，继续疲惫地走下去，终于走到大森林的边缘，远远地看到了下面山谷里自己那个村庄的灯火。

啊，脱险了，他们欣喜若狂地大笑着，大地在他们眼里似乎变成了一朵银花，月亮像是变成了一朵金花。

然而，笑过之后，他们又悲叹起来，因为他们想起了自己的贫穷。他们当中的一个对另一个说：“我们又有什么可高兴的？好日子是属于富人的，并不属于我们这样的人。我们还不如就冻死在森林里呢，或者死在野兽的利爪下。”

---

① 圣马丁：管旅行的神。

"不错。"他的伙伴回答,"有些人得到的很多,其他人却得到的极少。世界就是分配得这么不公平,分给我们的一份儿只是悲哀。"

就在他们悲叹自己的苦难时,出现了一件奇怪的事。天上突然落下一颗耀眼的美丽的星星。他们惊讶地看到这颗星从天的一边滑下来,掠过其他星星,掉在了一片柳树后面,那片柳树紧挨着不远处的一个小羊圈。

"啊!那准是块金子,就看谁能找到啦。"他们欢呼着,撒腿就跑,急切地想得到金子。

他们之中有一个跑得更快,他超过自己的伙伴,穿过稠密的柳树林,来到那片柳树的另一边。嚄,白皑皑的雪地上还真有一样金色的东西!于是他飞快地奔过去,弯下腰,用手按住那件东西。那是一件金丝线织成的斗篷,上面精巧地绣着星星的图案。这个斗篷叠成了一个包裹的样子。他大声向同伴喊着说他找到了天上掉下来的宝贝。他的同伴跑了过来,两人一起坐在雪地上,打开包裹,以便分里面的金子。可是,天哪!里面既没有金子,也没银子,其实里面根本没什么宝贝,只有一个睡着的小孩。

他们之中的一个对另一个说:"没想到结果竟然是这样,我们真是没运气,一个男人要个婴儿又有什么好处呢?我们还是把它留在这儿,赶我们的路吧,因为我们很穷,我们有自己的孩子,我们不能把他们的面包给别的孩子。"可是他的伙伴却说:"别那么办,让这孩子在雪地里冻死可是件罪孽。尽管我跟你一样穷,家里有许多张嘴要吃饭,锅里没有可吃的东西,我也要把他抱回家,我妻子会照顾他的。"

于是他小心翼翼地抱起孩子,给他把斗篷包好以抵御酷寒,然后便寻路下山朝村子走去。他的同伴对他的愚蠢和软心肠感到非常惊奇。

他们回到村里时，他的同伴对他说："你要了孩子，就该把斗篷给我，因为一起遇上的东西要两人分。"

但是他回答："不，因为斗篷既不是我的也不是你的，而是这孩子的。"他向同伴告别，祝他平安，然后朝自己的家走去，敲响了门。

他妻子打开门，看到是丈夫平安回来了，就用手臂搂住他的脖子，吻了吻他，帮他从背上卸下柴捆，刷掉他靴子上的雪，让他进屋去。

可是他对妻子说："我在森林里发现了一样东西，把它带了回来，让你照管他。"他站在门口没动。

"什么东西？"她喊道，"快给我看看，我们家里几乎什么都没有，需要的东西太多了。"樵夫把斗篷打开，把睡着的婴儿抱给她瞧。

"哎呀，丈夫哇！"她抱怨说，"我们自己的孩子还不够多吗？你干吗一定要弄个调包的孩子[①] 来也挤在壁炉旁边？谁知道他会不会给我们带来坏运气？我们又该怎么照料他呢？"她对丈夫的做法很生气。

"不是调包的孩子，是个星孩。"他回答道，并且把发现孩子时的奇怪现象讲给她听。

然而妻子还是想不通，她挖苦他，冲他发火，并大声说道："咱们的孩子还吃不饱呢，难道你还得喂养别人的孩子？又有谁关照我们呢？谁又会给我们饭吃？"

"话不能这么说，上帝可是连麻雀都关照，都喂养的。"他

---

① 调包的孩子：指民间故事中被仙女偷换后留下的又丑又蠢的怪孩子。

回答。

“麻雀在冬天不是也有饿死的吗？”妻子问，“难道现在不正是冬天吗？”男人无话可答，可是仍然站在门口没动。

一阵儿来自森林的刺骨寒风从敞开的门口吹进了屋，冻得妻子直发抖，她哆嗦着说：“关上门好不好？寒风都吹进了屋，我感到很冷。”

“屋里如果有一颗冷酷的心，不就等于总是有刺骨的寒风吗？”丈夫问。女人无话可答，她朝火炉靠了靠。

过了一会儿，妻子回过头看着丈夫，眼里泪汪汪的。丈夫赶紧走进屋，把婴儿递到她怀里。妻子亲了亲婴儿，将他放在一张小床上，让他跟自己最小的孩子躺在一起。第二天，樵夫把那件稀奇的金丝斗篷收藏在一只大箱子中，他妻子把从婴儿脖子上取下的一条琥珀项链也放进了那只大箱子。

就这样，星孩和樵夫的孩子们一起被抚养成长，他们同桌吃饭，他们在一块儿玩。星孩一年一变，越长越漂亮，村子里的人都觉得很奇怪，因为他们这里的人是黑皮肤、黑头发，而他的皮肤却洁白细嫩像加工过的象牙，他的头发鬈曲、金黄，像盛开的黄水仙花。他的嘴唇像红花的花瓣，眼睛像清澈小河旁的紫罗兰，身体像割草人未涉足过的原野上挺立的水仙。

然而他的英俊在他身上却没起到好作用，他变得目中无人、冷酷、自私。他瞧不起樵夫的孩子以及村里其他的孩子，说他们出身低贱而他自己是高贵的，因为他来自天上的星星。他把自己当成主人，而把他们当作奴仆。他对穷人、对盲人、对有病人或有残疾的人没有丝毫同情心，常常朝他们扔石头，把他们赶到大路上，让他们到别处去讨饭，因此没有人敢到村里乞讨，只有一些歹徒来过两次，讨要东西。星孩他只爱美的东西，因此总是嘲弄那些病残者或相貌丑陋的人，时常拿他们寻开心。他爱他自己。夏天，赶上无风的日子，他会趴在牧师的果园里的水井旁，欣赏水中自己那张漂亮得出奇的脸，为自己的俊美高兴得大笑。

樵夫和他的妻子常责备他，说："我们可没有像你对待那些孤苦无依的人那样对待过你。你为什么对所有需要怜悯的人都那么冷酷无情呢？"

老牧师时常派人把他找去，苦口婆心地教导他要爱护所有有生命的东西，对他说："苍蝇是你的兄弟，别伤害它。在森林中飞来飞去的鸟儿有它们的自由，不要为了自己的乐趣去捉它们。上帝造就了蛇蜥和鼹鼠，它们在世界上都应该有自己的一席之地。你又有什么权利把痛苦带进上帝创造的世界呢？甚至连田野上的牛都在虔诚地赞美上帝。"

但是星孩根本听不进他们的劝告，他皱起眉头表示不满和轻蔑，又回到他的伙伴身旁，带领他们胡闹。他那帮伙伴都听他的，因为他长得英俊，跑得快，会跳舞，会吹笛，会编曲子。星孩带他们去哪儿，他们就去哪儿，星孩让他们干什么，他们就干什么。他用削尖的芦苇刺鼹鼠本来就不明亮的眼睛，他们则在旁边傻笑，他朝麻风病人扔石头，他们也傻笑。在干所有的恶作剧时，他都是他们的小头目，其他孩子的心肠也变得跟星孩一样硬。

有一天村里来了一个可怜的女叫花子。她身上的衣服破烂不堪，崎岖的山路把她的脚磨得鲜血淋漓，她的处境实在让人不忍心多看。她疲惫地坐在了一棵栗树下。

星孩看到了她，便对自己的同伴说："瞧！那棵漂亮的绿树下坐着一个肮脏的女叫花子。她竟然那么丑、那么令人恶心，跟我来，咱们把她赶走。"

于是他走过去朝她扔石头，嘲笑她。女叫花子虽然神色恐惧地看着他，可是目光却一直固执地盯着他没有退缩。当时正在附近的堆木场上劈木头的樵夫看到了星孩的所作所为，他跑过来训斥道："你的心也真是太冷酷了，根本不知道什么叫怜悯。这个可怜的女人有哪点惹了你，你非要这样对待她？"

星孩气恼得涨红了脸，跺着脚说："你有什么资格管我干什么事儿？我并不是你儿子，所以也用不着非听你的。"

"你说得没错。"樵夫回答，"可是我在森林里发现你的时候，是可怜你才收养了你。"

那个女人听到这句话，大叫一声，昏了过去。樵夫将她抱回家中，让妻子照顾她。当她从昏迷中醒过来时，他们给她端来了肉和饮料，让她不要见外。

可是那女人不吃也不喝，却问樵夫："您说那孩子是在森林里发现的，是吗？刚好是十年前的事情吧？"

樵夫回答："是的，是在森林里发现的，到今天正好十年了。"

"您发现他时他身上可有什么信物？"她大声问，"他脖子上是不是有一条琥珀项链？他身上是不是裹着一件金丝线织的斗篷，斗篷上绣着星星？"

"对！"樵夫答道，"你说得一点不差。"他从箱子里取出那件斗篷和琥珀项链，拿给她瞧。

女叫花子看到这两样东西，高兴得流下了眼泪，说道："他是我在森林里丢失的宝贝儿子。我恳求您快把他叫来，因为我找他已经找遍了全世界。"

于是樵夫和他妻子出去呼唤星孩，并对他说："进屋去，见见你妈妈，她正在等你呢。"

星孩跑进屋，心中充满了惊奇和喜悦。可是当他看到屋里等他的那个人时，他轻蔑地笑了起来，说道："嗨，我妈妈在哪儿？这儿只有这个讨厌的女叫花子。”

那个女人答道：“我就是你妈妈。”

“你这是在说疯话。”星孩怒气冲冲地大声说，“我可不是你儿子，因为你是个穿着破衣烂衫的丑叫花子。快滚出去吧，别让我再看到你这张肮脏的脸。”

“啊，不。你确实是我的儿子，是我带到森林里去的宝贝儿子。”她喊道，并且跪在地上向他伸出双臂。“强盗把你从我手上抢走了，把你丢在雪地里等死。”她喃喃地继续说道：“可是我一见到你就认出了你，还认出了当时你身上的信物——那件金丝线斗篷和琥珀项链。我恳求你跟我走吧，为了寻找你，我已经跑遍了世界各地。我的孩子，跟我走吧，我需要你的爱呀。”

然而星孩却无动于衷，站在那里一动不动。房子里悄无声息，惟有叫花子悲痛的哭泣声。

最后星孩终于冷冰冰地冲她开口说话。“即便你真是我妈妈，”他说道，“你最好还是躲得远远的，别跑到这儿来让我丢脸，因为我一直认为我是天上星星的孩子，而不是像你所说的是叫花子生的。快走吧，别让我再见到你。”

“噢，我的孩子！”她喊道，“我走之前你能不能吻我一下？为了找你我吃了多少苦哇。”

“不。”星孩说，“你那副令人作呕的样子我看都不想看，我宁肯去吻蝰蛇或癞蛤蟆，也不愿吻你。”

那女人只好站起来，痛哭流涕地离开，进了大森林。星孩见她走了，便高兴地跑回伙伴那里，打算跟他们继续一起去玩。

然而他们看到他回来时却嘲笑他，说：“嗨，你跟癞蛤蟆一样令人作呕，跟蝰蛇一样令人讨厌。快滚开，我们不愿跟你一起玩。”他们把他赶出了花园。

星孩眉头紧皱，自言自语地说：“他们干吗那么说我？我到井边去照照，井水会告诉我我有多英俊。”

于是他来到井边，朝井里望去。啊！他的脸变成了癞蛤蟆那样的脸，他身上像蝰蛇一样长满了鳞。他扑倒在草地上，哭了起来，心里对自己说：“这肯定是我的罪孽对我的报应，因为我竟然不认亲娘，硬把她赶走，我狂妄自大，对她冷酷无情。我要去找她，哪怕找遍天涯海角，不找到她我决不停步。”

樵夫的小女儿走上前来，把手放在他肩膀上说：“即便你不再英俊又有什么关系？留下来还跟我们一起生活吧，我决不会嘲笑你。”

星孩对她说：“不。我对自己的母亲冷酷无情，我变丑是我罪有应得。所以我一定要走，我要走遍天涯海角，直到找到她，求得她的宽恕。”

于是他跑进了森林，大声呼唤，恳求妈妈回来，可是却听不到回应。他一整天都在呼唤妈妈，太阳下山时，他就在树叶铺成的床上躺下睡觉，鸟儿和动物纷纷从他身旁逃走，因为它们仍然记得他的残忍。他孤孤单单，只有癞蛤蟆在打量着他，只有蝰蛇从他身边缓慢爬过。

早晨起床后，他从树上摘了一些苦浆果充饥。接着一边悲痛地流泪，一边穿过大森林。他向途中遇到的一切打听他们是否看到过他妈妈。

他问鼹鼠：“你能够钻到地里，那么请告诉我，我妈妈在哪儿吗？”

鼹鼠回答：“你弄瞎了我的眼，我又怎能看得见呢？”

他问红雀：“你能在高高的树顶上面飞翔，看得到整个世界。那么请告诉我，你看见我妈妈了吗？”

红雀回答：“为了取乐你剪掉了我的翅膀，我又怎能飞得起来？”

他问孤零零地住在冷杉树上的小松鼠：“我妈妈在哪儿？”

小松鼠回答：“你杀死了我妈妈，难道你还想杀死你自己的妈妈？”

星孩哭泣着垂下头，祈求得到世间一切生物的原谅。他继续穿越大森林，寻找着那个讨饭的女人。第三天他来到森林的另一边，向平原走去。

每当他路过一个村庄，孩子们都嘲弄他，向他扔石头，村里的地主甚至不让他在牛棚里过夜，怕他给存放的谷子带来霉病。他看上去太令人作呕了，长工们总把他赶走，没有人怜悯他。他在世界上寻访了三年，可是没有得到任何他妈妈的消息。他常常仿佛看到他那乞丐妈妈就在前面的路上，他大声呼喊着追过去，尖利的碎石头割得他双脚流出了血，可是他就是追不上。他途中遇到的那些人家都说没见过他妈妈或者样子像她那样的女人，他们总是拿他的悲伤寻开心。

在他寻访世界的三年里，对他来说这是个没有爱、没有仁慈、没有温暖的世界。在他狂妄自大的那些年月里，他自己就曾经这样冷酷地对待过别人。

一天傍晚，他来到一座城门前，这座城由坚实的城墙环护着，坐落在一条河的岸边。尽管他疲惫不堪，两脚肿痛，他还是挣扎着想走进城去。可是站岗的士兵却将戟一横把他挡在了城门口，并且粗暴地问：“你想到城里去干什么？”

“我在寻找我的妈妈。”他回答，“我恳求你们让我进去，也许她就在这个城里。”

然而他们开始嘲笑他，有个士兵晃动着下巴上的黑胡子，放下盾牌，大声说道：“打开天窗说亮话吧，你妈妈见了你肯定不会高兴，因为你比沼泽里的癞蛤蟆还丑，比在荒滩上爬的蝰蛇还难看。快走吧，快走吧。你妈妈不住在这座城里。”

另一个手持黄旗的士兵说：“谁是你妈妈？你为什么找她？”

他答道：“我妈妈是个跟我一样的乞丐。我曾经恶毒地对待她，我恳求你们让我过去，假如她逗留在这里，我想找到她请她原谅我。”可是士兵们就是不肯，还用矛戳他。

正在他哭着转身要走的时候，过来一位武官，他的铠甲上镶着镀金的花、头盔上有一枚带翅膀的蹲姿狮像徽章。他问士兵谁想进城。士兵们回答：“是个小叫花子，是老叫花子的孩子。我们已经把他赶走了。”

“别赶走哇，”他笑着大声说，“我们可以把那个肮脏的东西当奴隶卖掉，他的价钱大概抵得上一碗美酒的价钱。”

这时一个从旁边走过的面貌凶恶的老头大声说：“我愿意出那个价儿买他。”老头付了钱，拉起星孩的手，领他进了城。

他们走过许多条街，最后来到一个小门跟前，这个小门开在一面墙上，墙被一棵石榴树遮掩着。老头儿用碧玉雕成的戒指轻轻触了一下小门，小门就开了。他们下了五级铜台阶，走进一座花园，花园里种着黑罂粟，放着几只绿色陶罐。老头从穆斯林式的头巾里取出一块带图案的绸围巾，用围巾蒙上了星孩的眼睛，推着星孩往前走。当蒙眼的围巾被解下时，星孩发现自己被带到一间地牢里，地牢里的照明是一盏牛角灯。

老头端来几块盛在木盘中的霉面包放在他面前，说：“吃吧。”又拿来一杯味道难闻的水，说：“喝吧。”星孩吃完、喝完之后，老头走出去，把门锁上并且用铁链子链起来。

那个老头实际上是利比亚[①]最阴险的魔术师，他的魔术是从住在尼罗河畔坟墓中的一个魔术师那里学来的。第二天早晨，老头来到地牢，皱着眉头对他说："在离这座异教徒居住的城市不远的一片树林里，有三块金子。一块是白金子，一块是黄金子，还有一块是红金子。今天你就去把那块白金子给我取来。如果你取不回来，我就抽你一百鞭子。快动身吧，太阳下山时我在花园门口等你。一定要把白金子给我取回来，否则可对你没好处，别忘了你是我的奴隶，我花了一碗美酒的价钱买了你。"说罢，他又用那块印着图案的绸围巾蒙住星孩的眼，带他走出地牢，穿过黑罂粟花园，爬上五级铜台阶，用那颗戒指打开小门，把星孩弄到了大街上。

星孩走出城门，来到魔术师所说的那片树林。

这片树林从外面看上去很美，林子里似乎到处都有歌唱着的鸟儿，盛开着的香花。星孩很高兴地进了树林。然而树林的美对他却没有什么好处，因为不管他走到哪儿，都有扎人的野蔷薇和荆棘从地上跳起来包围他，可恶的荨麻会蜇他，蓟草用她的匕首刺他，他感到痛苦难言。同时，他虽然从早晨找到中午，从中午找到日落，可是怎么也找不到魔术师所说的那块白金子。太阳下山时，他泪流满面地开始往回走，他知道回去后的命运是什么。

他刚走出树林，突然听到身后矮树丛中像是有人在痛苦地哀叫。星孩忘记了自己的悲伤，跑回去，看到一只小兔子落在了猎人捉兔子的陷阱里。

星孩很同情它，把它放了出来，对它说："虽然我自己是

---

① 利比亚：非洲的一个国家。

个奴隶，可是我愿意帮你得到自由。”

兔子回答：“你的确使我得到了自由。我用什么来报答你呢?”

星孩对它说：“我正在找一块白金子，可是哪里也找不到它。如果我不能把它交给我的主人，他就要痛打我。”

“跟我来。”兔子说：“我带你去找，我知道它藏在哪儿，和为什么藏在那儿。”

于是星孩跟着兔子去找。啊！在一棵高大的橡树裂缝里他看到了他要找的白金子。他满心欢喜地一把将它抓在手中，并对兔子说：“我帮你做的，你加倍地报答了，我对你的一点好意，你回报了一百倍。”

“不能这么说，”兔子回答，“我们这是互相帮助。”说罢它就飞快地跑走了，星孩也朝城市的方向走去。

在城门口坐着个麻风病人。他蒙着一块亚麻布脸罩，脸罩上的两个小孔里他那双红得像炭火的眼睛闪着红光。他看到星孩走来时，便敲着木碗，摇响小铃，朝星孩喊道：“给我一点儿钱吧，不然我就饿死了。他们把我丢出了城，没有人可怜我。”

“哎呀!”星孩喊道，“我钱包里只有一块金子。如果我不把它交给我的主人，他就会痛打我，因为我是他的奴隶。”

可是这个麻风病人却一再恳求他，星孩终于动了同情心，把那块白金子给了他。

星孩回到魔术师的家时，魔术师把门打开，带他进去，对他说：“你带回那块白金子了吗?”星孩回答：“没有。”魔术师扑上去，痛打了他一顿，将一个空木盘摆在他面前，说：“吃吧。”端给他一只空杯子，说：“喝吧。”然后把他又丢进了地牢。

第二天早晨，魔术师又来了，说："如果今天你取不回那块黄金子，我肯定让你当一辈子奴隶，还要抽你三百鞭子。"

星孩又走到树林里，为了找那块黄金子，他跑了一整天，可是怎么也找不到它。太阳下山时，他坐下来伤心地哭泣，正哭着，那只他救过的小兔子来到了他跟前。

兔子问他："你为什么哭啊？你在树林里找什么？"

星孩回答："我正找藏在树林中的一块黄金子，如果我找不到，我的主人会痛打我，让我一辈子当奴隶。"

"跟我来。"兔子喊道，它在树林里跑哇跑哇，最后来到一个水池边，那块黄金子就在水池的池底。

"我该怎么感谢你呢？"星孩说，"噢，你瞧，这可是你第二次救我了！"

"不能这么说，是你先同情我、救了我。"兔子说罢就飞快地跑掉了。

星孩捞出那块黄金子，放进口袋，匆匆赶回城去。那个麻风病人看到他过来了，马上迎上去，跪在地上大声说："给我一点钱吧，不然我就饿死了。"

星孩对他说："我口袋里只有一块黄金子，如果我不把它交给我的主人，他就会痛打我，让我一辈子当奴隶。"

但是麻风病人苦苦地哀求他，星孩终于动了同情心，把那块黄金子给了他。

星孩回到魔术师的家时，魔术师把门打开，带他进去，对他说："你带回那块黄金子了吗？"星孩回答："没有。"魔术师扑上去，痛打了他一顿，用铁链把他捆起来，又把他丢进了地牢。

第二天早晨，魔术师又来了，说："如果今天你能给我取回那块红金子，我就让你获得自由。不过如果你取不回来，我肯定要杀了你。”

星孩又来到树林里，为了找到那块红金子，他跑了一整天，可是怎么也找不到它。到了傍晚，他坐下来哭了，正哭着，小兔子又来到他跟前。

兔子对他说：“你要找的那块红金子放在你身后的那个山洞里。别哭了，你该高兴才对。”

“我该怎么报答你呢?”星孩喊着说，“啊呀，你瞧，这是你第三次救助我了！”

“别这么说，是你先同情我、救了我。”兔子说罢就飞快地跑掉了。

星孩钻进山洞，在山洞最里面的角落找到了那块红金子。他把金子放进钱包，匆匆赶回城去。那个麻风病人看到他过来了，马上站到路中央，大声说：“把那块红金子给我吧，不然我肯定会死。”星孩对他又动了同情心，把红金子给了他，说：“你比我更需要它。”可是他的心情很沉重，因为他知道怎样的厄运在等待着他。

啊！他穿过城门时，卫兵们都向他鞠躬致敬，说：“我们的殿下多英俊啊！”一大群老百姓跟在他身后，喊道：“毫无疑问，全世界都找不到第二个这么英俊的人。”星孩流着泪自言自语地说：“他们在嘲笑我，根本不同情我的痛苦。”人越聚越多，他迷失了方向，最后竟然发现自己来到了一个大广场，广场上有座王宫。

王宫的大门打开了，牧师和城中的大臣们跑上前来迎接他。他们在他面前毕恭毕敬，说：“你是我们一直在等候的太子殿下，是国王陛下的儿子。”

星孩回答说：“我根本不是什么国王的儿子，而是一位可怜的女乞丐的孩子。你们怎么非说我英俊呢？因为我知道我的长相很难看。”

这时，那个铠甲上镶着镀金的花、头盔上有一枚带翅膀的蹲姿狮像徽章的军官举起盾牌让他照一照，并且大声说：“殿下怎么非说自己不英俊呢？”

星孩往盾牌上看了一眼，啊！他的脸又恢复了以前的模样，他的英俊又回到了他身上，同时他还从自己的眼睛里看到了以前自己的眼神中从未有过的神情。

牧师和大臣们跪倒在地，说：“很早以前就有人预言，我们未来的主人要在今天到来。因此请殿下接过这顶王冠和这支权杖，恩威并行地做我们的国王。”

可是他对他们说：“我不配当国王，因为我曾经不认自己的生身母亲。不找到她并且求得她的宽恕，我不会安心。所以，让我走吧，我必须再去周游世界，尽管你们给我拿来了王冠和权杖，我也不能在此逗留。”他边说边扭过头面向着通往城门的大街。“啊！”这时，在四周围着士兵们的那群人中间他看到了女叫花子——他的母亲，他母亲身旁站着那个曾在路边上向他要金子的麻风病人。

星孩惊喜的叫喊脱口而出，他跑过去，跪下来吻母亲脚上的累累伤痕，流下的眼泪浸湿了那双脚。他头首触地，像心要碎的人那样呜咽着，他对母亲说：“妈妈，在我妄自尊大时我曾经不认您，请您在我变得谦卑时认下我吧。妈妈，我曾以憎恶对待您，请您以德报怨，给我爱吧。妈妈，我曾抛弃亲娘，现在请您接受您的孩子吧。”但是女叫花子一言未答。

星孩伸出手去，抓住麻风病人那双发白的脚，说：“我曾经三次给过你怜悯，请你劝一劝我妈妈别不理我吧。”但是麻风病人也一言未答。

星孩又抽噎起来，说：“妈妈，我已经难以承受心中这么巨大的痛苦。只要您宽恕我，我就可以安心地回到大森林里去了。”这时女叫花子把手放在他头上，说：“起来吧。”麻风病人也把手放在他头上，说：“起来吧。”

星孩站起来，朝他们望去，啊！他们竟然是国王和王后！

王后对他说：“这是你曾经救济过的你的父亲。”

国王说：“这是你用眼泪洗过她脚上伤疤的你的母亲。”

他们搂住他的脖子，亲吻他，把他带进王宫，给他穿上漂亮的衣服，戴上王冠，并且把权杖交到他手上。从此，他统治着河边这座城市，成了这座城市的君主。他对自己的所有臣民恩威并施，他将恶毒的魔术师判罪流放，派人送给樵夫和他妻子许多珍贵的礼物，对他们的孩子也有很荣耀的封赏。他不允许任何人残酷地对待鸟儿和其他动物，教导人们要有爱心，要慈悲为怀。没饭吃的他救济粮食，没衣穿的他救济衣裳，在他的国土上出现了国富民安的祥和景象。

可惜他的王位并没坐多久，他遭受的痛苦太大了，经历的磨难太苦了，只当了三年国王就少年夭折了。他死后继位的那个国王把国家搞得一塌糊涂。

（史津海　译）

三只小猪

[英] 乔考柏斯

从前，在某地方，有一只母猪。这只母猪生了三只小猪，因为没有足够的食物喂养它们，就叫它们出去自谋生活。

最先到外面去的小猪，遇到一个人，扛着一捆稻草，就对那个人说：

“先生，因为我要盖房子，请把那捆稻草送给我好吗？”

那个人把稻草给了小猪，小猪就用来盖了一间房子，独自住在里面。

不久，狼来了，在外面敲门说：

“小猪先生，小猪先生，请让我进去好吗？”

“不行，不行！你那样咚咚地敲，是不礼貌的。”小猪回答说。

“那么，我只好不客气地对你的房子噗噗地吹喽！”

狼说完之后，就噗噗噗地吹了起来。房子终于被吹倒了，小猪也被狼吃掉了。

第二只小猪到了外面，遇到一个扛着一捆木板的人，就对那人说：

“先生，我没地方住，请您把那捆木板送给我盖房子好吗？”

那人把木板送给了小猪，小猪就用来盖了一间房子。不久，狼来了，敲门说："小猪先生，小猪先生，请让我进去好吗?"

"不行，不行！你那样咚咚地敲，是不受欢迎的!"小猪回答说。

"既然这样，那我只好不客气地把你的房子吹倒喽!"

狼说着，就用力吹起来。最后，房子被吹倒了，小猪也被狼吃了。

第三只小猪出去后，遇到了一个搬着很多砖瓦的人，就对他说：

"先生，因为我没有地方住，想要盖间房子，请把那些砖瓦送给我好吗?"

那个人就把砖瓦送给了小猪，小猪用那些砖瓦盖了一间房子。不久，狼来了，用对另外两只小猪所说的话对它说：

"小猪先生，小猪先生，请让我进去好吗?"

"不行，不行！你不能进来。"

"既然这样，那我只好对着你的房子吹气，吹倒了你可不要怪我呀!"

狼一说完，就对着房子用力吹起来。可是，不管它怎样吹，就是吹不倒。狼终于明白砖瓦造的房子太坚固了，没有办法吹倒的，于是就改变主意说：

"小猪先生，那边有很多长得很好的大头芥。"

"在哪边呀?"小猪问。

"在农夫史密斯先生家的田里，明天早晨你在家准备好，我来接你一起去挖些回来。"

"就这么办吧！我会准备好等你的。你说我们什么时候出发呢?"小猪问。

"六点钟。"狼回答道。

第二天早晨，小猪五点钟就起床，先去挖了一些大头芥回来。不久，狼来了，对小猪说：

"小猪先生，快六点了，你准备好了没有？"

小猪回答说：

"你问准备好了没有？哈哈哈，我都已经回来了。那些大头芥的确长得很好，我已经挖了很多回来，装满了一锅哪！"

狼听到这话，可真气坏了。因为它存心要把小猪吃掉，只好忍气吞声地说：

"小猪先生，既然如此，那我就带你到一处有很好苹果树的地方去。"

"在哪儿呢？"小猪问。

"在玛丽家的果园里。如果你不再骗我，明天早晨五点钟我来接你，我们一起去摘些苹果回来。"

第二天早晨，小猪因为希望在四点钟就能回到家里，所以很早就出去摘苹果。可是，因为路比昨天远多了，而且还要费时间爬树，所以，当它正要从树上下来的时候，看到狼已来到对面了，心中十分害怕。狼来到近旁说：

"啊！小猪先生，你为什么又比我先来了呢？这树上的苹果好吃吗？"

"嘿，好吃极啦！不信的话，我扔一个给你吃吃看。"

小猪说完，就把一个苹果故意扔到很远的地方去。当狼跑去捡那个苹果的时候，小猪赶紧跳下来，逃回家去。

第二天，狼又来了，对小猪说：

"小猪先生，今天下午在香克林地方有一个集市，你要不要去呢？"

"啊，去看看也好，你觉得几点钟去好呢？"

“三点钟。”狼回答说。

小猪像过去一样，又比约定的时间提前出发。它一到集市，就买了一个制奶油的桶，正想把桶带回家时，狼从对面来了。小猪这时候真不知该怎么办才好！最后忽然想到为什么不藏到桶里去呢？

小猪进入桶里后，桶就咕咕噜噜地向前滚，因为刚好在下坡的地方，所以愈滚愈快。狼看到了很害怕，就不想到集市去，赶紧逃回家了。

不久，狼又到小猪那里，站在房子外面，对小猪谈起它看到一个大而圆的东西，从山坡上滚下来，正好经过它身边，吓得它半死的事。小猪听了说：

“这样说起来，你是在怕我哪！老实对你说吧！我在集市买了一个制奶油的桶，因为看到你来了，我就躲进桶里，从山坡上滚了下来。”

听了这话，真把狼给气坏了。这一次，它决心非吃掉小猪不可，就对小猪说，要从烟囱进入它屋里捉它。

小猪赶紧盛满了一锅水，并在锅下面劈劈叭叭地烧起火来。这时候，狼正从烟囱落下来，小猪很快地把锅盖拿走，砰的一声，狼掉进锅里了。

小猪马上把锅盖盖回去，把狼煮熟，当作晚餐吃了。

从此以后，小猪一直过着幸福安宁的生活。

（佚名　译）

独来独往的猫

[英] 吉卜林

远古的时候，动物都是野生的，无论是狗、马、牛、羊，还是猪，它们都在潮湿的丛林中过着逍遥自在的生活。其中最野性的是猫，它独来独往，哪儿对它都一样。

当然，那时男人也是未开化的，也是那样难以想象的野蛮，直到他遇上了女人。女人说她不喜欢男人的生活方式。她找到了一个干燥的山洞，在洞内撒上洁净的细沙，又在洞的深处点燃了篝火，还在洞口悬挂了一张干燥的野马皮作为洞帘，然后对男人说："亲爱的，别忘了进来时擦擦脚，这就是我们的家。"

幸福的夜晚到来了，他们品尝着丰盛的食物：石头上炙热的烤野羊、野鸭、牛排，还有野莓、石榴等水果。吃饱后，男人倒在篝火边心满意足地睡着了。女人又往篝火里添了些柴火，然后坐下来，拿出魔梳——一只刻有奇妙符号的羊胛骨，开始梳理头发，这时魔梳发出一种神秘的歌声。

洞外潮湿的丛林中，动物们聚集在一起，远远地注视着从山洞里透出的火光，悄悄地议论着。

野马用前蹄刨着土，说道："我的朋友们，你们瞧那山洞里发出的可怕的光，它会不会伤害我们呢？"

野狗抽动着鼻子，嗅了嗅说：“我到那里去看看。猫兄弟，我们一起去吧！”

“不，”猫说，“我历来独来独往，哪儿对我都一样，我才不去呢！”

“那我们就永远不再是朋友了。”野狗说完，小跑着离开了。过了一会儿，猫自言自语道：“哪儿对我都一样，我干吗不去瞧瞧呢？”说着，它蹑手蹑脚地跟在野狗后面，在离山洞不远的地方藏起来，偷听洞内的动静。

野狗来到山洞口，用鼻子挑开野马皮洞帘，使劲地吸着烤肉的香气。女人听见动静，笑着说：“来了第一个。丛林里来的野生动物呀，你需要什么？”

野狗问道：“请问，这是什么味道，那么令人陶醉？”

女人拾起一根烤羊骨，扔给野狗说：“尝尝看！”野狗高兴地咀嚼着，这是它有生以来头一次尝到的美味。“可以再给一份吗？”野狗吃完后有礼貌地问。

女人回答：“只要你白天跟随我的男人打猎，夜晚守卫这山洞，我就会给你所需要的全部骨头。”

“啊，”猫偷听着他们的谈话，“这个女人很聪明，不过跟我比还差得远呢！”

野狗爬进洞内，匍匐在女人跟前说：“我会做到你所要求的一切的。”

“啊，狗是多么的愚蠢！”想到这里，猫摇着尾巴，转身回到丛林里，但它没有和其他动物提起这件事。

男人一觉醒来，问道：“野狗在这儿做什么？”女人告诉他：“它不再是野狗了。从此，它将成为我们的朋友。你外出狩猎时可以带上它。”

第二天晚上，女人将白天割下来的大量鲜嫩青草烤干，然后坐在洞口用马皮条编马笼头。编完，她再次抚弄魔梳，神秘的歌声又传出来了。

潮湿的丛林中，野生动物们议论纷纷，猜测着野狗的下落。最后，野马踏着蹄子说："我去看看野狗为何不回来。猫兄弟，我们一同去吧。"

"不，"猫说，"我历来独来独往，哪儿对我都一样，我才不去呢！"猫尽管嘴上这么说，还是轻手轻脚地尾随在野马后面，藏到可以听清洞内动静的地方。

女人听到了野马的鼻息声，笑着说："来了第二个！丛林里来的野生动物啊，你需要什么？"

野马回答："请问，我的朋友野狗在哪儿？"

女人笑起来，"你哪里是找野狗呀，大概是为了那鲜美的干草吧！"

野马耸动着烈烈的鬃毛，说："是的，请给我一些干草吧！"

女人说："丛林里来的野生动物呀，低下你的头，戴上我给你准备的东西，那么你就可以一天三顿享用美味干草了。"

"啊，"猫感叹道，"的确是一个机灵的女人，不过还是比不上我。"

野马低下头，女人给它套上了马笼头。野马嗅着女人的脚，驯服地说："从此我就是您的仆从。"

"啊，无比愚蠢的马。"猫摇着尾巴，转身离开山洞，回到丛林，这件事它仍然没对其他动物讲。

男人带着狗打猎归来，问道："野马在这里做什么？"女人告诉他："它不再是野马了。它是我们的第一个仆从，可以载着我们四处迁移。你打猎时应该骑上它。"

又一天，母野牛昂着头走近山洞，猫尾随其后，仍然藏在老地方。同样的事情发生了，母野牛答应提供鲜奶作为交换，女人每日喂它三次干草。猫再次摇着尾巴走开了……男人归来时，又问起同样的问题，女人回答："它不再是野牛了，它每天将供给我们新鲜的牛奶。你外出狩猎时，我会照料它的。"

以后的几天里，猫等着看看还有谁到人那里去，可是丛林里再也没有其他动物去那里了。猫来到山洞附近，这时女人正在挤牛奶，牛奶诱人的香气远远地飘来。

猫上前问道："请问，您知道我的朋友母野牛在哪儿吗？"

女人笑着说："丛林里来的动物呀，回到你的丛林里去吧，我已经梳理好头发，魔梳也已经收藏起来，如今我们的山洞既不需要朋友，也不需要仆从了。"

"我是只独来独往的猫，既不是谁的朋友，也不做谁的仆从。我只是想住在你们的山洞里。"

"那你第一天晚上为什么不和野狗一起来呢？"女人问。

听到这话，猫十分生气，吼道："是野狗和您讲起了我？"

女人笑了笑说："你是只独来独往的猫，哪儿对你都一样，你既不是谁的朋友，也不做谁的仆从。这可是你自己说的。走开，到对你一样的地方去吧！"

猫假装很难过："难道我永远不能走进山洞，永远不能休息在篝火边，永远不能喝上那白色的牛奶吗？啊，女人，您是多么精明，多么秀美，您不应该如此残忍地对待一只猫。"

"我知道自己很精明，却不知道很秀美。这样吧，我们之间可以谈一笔交易：如果我说了一句赞美你的话，你就可以住在山洞里。"

"如果是两句呢？"

"那不可能，不过假如是这样，你就可以在篝火旁休息。"

"三句呢？"

“那是绝对不可能的，”女人说：“不过假如是这样，你就可以一日三餐喝上鲜牛奶了。”

猫弓起背，满意地说：“高悬的洞帘、熊熊的篝火，还有火边的奶罐，你们可要作证，刚才女人说的是什么。”说完，猫离开山洞，穿过丛林，远远地走开了。

夜幕降临，男人和马、狗打猎归来，女人并没有对他们提起她和猫的交易，因为几乎没有谁喜欢猫。

猫藏在一个诡秘的地方，只有山洞的老住户，一只脑袋朝下悬挂在洞顶的蝙蝠知道。每晚，蝙蝠都飞到猫那里，告诉它山洞内发生的一切。

时间缓缓地流逝，女人渐渐地忘记了她与猫的交易。

一天晚上，蝙蝠告诉猫：“山洞里降生了一个婴儿，他的肤色白里透粉，胖乎乎的，女人非常喜欢他。”

“噢，”猫聆听着，“那个小婴儿喜欢什么呢？”

“他喜欢软软的和让人发痒的，嗯——”蝙蝠思忖着，“还有暖洋洋的，可以抱着入睡的东西。他还需要玩伴儿，就这些。”

“啊，”猫兴奋地喊起来，“我的机会来了！”

第二天晚上，猫穿过丛林，躲在洞口附近，直到天亮。这时男人带着马和狗出外打猎去了，女人正忙着做活。婴儿一睡醒就哇哇大哭起来，女人忙把他抱出山洞，给他一些玩具，可是婴儿仍哭闹不止。

猫走上前，用柔软的前爪拍打婴儿的脸蛋。婴儿不闹了，重重地喘着气。猫又用尾巴胳肢婴儿，婴儿格格笑起来，女人听见笑声，放下心来。

这时，脑袋朝下悬挂在洞顶的蝙蝠发话了：“噢，我的房东太太，一只野生小动物正和您的孩子玩得兴高采烈呢！”

“多么好心的野生动物啊！”女人感动地说，“这一早我忙得不可开交，它可帮了我的大忙。”

话音未落，只听“霍”的一声，洞帘掉落下来，原来，洞帘也记得女人和猫所作的那笔交易。女人弯腰捡拾洞帘，猫已站到洞内了。

“是我，”猫心安理得地说，“您已经说了一句赞美我的话，我可以永远呆在洞里了。不过我是独来独往的，哪儿对我都一样。”

女人懊悔莫及，生气地咬紧嘴唇，继续忙碌着。

猫不在身边，婴儿又哭闹起来，女人也哄不好，婴儿蹬踢着小腿，哭得脸都变色了。

“给我一个线团，”猫对女人说，“我会让您的孩子以同样响亮的声音笑起来的。”

“好吧，我实在是没办法了。不过，我并不会因此而感谢你的。”

女人把线团扔给猫，线团飞快地滚动起来，猫在后面追逐着。它用一只前爪按住线团，刚想把另一只前爪也放上去，不想线团一滚，猫翻了个大筋斗。猫起身继续追赶线团，不断地扑跃、翻滚，逗得婴儿大笑起来，那笑声比刚才的哭声还要响。后来婴儿爬了起来，跟着猫一起在山洞内嬉戏。直到困乏了，他才搂着猫入睡了。

“现在，”猫胸有成竹地说，“我要为他唱一支歌，让他睡上一小时。”说完，它轻声地喵喵叫起来，高低起伏，回旋婉转，婴儿果然睡得十分香甜。女人微笑地看着他们俩，忍不住夸奖道：“太好了，没说的，你干得的确很出色。”

话音刚落，只见“扑”的一声，篝火中升起一股青烟。原来，篝火也记得女人和猫的交易。随着烟渐渐散去，猫已蹲坐在篝火边。

“这是第二句赞美我的话，从今以后我就可以坐在篝火边。不过我仍旧是独来独往的，哪儿对我都一样。”

女人异常恼怒，她松开自己的发髻，取下魔梳，开始做法术，以便使自己不再说出第三句赞美猫的话。洞里十分安静。“吱吱”，忽然一种极细微的声音划破了沉寂，一只小老鼠从角落里爬起来，在洞内飞跑。

“噢，这小老鼠也是您法术的一部分吗?”猫问女人。

“噢，不，不是的，”女人赶紧跳上篝火边的一只木凳，卷起自己的长发，她害怕老鼠顺着头发爬上来。

“啊，那我吃掉它是否有害处呢?”

“没，没有，”女人惊恐地说，“赶紧吃掉它，我会永远感激你的。”

猫猛地一跃，逮住了小老鼠。女人如释重负，情不自禁地说：“太谢谢你了，即使狗也不会像你这样敏捷地捕捉老鼠的，你实在是很能干。”

就在这一刹那，“啪”的一声，篝火边的奶罐碎为两半——它也记得那笔交易。当女人跳下木凳时，猫已经在舔食碎片上的牛奶了。

“这是第三句了，”猫得意地说，“从此以后，我就可以每天喝三餐牛奶了。不过我还将独来独往，哪儿对我都一样。”

女人放声大笑，给猫一只盛满鲜牛奶的碗，“噢，猫，你像人一样的聪明。但是你要记住，男人和狗会找你算账的，你可不知道他们什么时候回来。”

“那又有什么?”猫满不在乎地说，“只要我每天能呆在洞内的篝火边，喝上三餐牛奶，我才不计较男人和狗所做的一切呢。”

晚上，男人和马、狗回来，女人告诉他们所发生的一切。这时，猫正美滋滋地坐在篝火旁。男人说："我们男人还没有和它算清账呢。"说着，脱下两只皮靴，一手操起石锤，另一只手拿起木棒和斧头，把这五件东西排在一起，警告猫："我们之间也需要一笔交易：如果你在洞内不抓老鼠，只要我看见你，就扔这些东西砸你。"

"啊，"女人听了感叹起来，"多么聪明的猫，可还是比不上男人。"

猫看着这五件有分量的家什，说："我当然会抓老鼠的，不过我仍将独来独往，哪儿对我都一样。"

"那可是我不在近旁的时候。"男人生气地说，"你若是没说刚才的话，或许我会忘记了这件事。但是从现在起，只要我看见你，就要用两只皮靴和锤子砸你。"

狗这时发话了，"等一下，我们之间也需要有一笔交易，"它龇着牙威胁猫，"如果你以后不善待婴儿，只要我瞧见你，就要追咬不放。"

"啊，多么聪明的狗，"女人不禁又赞叹起来，"比猫还要聪明。"

猫看着狗那锋利的牙齿，说："我在山洞时会好好照顾婴儿的，只要他不过分用力扯我的尾巴。不过我仍将独来独往，哪儿对我都一样。"

"那可是我不在场的时候，"狗发怒了，"若是你刚才不说这句话，或许我会从此饶了你，但从现在起，只要我看见你，就要把你撵上树。"

男人扔过来两只皮靴和石斧，猫仓皇逃出山洞，狗在后面紧紧地追赶着，直到猫气喘吁吁地爬到树上。

这就是为什么如今每五个男人中，总有三个男人扔东西打猫，所有的狗与猫势不两立的原因。猫呢，一直信守契约，捕捉老鼠，对婴儿也很友好，只要孩子们不揪痛它的尾巴。除了履行这些义务，它始终独来独往，四处游荡，午夜时分，它还会摇着尾巴出现在树上，屋顶上……

（关福堃　译）

强盗的童话

［捷克］恰佩克

这已经是很久很久以前的事，——久得连已故的老泽林卡也记不起这件事来了，可他连我的大胖子先曾祖父都记得。话说就在这很久很久以前，布伦德山中有一个大名鼎鼎的坏强盗在那里称王称霸，他的名字叫做洛特兰多，是世界上还不曾有过的最凶恶的杀人魔王。他手底下有二十一个帮手，五十个贼，三十个骗子，两百个帮凶、走私犯和窝赃犯。这个洛特兰多在各条路上设有埋伏——在波日奇，在科斯捷列茨，在格罗诺夫，只要有赶车运货的、商人、犹太人或者骑士路过这些地方，洛特兰多马上扑上去，哇啦哇啦大叫，把他们洗劫一空。倒霉家伙碰上洛特兰多，只要没让他给砍死、射死或者在树枝上吊死，就该欢天喜地，谢天谢地了。这个洛特兰多就是这么一个坏蛋和野蛮人！

比方说，一个客商骑着马一路上走，嘴里对马叫着："喏喏，唔喏，走吧，走吧，"心里却在自得其乐地盘算，到了特鲁特诺夫怎么能把货物卖个好价钱。路上穿过森林，这时候他开始想到强盗，不由得心中害怕，——于是他唱起快活的歌来，好壮壮胆，不去想这件事。可忽然之间出来了一个大汉，完全像座山似的，肩膀比什麦卡尔先生或者亚盖列克先生的还宽，而且比他们高出两头，长一把大胡子，把脸都遮住了。这个大汉在马前一站，大声叫道："要钱包还是要性命!"他用有臼炮那么粗的手枪对准这个客商。不用说，客商当然乖乖地把钱奉上，可洛特兰多还拿走了他的车子、货物和马，剥掉了他的长袍、裤子和鞋子，而且抽两鞭子，好让这倒霉家伙快点跑回家。我告诉你们吧，这个洛特兰多简直是个该上绞刑台的家伙。

由于这整个地区没有别的强盗（在马尔肖夫有一个，可要跟洛特兰多相比，那简直只能算是一只小鸡），所以洛特兰多的强盗买卖十分兴隆，不久他就比哪个骑士都富有。这个老强盗有一个很小的儿子，他不禁想："我让他去读书吧，尽管读书要花好几千块钱，可我还出得起。让他学点德语和法语——'比特申'（德语：意为'请便'。）和'热乌谢姆'（法语：意为'我爱你们'。）——学说各种温柔的话；还让他学弹钢琴，跳四对舞，用盘子吃饭，用手帕擤鼻涕，样样做得规规矩矩，彬彬有礼。我虽然是个普通的强盗，可我儿子受的教育要不比伯爵差。我说到就做到!"

他是说到做到。他骑上马，让小洛特兰多坐在马鞍上他的前面，就上布罗乌莫夫去了。到了那里，他把马停在黑衣教士修道院的大门口，把儿子从马上抱下来，大声碰响踢马刺，——一直走到修道院院长面前。

"喂，神父，"他用粗鲁的声音说，"我把这个孩子交给您教育了，让您教他吃，教他擤鼻涕，教他跳舞，教他说'比特申'和'热乌谢姆'，——一句话，教他骑士应该知道和应该会的一切。喏，"他说，"为了这件事，我给您一大袋杜卡特、路易多尔、弗罗伦、披亚斯特、卢比、拿破仑金币、杜布朗、卢布、三马克银币、基尼、古罗斯银币、荷兰金币、皮斯托尔、英国金镑（以上一大串名称都是各国古今货币），让他在您这里生活得像个小王子。”

他说完这番话，喀嚓一个向后转，骑马回森林去了，把这个小洛特兰多留下给黑衣教士们照顾。

小洛特兰多于是在他们的修道院里跟年轻的王子、伯爵和其他豪富家的子孙一起学习。胖神父斯皮里东教他说德语的“比特申”和“格霍尔萨梅尔·迪内尔”（德语；意为“您的忠诚的仆人”。），多米尼克神父向他灌输“特莱·沙尔梅”和“西·乌·普莱”（法语：意为“我十分震惊”、“请”。）等等法语，阿梅德伊神父教他礼貌用语、小步舞和优雅的举止，而合唱队指挥克劳普内尔先生教他擤鼻涕时声音细得像吹长笛，柔和得像吹木笛，而不要吧吧响得像吹低音巴松管、长号、小号、带直升式活塞的短号或者汽车喇叭，跟老洛特兰多擤鼻涕时那样。总而言之，他们教给他作为一个体面的、真正的骑士所应该具备的种种最文雅的规矩和态度。必须承认，年轻的小洛特兰多穿着他那身花边领子天鹅绒衣服实在非常潇洒；他完全忘记了他是在布伦德荒山的山洞里，在强盗们中间长大的，他也忘记了他的父亲——老强盗和杀人不眨眼的洛特兰多——是披牛皮，有一股马气味，像所有强盗一样抓起生肉就吃的。

长话短说，年轻的洛特兰多学识丰富，姿态优美，但正当他达到相当高的水平时，有一天布罗乌莫夫修道院的大门外忽然响起嗒嗒的马蹄声，他父亲那个头发蓬乱的跟班从马上跳下来，砰砰砰地敲门，接着由看门的修士放进屋来，用粗鲁的声音说他是来接洛特兰多少爷回去的，因为他的老子老洛特兰多临终前要把他的独生儿子叫回去继承他的遗业。小洛特兰多流着泪同尊敬的黑衣教士神父们以及在这儿读书的少爷们告别，然后跟着那跟班骑马回布伦德山去，心里盘算着父亲想交给他一份什么遗业，暗暗矢志要把这个事业虔诚地、老老实实地继承下去，并对一切人都彬彬有礼。

他们最后来到布伦德山，跟班把少爷带到他临终的父亲的床前。老洛特兰多躺在一个大山洞里，胸前盖着生牛皮，上面盖着马皮。

“怎么样，文采克，你这浪荡鬼？”他问派去的跟班，“你终于把我的小子带来了吗？”

“亲爱的父亲，”小洛特兰多跪倒在他床前，叫着说，“上帝保佑您长期把快乐带给亲人，把无上的光荣传给后代……”

“等一等，小子，”老强盗低声说，“我这就要归阴，没工夫跟你闲扯了。我原打算给你留下一大笔财富，好叫你不用干活过日子。可是——真是晴天霹雳！——你明白吗，小子？我们这一行倒大霉了！”

“唉呀，父亲，”小洛特兰多叹了口气，“我没有想到您病得这么厉害。”

“是啊，”老头儿发牢骚说，“外加有一批坏蛋恨得我要死，我不能上远处去做买卖了。连客商这些坏家伙也绕开走，不在附近的路经过。我的事业该交给更年轻的人了。”

“亲爱的父亲，”年轻人热情地低声说，“让全世界作证，我发誓要把您的事业进行下去，忠心耿耿、全心全意、对所有人尽可能彬彬有礼地进行下去。”

“我不知道你彬彬有礼会有什么结果，”老头儿咕噜说，“我可是这么干的：谁还手就杀掉谁。孩子，对谁也别低头哈腰：你要知道，这样做对我们这一行不大合适。”

“您的这一行是什么呢，亲爱的父亲？”

“抢劫。”老洛特兰多回答了一声，就断气了。

小洛特兰多孤零零一个人留在人世上，一方面，父亲的死使他无比伤心；另一方面，由于发过誓，他得当强盗。

三天以后，头发乱蓬蓬的跟班文采克来见，说他们大伙儿没东西吃了，得动手干他们的营生了。

“亲爱的伙计，”小洛特兰多可怜巴巴地低声说，“难道当真得这样做吗?”

“还能怎么样呢?”文采克粗暴地回答说，“少年，这儿可不是修道院，不管念多少遍‘我们在天的父啊’，也不会有人送来塞肉鸽子的，要吃就得干!”

小洛特兰多拿起一把出色的手枪，跳上马，到大路上去了，——嗯，大约是在巴特内维策吧。他埋伏在那儿，单等有客商经过就动手抢。瞧，真的：一个小时不到，路上就出现了一个商人，带着一大批衣料，用车运到特鲁特诺夫去卖。

小洛特兰多从藏身地方骑马出来，深深鞠了个躬。商人看见这么一个英俊的先生跟他鞠躬行礼，心中十分奇怪，——好吧，于是他也鞠躬问好：

“祝您身体永远健康!”

小洛特兰多放马走近，又行了一个礼。

“对不起，”他温和地细声细气地说，“但愿我没把您给吓唬了。”

“一点也没有，”商人回答说，“我能给您效点什么劳呢?”

“先生，我恳切地请您不要害怕，”小洛特兰多接着说，“我是一个强盗，布伦德山大王，可怕的洛特兰多。”

这商人很狡猾，一点也不害怕。

“老天爷啊，”他叫道，“那么您我两人是同行了，因为我也是个强盗——科斯捷列茨的嗜血鬼切佩尔卡。您没听说过吗?”

“我还没有这个荣幸得知大名，”小洛特兰多不好意思地回答说，“尊敬的同行，我还是初到这里。我刚继承了先父的遗业。”

“哦，”切佩尔卡先生说，“是继承了老洛特兰多的遗业，对吗？这是一份历史悠久的强盗事业，名扬四海。是个很可靠的行业啊，洛特兰多先生。我衷心祝贺您。不过您知道，我是您故世父亲的生死之交。有一次我和他都正好在眼前这个地点相会。他曾对我说过：‘您知道吗？嗜血鬼切佩尔卡，我和你又是邻居又是同行。让咱们分分地界吧——这条从科斯捷列茨到特鲁特诺夫的路算是你的，你在这条路上抢你的吧。’他这么说了，我就跟他拍手成交，——您明白吗？”

“啊，请一千个原谅！”小洛特兰多恭敬地回答说，“我确实不知道这是您的地界。我很抱歉，竟跑到您的地界里来了。”

“噢，这算不了什么！……”狡猾的切佩尔卡回答说，“不过您父亲还说：‘这么办吧，嗜血鬼切佩尔卡，要是我或者我的手下来到这里，你可以缴下来人的手枪、帽子和衣服，让他记住这是你的地界。’那位老好汉就是这么说的，而且跟我拉手成交。”

“既然这样，”小洛特兰多回答说，“我认为我有义务恳请您收下我这把有镶嵌的手枪、插着真正鸵鸟毛的贝蕾帽和英国天鹅绒做的衣服留念，并表示我对您无比尊敬，为令您不快而致歉。”

“好吧，”切佩尔卡回答说，“拿来吧。我原谅您。不过先生，以后可别这样了。嗯喏，走吧，小鹰！再见，洛特兰多先生。”

“一路平安，我的高贵和宽宏大量的先生！”小洛特兰多在他身后叫，接着回转布伦德山，不但没有抢到东西，连自己的衣服都奉送了。

跟班文采克狠狠地责备了他一顿，并严厉地吩咐他，下一回见人就要杀。

第二天小洛特兰多佩着他细长的宝剑，在兹贝奇尼克附近的路上埋伏着。很快就来了一大车货物。

小洛特兰多走出来，对赶车的人大叫：

“很对不起，先生，可我得杀了你。劳驾您快点祈祷，准备送死吧。”

赶车的人跪下来开始祈祷，同时动脑筋怎么能摆脱这件倒霉事。他说了一声“我们在天的父”，又是一声“我们在天的父”，就想不出什么别的话来说。他说了十遍“我们在天的父”，二十遍“我们在天的父”，——一个劲地“我们在天的父”。

“怎么啦，先生？”小洛特兰多装出很凶的样子问道，“您准备好送死了吗？”

“那还用说！”赶车的回答说，上牙跟下牙直打架。“我是个罪孽深重的人，三十年没进教堂，像异教徒那样咒骂神明，乱叫，乱骂，好赌如命，真是罪孽深重啊。要是我能先去波利策忏悔一次，也许上帝会饶恕我的罪过，不把我的灵魂投入地狱不灭的火中。您看怎么样？我马上上波利策去忏悔，转眼就回来。那时您再杀我吧。”

“很好，”小洛特兰多答应了，“我在您的车旁边等您。”

“好的，”赶车的说，“不过请您把我的马先给我用一用，让我好快一点回来。”

彬彬有礼的小洛特兰多听他一说，也同意了，赶车的就骑上他的马上波利策去。小洛特兰多放开赶车人另外几匹马，让它们到草地上去吃草。

可这个赶车的是个大滑头。他没到波利策去忏悔，却拐弯来到最近的一家饭馆，告诉大家路上有强盗，正在等着他。接着他为了壮胆，喝够了酒，带了三名伙计回到小洛特兰多这儿来。他们四个人狠狠地揍了倒霉的小洛特兰多一顿，把他赶回山里去了。于是这位彬彬有礼的强盗回到山洞，不但没有抢到钱，却连自己的一匹马也丢掉了。

第三回，小洛特兰多骑马到通纳霍德的路上等买卖。忽然他看见来了一辆马车，车上用篷布蒙着。一个商人正要把车赶到纳霍德，上摆满鸡心蜜饼的市场去。小洛特兰多又站到路当中大叫：

“过路的，快投降！我是强盗！”

这是头发乱蓬蓬的文采克教他的一套。

商人把车停下来，搔搔后脑勺，回头对车里面说：

“您听见了，老太婆，来了一位强盗先生。”

车篷掀起，从车里钻出一个胖老大娘。她双手叉着腰，冲着小洛特兰多大叫大嚷：

“哈，你这无法无天的人，大坏蛋，巴宾斯基（巴宾斯基·瓦茨拉夫，[1796—1879]，捷克的著名大盗，关于他有种种传说），土匪，巴尔纳巴什，杀人不眨眼的，吉卜赛黑人，恶鬼，黑嘴狗，浪荡鬼，不要脸的东西，哥利亚（《圣经》中人物，非利士族巨人，被青年大卫所杀），白痴，暴徒，恶棍，无礼家伙，强盗，流浪汉，汪汪叫的狗——你怎么胆敢这样袭击老实正派的人?!”

“对不起，太太，”小洛特兰多伤心地低声下气说，“我没想到车上有一位太太。”

“当然有太太，”女商人说下去，“而且是一位高贵的太太，哼，你这暴徒，犹太，该隐（该隐是《圣经》中人物，他曾杀害弟弟），叛徒，蠢货，吸血鬼，懒汉，吃人生番，魔王，鬼脸，扫帚星，坏蛋!”

“一千个对不起，我使您受惊了，太太，”小洛特兰多完全手足无措，叽叽咕咕说，“特莱·沙尔梅，马丹，西·乌·普莱，我深深抱歉，竟然……竟然……”

“滚开，笨蛋!”尊贵的太太骂不停口。“你是个蠢钝儿，异教徒，大蝙蝠，窝囊废，无礼家伙，死硬分子，海盗，要饭的，下等人，稻草人，坏蛋，损人利己的东西，魔鬼，强盗，里纳尔多·里纳尔丁（德国作家克里斯蒂安·奥古斯特·富尔皮乌斯［1762—1827］的同名小说中一个强盗的名字），恶狗，畜生，撒旦，巫师，该上绞刑台的，自私鬼，脓疮，小偷，恶霸，土耳其人，鞑靼人，老虎……”

小洛特兰多不敢再听下去撒腿就逃，到了布伦德山还不敢停脚，因为他老觉得风吹来这样的话：“孬种，吸血鬼，坐牢的，杀人凶手，粗鲁的，猛兽，恶鬼，恶棍，凶神，害人精，毒蛇精，财迷……”

回回都这样。在拉蒂博日策，这年轻强盗去袭击一辆金色的马车，可里面坐的是拉蒂博日策的一位公主；她太美了，小洛特兰多不禁爱上了她，只拿走了她的一样东西——而且先获得她的同意，——就是一条香喷喷的手帕。当然，拿到这东西，他那帮布伦德山强盗吃不饱肚子。另一回他在苏霍夫日策袭击一个卖肉的，他正赶着一头牛到乌皮策去宰掉；小洛特兰多要杀掉他，这卖肉的求他转告他的十二个小孤儿这句话那句话——全是些可怜巴巴的事，听得小洛特兰多哭了起来，不但放走了卖肉的和他那头牛，而且送给他十二个金币，叫他给他的十二个孩子一人一个——让他们作为纪念，记住这位壮士洛特兰多。其实这卖肉的——真是个大骗子！——是个老光棍，不但没有十二个孩子，他家里连一只猫也没有。

长话短说，每当小洛特兰多要杀什么人或者抢什么人的时候，他的礼貌和同情心总是使他无法下手，因此他不但什么也没抢到，正好相反，还要奉送掉自己的东西。

这一来他的买卖完全破产。跟随他的人，以头发乱蓬蓬的文采克为首，全都散了伙，宁愿回到人们中间去老老实实地干活过日子。文采克本人进了格罗诺夫一个磨坊当填料工人，那座磨坊至今还坐落在一座教堂旁边。结果单剩下小洛特兰多一个人在布伦德山的那个强盗窠里；他饿得不知道怎么办好。于是他想起布罗乌莫夫修道院那位很爱他的院长，就骑马上他那儿去，照老样子请教他。

小洛特兰多来见修道院院长，在他面前跪下来，流着泪告诉他，自己怎么对父亲发过誓要当强盗，可是他这样一个受过教育、循规蹈矩、知书识礼的人在未得到对方同意时是不能杀人，也不能抢人家东西的。那他现在干什么行业好呢？

院长在回答以前先闻了十二回鼻烟，反复想了十二次，最后才轻轻地说：

“我亲爱的孩子，我很称赞你这样彬彬有礼，循规蹈矩。你是不能当强盗，——第一，因为这是滔天大罪；第二，因为你不适宜干这种勾当。不过你也不能违背你对你父亲发过的誓。因为你一定要拦住过路人讨东西，但又需出于正当的动机：到关卡或者过道口找一个位置吧，你就坐在那儿等着，只要看见有人走过，你就到路上来收两个铜币的过路税。这就完了。干这种事你可以像你习惯的那样彬彬有礼。”

院长给特鲁特诺夫的区长写了封信，求他让小洛特兰多在一个关卡当上一名收税员，小洛特兰多带了这封信去见特鲁特诺夫的区长，在通扎列西耶的路上得到了一个职务。就这样，彬彬有礼的强盗成了大路上的一名收税员，他拦住大车和马车，老实地向每一辆车收两个铜币。

过了许多许多年，有一回布罗乌莫夫的这位修道院院长坐上四轮马车，要上乌皮策去拜访那儿一位教区神父。这次旅行使他很高兴，因为还能在关卡看到彬彬有礼的小洛特兰多，看看他生活得怎样。果真，到了关卡那儿，一个大胡子来到他的四轮马车跟前——他就是小洛特兰多，——向院长伸出了手，凶狠狠地咕噜着什么。

院长于是伸手去拿钱包，由于他胖了点，他得一只手伸到裤子口袋里去，一只手捂住大肚子。因此拿出钱包来就不怎么利索。

洛特兰多生气地叫骂起来：

“喂，快点，你怎么啦？为了两个子儿，要我等多少时候啊？”

“我没有铜币，”院长在钱包里翻寻着说，“先生，我给你一个银币，请找给我吧。”

“哼，你这该死的东西，”洛特兰多怒火冲天地说，“铜币也不带，那你上什么鬼地方去？你给我拿出两个铜币，如若不然，你从哪里来滚回哪里去！”

“洛特兰多，洛特兰多，”院长用责备的口气说，“你不认识我了吧？你的礼貌上哪儿去了？”

洛特兰多愣住了：说实在的，直到这会儿他才认出了修道院院长。他咕噜了一声什么怪话；可接着他醒悟过来。说道：

“院长，现在我这样没有礼貌，您可不要奇怪。谁见过收税人、管桥头的、官员或者法院执行吏有不吆五喝六的？”

“你说得对，”院长回答说，“是还从来没见过。”

“好，”洛特兰多粗暴地说了一声，“那您就过去，见您的鬼去吧！”

这个讲一位彬彬有礼的强盗的童话到此结束了。他多半已经死掉，不过他的后代你们在许许多多地方可以看到，从他们开口就莫名其妙地骂我们的样子就可以认出他们来。这样骂人可是不应该的……

（任溶溶　译）

一块烫石头

[俄] 盖达尔

村里有个孤老头，他身体很坏很坏，靠编篮子啊，缝毡靴啊，看守农庄果园不让孩子进去啊过日子。

很久以前，他从老远什么地方到这村里来，可大家一眼就看到，他吃够了苦。他瘸着腿，头发过早地白了，还有道弯弯的深疤打颊帮一直通过了嘴唇。这一来，就算是笑吧，他那张脸看上去也像是很悲伤，像是凶巴巴的。

有一回，一个叫小伊凡的孩子爬进农庄果园，想偷苹果好好吃个饱。没想到，裤腿在围墙钉子上一挂，扑通一声落到下面带刺的醋栗丛里了，刺得他浑身是伤，哇哇大哭。好，这一下给看守人抓住了。还用说。老头儿满可以拿荨麻抽他，甚至拖他到学校去告状，可老头儿可怜小伊凡。小伊凡两只手都刺伤了，裤腿撕破，一条破布片挂在屁股后面，像条羊尾巴，通红的脸颊上扑嗒扑嗒地淌着眼泪。

老头儿一声不响，把吓破了胆的小伊凡从园子门带出去，放他走了，没打他一下，甚至没有在背后说他一声。

小伊凡又羞又恼，溜进林子，走着走着迷了路，到了一个沼地那儿。他累坏了，看见青苔中间露出一块浅蓝色的石头，就往石头上一坐。可他马上哎哟一声跳得老高，因为他觉得就像坐在一只野蜂上面，野蜂打裤子后面那个窟窿狠狠地蜇了他的屁股。

可回头一看，石头上根本没有野蜂，是石头烫得像煤块似的；石头平面上还露出些字，给泥糊住了。

没说的，这是块魔石头——小伊凡马上猜着了！他踢下一只鞋子，拿鞋后跟赶紧去擦掉石碑上的泥。

他于是读到这样的碑文：

谁把这块石头搬到山上打碎，
谁就能返老还童，从头活起。

碑文后面还有个图章，不是普普通通的圆图章，像村苏维埃盖的；也不是三角图章，像合作社发票上盖的。这图章要复杂得多，有两个十字，三条尾巴，一个圈圈加一竖，还有四个逗号。

小伊凡读了碑文，觉得很不痛快。他才八岁，虚岁九岁。要是从头活起，他一年级就得再念一年，这他想都不敢想。

这块石头要是让他不用念学校里的功课，一下子就从一年级跳到三年级，那又另当别论了！

可大家有数，即使是神通广大的魔石头，也从来没有这种法力。

愁眉苦脸的小伊凡打果园经过，又看到了那老头儿，只见他正在咳嗽，老停下来喘气，手里提着桶石灰浆，肩膀上掮着把树皮丝刷子。

小伊凡这孩子本心挺好，他心里想：“瞧这个人，他本来可以随便用荨麻打我；可他可怜我，没有打。现在让我也可怜可怜他，叫他返老还童吧，这样他就不再咳嗽，不再瘸腿，呼吸也不再那么苦恼了。”

好心的小伊凡于是怀着一番好意，来到老头儿面前，开门见山，把事情一五一十告诉了他。老头儿好好地谢过了小伊凡，可是不肯离开职守上沼地去，因为世界上这种人还是有的，趁这个机会溜进果园，把水果偷得一个不剩。

老头儿叫小伊凡自己到沼地上去，把石头挖出来，搬到山上去。他待会上那儿，马上拿样什么把石头敲开。

事情闹成这样，叫小伊凡很不高兴。

可他没有拒绝，他不想让老头儿生气。第二天早晨，小伊凡拿起厚麻袋，带了双粗麻布手套，为的不让手给石头烫伤，就上沼地去了。

小伊凡弄得浑身是泥，一塌糊涂，好容易把石头从沼地里挖了出来，接着他就吐出舌头，在山脚的干草上一躺。

他心里说："好吧！我把这块石头推到山上去，等会儿瘸腿老头儿来了，就敲碎石头，返老还童，从头活起啦。大伙儿都说他一辈子吃够了苦。他年纪大了，孤单单的，挨过打，遍体鳞伤，不用说，从来没得到过幸福；别人却得到过。"他小伊凡虽然小，这种幸福也得到过三次。一次是他上学要迟到了，一位素不相识的司机用闪闪发亮的小汽车把他从农庄养马场一直送到了学校门口。一次是春天里，他赤手空拳在沟里捉到一条大梭鱼。还有一次是米特罗方叔叔带他进城过了一个快活的五一节。

小伊凡慷慨大方地拿定了主意："好，就让这位不幸的老头儿过一下好日子吧。"

他想到这里，站起身子，耐心地把那块石头推到山上去。

太阳快下山了，老头儿才上山向小伊凡走过来。这时小伊凡已经精疲力竭，浑身发抖，蜷成一团，在烫石头旁边烘烤又脏又湿的衣服。

“老爷爷，你怎么不带锤子、斧子、铁棍啊?”小伊凡惊奇地叫起来，“难道你想用手把石头砸碎吗?”

“不，小伊凡，”老头儿回答说，“我不想用手把石头砸碎。我根本就不想砸碎它，因为我不想从头活起。”

老头儿说着，走到惊奇的小伊凡身边，摸摸他的头，小伊凡感到老头儿沉重的手掌在哆嗦。

老头儿对小伊凡说：“当然，你准以为我老了，瘸着腿，残废了，很不幸，其实我是天底下最幸福的人。

“我这条腿是给一根木头喀嚓压断的，可那时候我们是在推倒围墙——唉，还没经验，笨手笨脚的——正在构筑街垒，举行起义，要推翻你只在画片上看到过的沙皇。

“我的牙给打落了，可那时候我们被投入了监狱，齐声歌唱革命歌曲。我的脸也在战斗中被马刀劈伤，可那时候最早的人民团队已经把白匪打败，并且把他们击溃了。

“我害了伤寒病，待在又矮又冷的板棚里，躺在干草上翻来覆去折腾，说着胡话。可有一件事比死更可怕，就是我听说我们的国家遭到包围，敌人的军队要战胜我们。然而，我在重新闪耀的太阳的第一道光芒中清醒过来，我知道了，敌人又被击溃，我们又进攻啦。

“我们这些幸福的人相互从一张病床向另一张病床伸出了瘦骨嶙峋的手，当时胆怯地幻想着，即使不在我们生前也在我们死后，我们的国家将变得像今天这样的强大。傻伊凡，这还不是幸福吗?！我为什么要另一次生命，要另一个青春时代呢?我曾经是过得很苦，可我过得光明正大！”

老头儿说到这里停下来，拿出烟斗来抽。

“对的，老爷爷！”小伊凡听了轻轻地说，“既然这样，这块石头本可以安安静静地躺在它那个沼地上，我干吗费劲把它搬到山上来呢?”

老头儿说：“让它给大家看到，小伊凡，你看看以后会怎么样吧。”

许多年过去了，那块石头依然在那山上原封不动，没有砸碎。

不少人在它旁边经过，走过来把它看看，想了想，摇摇头，又走了。

我有一回也到过那山上，当时我正心中有病，情绪很坏。我想：“怎么样，让我把石头砸碎，从头活起吧!”

可是我站着站着，及时改变了主意。

我想，邻居们看见我返老还童就会说：“哈哈，瞧这小傻瓜！他显然没有把一辈子像样地过好，得不到自己的幸福，如今又想从头再来一次了。”

我捻了根烟卷，为了不浪费火柴，就着烫石头点着了。接着，我沿着我自己的路，走了。

（任溶溶　译）

编选后记

这是一本为中小学生编选的外国经典童话作品选。

童话是一种特殊的文学形式。与其他文学形式相比，童话特别强调作品的美感、想象力和幻想特质。在人生的早期阅读中，童话的作用是无可替代的。少年儿童求知欲旺盛、好奇心强烈，而童话恰恰能满足他们这方面的心理需求和精神需求。阅读童话，有助于少年儿童善恶观的确立；有助于少年儿童美感的提升；有助于少年儿童视野的拓展；有助于少年儿童想象能力和幻想能力的培养；有助于少年儿童创造性地认识和把握世界。

本书强调经典性和可读性的结合。为使所选作品在时间上经得起检验，本书所选作品均为已进入公有领域的作品。由于篇幅所限，本书以短篇童话为编选对象。在具体编排上，按作家出生先后为顺序。

愿中小学生们在世界经典童话的海洋里汲取更多的精神养分。

作家作品小贴士

1.《一千零一夜》

《一千零一夜》是古代阿拉伯民间故事集，在我国还有一个独特的称呼:《天方夜谭》。《一千零一夜》的故事，很早就在阿拉伯地区的民间口头流传，约在公元八九世纪之交出现了早期的手抄本，到了12世纪，埃及人首先使用了《一千零一夜》的书名，但直到15世纪末16世纪初才基本定型。《一千零一夜》的故事一经产生，便广为流传，对后世文学产生了深远的影响。

《一千零一夜》的结构十分巧妙，它以山鲁佐德和山鲁亚尔的故事作为总体框架，然后用大故事套小故事的方法将二三百个故事嵌入。文艺复兴时期的意大利作家薄伽丘的《十日谈》就借鉴了这种结构方式，用佛罗伦萨十个躲避瘟疫的青年男女每人每天讲一个故事作为全书一百个故事的楔(xiē)子。

《一千零一夜》描绘了中古时期阿拉伯地区广阔丰富的生活画面，为后世作家的创作提供了充分养料，莎士比亚的喜剧《终成眷属》中主要情节就来源于《一千零一夜》，而当代埃及戏剧家陶菲格·哈基姆的剧本《阿里巴巴》、《山鲁佐德》更是直接取材于《一千零一夜》。但丁《神曲》中形形色色的精灵，可以在《一千零一夜》中找到影子；而普希金的童话诗《渔夫和金鱼的故事》，我们立即会联想到《渔翁的故事》；1982年诺贝尔文学奖得主、哥伦比亚作家马尔克斯的魔幻现实主义代表作《百年孤独》中出现的“飞毯”、“会飞的床单”、“神灯”等都明显受到《一千零一夜》的启发。

《一千零一夜》以其博大的内涵、高超的艺术，被誉为民间口头创作中“最壮丽的一座纪念碑”，受到世界人民的喜爱。

2. 夏尔·佩罗(1628—1703)

17世纪法国诗人、作家,曾当过律师和皇家建筑总监。他的童话问世后,产生了广泛的社会影响。其中一些人物和内容,几乎家喻户晓。“灰姑娘”、“蓝胡子”、“七里靴”等,经常被后人引用。19世纪,巴尔扎克穿越巴黎大街小巷,搜集他的《招牌字典》的素材时,就发现一些店铺把“小红帽”和”灰姑娘”的形象作为招牌。如今,在一些老字号的店铺门口,还有“穿靴子的猫”的形象;在圣·奥诺雷街头,可以看到“小红帽”天真烂漫的样子;在富尔·圣日耳曼和蒙夫贡路口,也能找到“蓝胡子”和“小拇指”的踪迹。

3. 格林兄弟

雅各·格林和威廉·格林兄弟俩,是德国童话搜集家、语言文化研究者。两人合作研究语言学,搜集和整理民间童话与传说,故称“格林兄弟”。

在中外文学史上,很难再找到像格林兄弟这样性情契合、志趣相投、携手一生而共同创出不朽文学事业的兄弟档了。他俩同在卡塞尔上学,同在马尔堡学习法律, 后又同在卡塞尔图书馆工作,1830年同时担任格廷根大学教授。1840年任柏林科学院院士、柏林大学教授。

1812年,格林童话第一集出版,包含了八十六篇童话故事。兄弟俩根据口述材料改写而成的作品,是世界上这类口头传述故事第一次有系统的汇编。其后一二十年间,雅各通过志愿者的协助,搜集19世纪当时所流传的童话故事,汇集整理到弟弟威廉那儿,威廉对这些故事进行文字上的润饰修改,使之符合当时的语言习惯。

兄弟两人合作搜集的故事最后多达二百十一则。这部文集名为《献给孩子和家庭的童话》。给孩童看的简易版共收入五十则故事。时至今日,格林童话已在全球各地流传,成为世人最熟知的德国文学作品。

除了在民间文学的研究上取得斐然成绩外，这对兄弟在语言学、法律、中古世纪文学等领域也同样杰出。1852年，兄弟两人被任命为皇家科学院院士，提出了编纂《德文大字典》的宏伟计划。威廉编到D部即去世，享年七十三岁。雅各则编到F部去世，享年七十八岁。两人均葬于西柏林马太教堂墓地。

4. 安徒生(1805—1875)

丹麦19世纪著名童话作家，世界文学童话创始人。他出身于欧登塞城一个贫苦鞋匠之家，受父亲和民间口头文学影响，自幼酷爱文学。1822年开始文学创作。早期主要撰写诗歌和剧本。进入大学后，创作日趋成熟。曾发表游记和歌舞喜剧，出版诗集和诗剧。1833年出版长篇小说《即兴诗人》，赢得国际声誉。

“为了争取未来的一代”，安徒生决定给孩子写童话，出版了《讲给孩子们听的故事》。此后数年，每年圣诞节都出版一本童话集。其后又不断发表新作，近四十年间，共计写了童话一百六十八篇。代表作品有《皇帝的新装》、《海的女儿》、《打火匣》、《小意达的花儿》、《拇指姑娘》、《野天鹅》、《丑小鸭》、《卖火柴的小女孩》、《夜莺》等。

1956年，国际少年儿童读物联盟(IBBY)设立了以安徒生的名字命名的“国际安徒生奖”。这是目前世界儿童文学界公认的最高荣誉，因其独特的地位，人们常常称它为“小诺贝尔奖”。这个奖项由丹麦女王赞助，每两年评选一次，授予儿童图书作家和插图画家，以此奖励并感谢他们创作的好书。

2005年4月2日是安徒生诞辰两百周年，世界各地举行了形式各样的纪念活动。

5. 豪夫(1802—1827)

德国浪漫主义后期的小说家、童话作家和诗人。他的抒情诗在德国广为流传，很多还成为大众歌曲。但真正使他驰名世界的，是他的童话。

豪夫从小就有讲故事的才能，常绘声绘色地给他两个妹妹以及另外的女孩子们讲故事听。这种讲故事的天赋为他日后的童话创作打下了良好的基础。

1824年到1826年，他在斯图加特给男爵许格尔家当家庭教师时，常给孩子们讲故事。这些故事娓娓动听，连许格尔夫人也很欣赏。她鼓励豪夫把这些故事写下来公开发表。豪夫接受了她的建议，创作了内容连贯的四组童话，即《穿年鉴外衣的童话》、《商队》、《亚历山大教长和他的奴隶们》、《施佩萨尔特客店》。后来出版时书名题为《童话年鉴》。在他的作品中，最受读者欢迎的是《冷酷的心》。

6. 霍桑(1804—1864)

纳斯尼尔·霍桑是19世纪美国杰出的浪漫主义小说家。他出身于一个没落世家，大学毕业后开始从事写作。一生创作了四部长篇小说，一百多篇中、短篇小说。他的经典之作，是长篇小说《红字》和《七个尖角阁的房子》。

1851年，霍桑根据古希腊神话创作了少儿读物《神奇的故事》，经过他的巧妙改写，希腊神话中关于赫拉克勒斯、潘多拉等人物的故事，焕发出新异的文学色彩。该书问世后，至今畅销不衰。

7. 列夫·托尔斯泰(1828—1910)

出身于贵族家庭。19世纪后半期俄国最伟大的作家，他的《战争与和平》、《安娜·卡列尼娜》、《复活》，都是举世闻名的文学巨著，代表了当时欧洲批判现实主义文学的最高峰。

他的早期作品自传体三部曲《童年》、《少年》、《青年》是优秀的少年文学读物。他一生为孩子们创作了数百篇生活故事、童话、寓言、小说等。直到七十九岁高龄还记挂着给孩子们写作品。

晚年的托尔斯泰追求平民化的生活。1910年,他在出走途中,在一个小站去世。

8. 王尔德(1854—1900)

英国著名的剧作家、散文家和诗人。出身于都柏林的贵族之家。他身材高大,仪表堂堂,经常从历史书画中得到灵感来装饰自己,使他有时候看起来像一个花花公子。

王尔德从小就受到浓郁的文学熏陶。在都柏林三圣大学读书期间,他阅读了大量的古典文学作品,再加上本身才华出众,很快就在文学上获得了巨大成功。

王尔德虽然主要以成人作家而著称,但他的两本童话集《快乐王子故事集》和《石榴之家》已载入英国儿童文学史册。他创作的童话比他其他的作品流传更广。

9. 吉卜林(1865—1936)

约瑟夫·拉迪亚德·吉卜林,作家和诗人,英国短篇小说大师。1865年生于印度孟买,六岁时被送回英国上学,在一家儿童寄养所生活了五年。十七岁时重返印度,在一家地方报纸当记者。1892年他与一美国姑娘结婚后移居美国。1896年携眷返回英国。

吉卜林一生出版过八部诗集,四部长篇小说,二十一部短篇小说和故事集。此外还有大量的散文、杂感、随笔、游记、回忆录等等。他为孩子们写下了几部童话作品:《丛林奇谈》、《原来如此的故事》、《山精灵普克》、《报酬与仙女》等。

《独来独往的猫》就出自童话集《原来如此的故事》。

1907年,吉卜林荣获诺贝尔文学奖。

10. 恰佩克(1890—1938)

卡雷尔·恰佩克,捷克著名的剧作家和科幻文学家、童话寓言家。出身于捷克一个乡村医生家庭。他和哥哥——约瑟夫·恰佩克都是反法西斯的爱国人士,因此而受到德国法西斯的迫害。

1921年后,恰佩克陆续出版科幻作品。1936年出版了他著名的长篇科幻小说的代表作《鲵鱼之乱》。1920年写了一部讽刺剧《罗素姆万能机器人》,写机器人的反抗,作品中创造的"机器人"一词,后为欧洲各种语言吸收而成为世界性名词。

恰佩克写的童话不多,但构思和写法别出心裁,与众不同。他的童话不但好看,而且含有深意。他哥哥约瑟夫,曾亲自为弟弟的童话绘制精妙的插图。

超级阅读大链接

●《格林童话》中,还有一篇《勇敢的小裁缝》,请找来读一读,比较一下,和《聪明的小裁缝》相比,有什么异同?你更喜欢哪一篇故事?

●"睡美人"是一个流传很广的故事原型。关于"睡美人"的故事有很多版本。读一读《格林童话》中的《睡美人》,比较一下,它和佩罗的《睡美人与王子》有哪些不同?你更喜欢哪一个故事?为什么?

通过网络或者图书馆,查找一下相关的资料,看看关于"睡美人"的故事、动画片、歌舞剧、影视剧有多少。

●《小拇指与七里靴》中,"小拇指"是个怎样性格的小男孩?读一读安徒生童话中的《拇指姑娘》,看看"拇指姑娘"的遭遇是怎么样的。动动脑筋,想一想,如果"小拇指"碰到"拇指姑娘"会发生什么故事?试着写一篇童话吧。

●读了多尔诺瓦夫人的《青鸟》，你喜欢“青鸟”这个形象吗？想一想，它是什么的化身？

知道吗？比利时作家、象征主义戏剧创始人莫里斯·梅特林克创作了六幕哲学梦幻剧《青鸟》。1911年在法国巴黎上映后，立即引起轰动，常演不衰，成为戏剧史上的经典之作。后来他的妻子乔治·特莱勃伦克，为了方便少年儿童阅读，将这部剧本加工改写成同名的散文童话，也成为流传至今的经典，2000年，还被评为“影响法国的五十本书”之一。

请你读一读乔治·特莱勃伦克的《青鸟》，想一想，这部童话中的“青鸟”象征着什么？它和多尔诺瓦夫人笔下的“青鸟”有什么不同？你更喜欢哪一部作品？

●读了德国的贝希施泰因写的《兔子和刺猬赛跑》，请你回想一下中国著名的故事《龟兔赛跑》，想一想，这两个故事中的兔子有什么相同之处？

●霍桑的《潘多拉》是根据希腊神话进行改写的。请你查阅希腊神话中关于潘多拉的描写，比较一下，你觉得哪一个故事更好看？

●奥陀耶夫斯基的《严寒老人》，弗·达利的《雪姑娘》，都是从冰天雪地中汲取了素材。在安徒生的童话作品中，也塑造了一些与冰雪有关的人物形象。比如《雪人》、《冰姑娘》、《雪女王》。请你找到这些作品，读一读，进行一次独特的冰雪世界之旅吧。

●英国作家王尔德的《快乐王子》，主人公是一尊城市里的塑像。它虽然不能动，却有着丰富的情感，看遍了人间百态。中国现代童话的拓荒者叶圣陶，也曾经以塑像为主人公，写过一篇名作《古代英雄的石像》。请你找来这篇作品读一读，看看它表达了怎样的思想情感。另外，还要推荐大家读一读叶圣陶的另一篇代表作《稻草人》。请你比较一下，它和《快乐王子》有什么相似之处？

●英国的乔考柏斯写的《三只小猪》给你怎样的启示？你喜欢故事中的三只小猪吗？世界童话史上，关于小猪的童话形象有很多，请你搜集一下，看看能找到多少只有趣的小猪。特别要向大家推荐美国作家E.B.怀特的经典童话《夏洛的网》。这个故事一定会吸引你们、感动你们的。

●描写“强盗”的童话有很多，恰佩克的《强盗的童话》已经让你大开眼界，认识了一个别具一格的强盗“洛特兰多”。而挪威著名童话作家埃格纳，他的童话名作《豆蔻镇的居民和强盗》里面，描写了三个非常有趣的大盗贼。把这篇童话找来读一读，比较一下，你最喜欢哪个“强盗”？

读一读 看一看 画一画

美国的迪斯尼动画以世界一流的制作水准，成功地改编了一些经典童话故事，为全世界的孩子奉献了许多精美好看的动画片。如《白雪公主和七个小矮人》、《美女与野兽》、《睡美人》等等。

看过这些动画片后，请你想一想，把白雪公主、七个小矮人、美女和野兽、睡美人和王子的形象画一画。

大家动手来演戏

■ 请把《灰姑娘》改写成一个小剧本，和小伙伴们一起演一演。也可以邀请家长和老师一起来表演。

■ 请同学们动手制作三个小猪和一个大灰狼的面具。大家一起来演一演童话剧《三只小猪》。

快乐阅读总动员

认认真真读童话，轻轻松松做选择：

1.《阿里巴巴与四十大盗》中，打开石洞的暗语是(　　)

A. 高粱，开门　B. 豌豆，开门　C. 芝麻，开门　D. 萝卜，开门

2.《睡美人与王子》中，老仙女对公主的“祝福”是什么？(　　)

A. 公主将被纺锤刺破手指而死　B. 公主将能歌善舞

C. 公主将智慧超群　D. 公主将遇上英俊的王子

3.《蓝胡子妖怪》中，蓝胡子怎么知道妻子偷偷进过那个神秘的小房间？(　　)

A. 因为妻子弄丢了钥匙　B. 小房间里的东西被动过了

C. 蓝胡子派人监视了妻子　　D. 钥匙上有血迹

4.《天下第一猫》中，父亲留给三个儿子的财产是(　　)

A. 茅屋、石磨、驴子　　B. 石磨、驴子、猫

C. 田地、牛、石磨　　D. 牛、驴子、猫

5.《青鸟》中，是谁变成了青鸟？(　　)

A. 芙罗丽娜　　B. 特鲁托娜

C. 夏尔芒国王　　D. 苏西奥仙女

6.《灰姑娘》中，帮助灰姑娘的小鸟，落在什么树上？(　　)

A. 梨树　　B. 榛子树　　C. 桑树　　D. 松树

7.《小牧克的故事》中，小牧克从老太太家里拿走的那双神奇的鞋是(　　)

A. 高筒靴　　B. 舞鞋　　C. 拖鞋　　D. 木头鞋

8.《严寒老人》中，严寒老人住在哪儿？(　　)

A. 北极　　B. 阁楼上　　C. 城堡里　　D. 井下

9.《潘多拉》中，潘多拉最后从匣子里放出来的是(　　)

A. 希望　　B. 坏脾气　　C. 烦恼　　D. 疾病

10.《星孩》中，收养星孩的是(　　)

A. 裁缝　　B. 樵夫　　C. 鞋匠　　D. 魔术师

参考答案：C　A　D　B　C　B　C　D　A　B

(平静 撰写)

图书在版编目（CIP）数据

外国童话精选／孙建江选编. —杭州：浙江文艺出版社，2013.7(2015.7 重印)

(最新语文新课标必读丛书)

ISBN 978-7-5339-3775-1

Ⅰ.①外… Ⅱ.①孙… Ⅲ.①童话—作品集—世界 Ⅳ.①I18

中国版本图书馆 CIP 数据核字(2013)第 147178 号

外国童话精选

(最新语文新课标必读丛书)

孙建江 选编

浙江文艺出版社 出版发行

地址：杭州市体育场路 347 号

邮编：310006

网址：www.zjwycbs.cn

浙江省新华书店集团有限公司经销

富阳美术印刷有限公司印刷

开本：850 毫米×1168 毫米 1/32

字数：215 千字

插页：2

印张：9.5

2013 年 7 月第 1 版

2015 年 7 月第 4 次印刷

责任编辑 邓东山

封面设计 王 芳

吕翡翠

ISBN 978-7-5339-3775-1

定价：22.00 元